क्या आप IIT Crack करना चाहते हैं?

क्या आप IIT Crack करना चाहते हैं?

विवेक पांडेय
पारस अरोड़ा

ज्ञान गंगा, दिल्ली

प्रकाशक : ज्ञान गंगा, 2/42 अंसारी रोड, दरियागंज, नई दिल्ली–110002
सर्वाधिकार : सुरक्षित / संस्करण : 2022 / मूल्य : चार सौ रुपए
मुद्रक : नरुला प्रिंटर्स, दिल्ली अनुवाद : नरेश कौशिक

KYA AAP IIT CRACK KARNA CHAHATE HAIN?
by Shri Vivek Pandey & Shri Paras Arora ₹ 400.00
(Hindi translation of '100 TIPS TO CRACK THE IIT')
Published by Gyan Ganga, 205-C Chawri Bazar, Delhi-110006
ISBN 978-93-87968-88-2

मेरी माँ को, जो मुझे इस दुनिया में लाईं और
उन शिक्षा केंद्रों को, जिन्होंने मुझे इतना योग्य बनाया।

—विवेक पांडेय

मेरी भानजी/भतीजी सौम्या को,
जिनकी एक मुसकान से मेरा पूरा दिन बन जाता है।

—पारस अरोड़ा

आभारोक्ति

यदि रुचि मेरे पीछे पड़कर मुझे स्वयं पर विश्वास करना न सिखाती, यदि सिपुल और रोहिन मेरे साथ बिताए जानेवाले अपने समय में से कुछ समय का त्याग नहीं करते तो यह कार्य संभव न हो पाता।

—विवेक पांडेय

~•~

बिना अपने परिवार के सहयोग के यह पुस्तक संभव नहीं थी। जीवन में मैंने जो कुछ भी सीखा है, वे मेरी माँ, शशि अरोड़ा के कारण ही है। मैं बहुत भाग्यवान् हूँ कि वह मुझे मेरी पहली शिक्षिका और मार्गदर्शक के रूप में मिलीं। यही हैं, जिन्होंने मेरे मन को सीखने की ओर बढ़ाया और इस पुस्तक में उन विचारों व विधियों के विषय में लिखा है, जो उन्होंने मुझे बचपन में सिखाई थीं। मेरे पिता, डॉ. हरीश अरोड़ा को खास धन्यवाद, जिन्होंने मेरे समक्ष नई चुनौतियाँ रखकर और मेरी जीत पर मुझे पुरस्कृत करके, सीखने को इतना प्रोत्साहित किया। मैं डॉ. पारुल अरोड़ा और डॉ. निशांत अरोड़ा को धन्यवाद देना चाहता हूँ, जिन्होंने मुझे न केवल ऊँचाइयों को छूने के लिए प्रोत्सहित किया, बल्कि मेरे हर कदम पर मेरा हाथ थामे रखा।

मैं अपने मित्रों—अंकित नागोरी, ब्रजमोहन वसिष्ठ, दिव्या देवेश, सौरभ नाँगिया, श्रावणी जैन का खासतौर पर आभारी हूँ; क्योंकि उन्होंने, जब मैं इस पुस्तक को लिख रहा था, मेरे काम की समीक्षा की और अपनी बहुमूल्य राय दी, साथ ही बताया कि कहाँ क्या कमी है, कहाँ क्या जोड़ना-घटाना है।

—पारस अरोड़ा

लेखकीय

हम चाहते हैं कि जिस समय आप JEE की तैयारी कर रहे हों, यह पुस्तक आपकी संगी और मार्गदर्शक बने, न कि एक भारी, नीरस ग्रंथ, जो आपका समय बरबाद करे। जानकारी का अधिक आपसी बोलचाल और आसानी से समझ में आनेवाला होना जरूरी है। हमने अपने कई निजी अनुभव और सीखने की गुप्त बातें आपके साथ बाँटी हैं। हमने यह निश्चय किया था कि हम विवरण को बहुवचन (जैसे 'हम' या 'हमारा'…) की बजाय इकाई में ही सीमित रखेंगे (जैसे 'मैं', 'मेरा'…इत्यादि), जिससे कि आप, जो हम कह रहे हैं, उसे परस्पर समझें, बजाय इसके कि आप दबाव का अनुभव करें, क्योंकि दो व्यक्ति आपको बता रहे हैं कि क्या करना चाहिए! जब भी कोई अनुभव हममें से किसी एक को हुआ है, तो उसे हमने पृष्ठ के नीचे अंकित कर दिया है।

अनुक्रम

घर को व्यवस्थित कीजिए

सही उपकरण ले आइए

सही मदद लें

सही सीखें

भौतिकी

मैकेनिक्स

ऊष्मीय भौतिकी

विद्युत् और चुंबकत्व

रसायनशास्त्र

अकार्बनिक रसायनशास्त्र

भौतिक रसायनशास्त्र

कार्बनिक रसायनशास्त्र

सही तरीके से परीक्षा दें

IIT है क्या?

पूर्व प्रधानमंत्री मनमोहन सिंह ने इंडियन इंस्टीट्यूट ऑफ टेक्नोलॉजी (IIT), बंबई के स्वर्ण जयंती दीक्षांत समारोह में कहा था, "IIT आजकल 'ब्रांड इंडिया' की सशक्त पहचान बन गए हैं।" आई.आई.टी. और ब्रांड इंडिया को एक-दूसरे का पर्याय कहा जाए तो कोई अतिशयोक्ति नहीं होगी। 1950 और 60 के दशक में आई.आई.टी. की स्थापना हुई थी और तभी से ही, पीढ़ी-दर-पीढ़ी यह भरोसा बना हुआ है कि आई.आई.टी. देश को श्रेष्ठतम प्रतिभाएँ देता आया है। भारतीय मध्यम वर्ग के लिए IIT एक ऐसा सपना है, जिसमें किस्मत का ताला खोलने की कुंजी है। जब 'बिग बी' कहते हैं, "ज्ञान ही आपको आपका हक दिलाता है," तो वह उस विश्वास को मजबूती प्रदान करता है, जिसके आधार पर पं. जवाहरलाल नेहरू ने इन शिक्षण संस्थानों की कल्पना की थी।

असलियत में इनकी स्थापना के पीछे का उद्देश्य बहुत व्यापक फलक लिये हुए था। हकीकत तो यह थी कि IIT को, भारत को शिक्षा और उद्योग क्षेत्र में आधुनिक स्वरूप प्रदान करने के लिए महलानोबिस के प्रस्ताव के एक स्तंभ के रूप में देखा गया था, परंतु आम आदमी के लिए IIT सफलता का सर्वोत्कृष्ट मंत्र था। ब्रांड IIT ने भारतीय अर्थव्यवस्था के उतार-चढ़ाव का डटकर सामना किया। एक समय ऐसा था, जब सिलिकॉन वैली में कार्यरत IIT छात्र इसकी पहचान बन गए थे। आज एक बार फिर से IIT की नई परिभाषा तय की जा रही है और यह नई परिभाषा हिंदुस्तान के कॉरपोरेट जगत् और उद्योग जगत् में शीर्ष पर पहुँचे IIT के छात्रों द्वारा लिखी जा रही है।

IIT-JEE (संयुक्त प्रवेश परीक्षा), समस्त IIT's की सामूहिक प्रवेश परीक्षा है। 2012 में पाँच लाख से अधिक उम्मीदवारों ने यह परीक्षा दी थी। इसमें से केवल 10,000 का चयन हुआ था; जिसका अर्थ था, परीक्षण में केवल दो प्रतिशत

सफलता। इसका अर्थ यह भी होता है कि जिन भी छात्र का चयन हुआ है, वे कम-से-कम 4,90,000 अन्य छात्रों से बेहतर हैं। यह बात मायने नहीं रखती कि परीक्षा कितनी कठिन या आसान होती है। इस परीक्षा में बैठनेवाले प्रतिभागी छात्रों का विशाल आँकड़ा ही यह बताने के लिए काफी है कि IIT के प्रवेश द्वार तक ले जानेवाला रास्ता कितना मुश्किल है। JEE का नमूना बदलता रहता है और परीक्षा-पत्र की संख्या और लंबाई, प्रश्नों का स्वभाव इत्यादि तो प्राय: प्रत्येक वर्ष बदलते ही रहते हैं। जो नहीं बदलता, वह है, JEE का, लाखों छात्रों को उनकी काबिलियत के अनुसार, विश्व के सर्वोच्च इंजीनियर और वैज्ञानिक बनाने के लिए छाँटना।

IIT ही क्यों, JEE ही क्यों?

वह कौन सा क्षण होता है, जब IIT में भरती होने का विचार किसी छात्र के दिमाग में कुलबुलाने लगता है? अपने आप से पूछिए। आपने IIT शब्द सबसे पहले कब सुना था? कक्षा ग्यारह में, नौवीं में, छठी में, नर्सरी में, माँ की कोख में? मैंने IIT के विषय में सबसे पहले अपने एक घनिष्ठ मित्र से सुना था, जब मैं नौवीं कक्षा में था।*1 *(वह कक्षा नौ में मेरा सबसे अच्छा मित्र था, क्योंकि जैसा होता है, स्कूल में सबसे घनिष्ठ मित्र हर साल बदलते रहते हैं)* बहुत जल्द, ये तीन अक्षरोंवाला शब्द (IIT) मेरे सपनों में आने लगा और समझ आ गया कि सफलता का रास्ता यहीं से होकर जाता है। उसी क्षण से ही, वह मेरे लिए एक चुनौती बन गया, एक ऐसी चुनौती, जिसके पार संभावनाओं से भरा विशाल आसमान था और उस आसमान को मुट्ठी में भर लेने की कूवत कुछ चुने हुए लोगों के पास ही थी। यह मेरे सपनों के इंद्रधनुष का वही छोर था, जिसके बारे में कहानियों में कहा जाता है कि वहाँ सोने की अशर्फियों से भरा एक घड़ा रखा है। उस समय मुझे ऐसा लगता था कि यह इंडियन आइडल या डांस-इंडिया-डांस जैसा कुछ था—एक ऐसा पदक, जो विशाल महासागर में अनगिनत और अनजान चेहरों में से आपको चुनकर, आपकी एक पहचान बना सकता था। मुझे IIT एक ऐसा रामबाण लगती थी, जिससे जिंदगी की सारी मुश्किलें खत्म हो सकती थीं और यह जिंदगी में एक ही बार मिलनेवाला मौका था।

मेरे माँ-पिताजी को लगता था कि इससे मुझे अपनी रोजी-रोटी कमाने का एक सम्मानित और सुरक्षित जरिया मिल जाएगा और अंतत: इससे मैं अपनी जिंदगी में अच्छे से 'सेटल' हो जाऊँगा।

आपकी उम्र के छात्रों में गजब की ऊर्जा होती है, अद्भुत ताकत होती है और

वे सब चाहते हैं जिंदगी में कुछ ऐसा बड़ा काम करना, जिससे दुनिया उनको जाने, उनका नाम हो, उनकी एक पहचान हो।

कुछ तरीकों में मेरा मानना है, यह काफी कुछ बॉयोलोजिकल भी होता है, क्योंकि तंत्रिका विज्ञान और हार्मोनल प्रणाली को यह पता होता है कि यही अपने आपको किसी बड़े कार्य के लिए तैयार करने का सबसे बेहतर समय है; कुछ बहुत बड़ा करने का सुयोग!

अत: IIT आपको सबसे अच्छी शुरुआत और अपने आपको लॉन्च करने और अपनी अंतर्निहित ऊर्जा को व्यक्त करने का मंच देता है, परंतु जब अपने भविष्य को बनाने अथवा सुरक्षित करने का प्रश्न आता है, चाहे आपके पास स्कूल में गणित एक चुना हुआ विषय ही क्यों न हो, केवल IIT ही सफलता का एकमात्र रास्ता नहीं है। IIT को कभी भी सफलता का एकमात्र रास्ता मत सोचिए। मन में ऐसी धारणा बना लेने से आपके भीतर वह उत्साह नहीं रहेगा, जो होना चाहिए। इसकी बजाय आप अपने ऊपर एक अनावश्यक दबाव ही महसूस करेंगे। मान लीजिए, आप IIT-JEE परीक्षा में सफल नहीं हो पाए तो फिर क्या? यहीं पर दुनिया खत्म नहीं हो जाती है। जीवन को शांति और सफलता के साथ जीने के और भी बहुत से रास्ते हैं।

दोस्त, खुद से पूछो कि आप असल में, किस प्रकार के व्यक्ति हैं, आपको सबसे अधिक क्या चाहिए, क्या आप बहुत अधिक धनी बनना चाहते हैं, या आप जीवन में सुख-शांति चाहते हैं, क्या आप शोहरत पाना चाहते हैं, क्या आप देश के लिए कुछ करना चाहते हैं? हाँ! एक खास बात, ईमानदार रहें; स्वयं को धोखा न दें। इनमें से कुछ भी चाहने में कोई बुराई नहीं है। अपने लिए ईमानदार होना सबसे ज्यादा जरूरी है। अगर आपमें यह सब है तो आपको जरूर IIT में प्रवेश के लिए जी-जान से जुट जाना चाहिए—

IIT के लिए उपयुक्त

- यह विश्वास कि विज्ञान और तकनीकी शक्ति जीवन को बदल सकती है।
- अभ्यंतर वैज्ञानिक सिद्धांतों में रुचि और उसकी समझ।
- अपने जीवन की जिम्मेदारी उठाने और अनुशासन बनाए रखने की क्षमता।
- सार्थक तरीके से अपनी असहमति जताने और कुछ नया खोजने की इच्छा।

दरअसल, जैसा कि 2013 के JEE की विवरणिका में लिखा गया है (जिसे यदि आपने नहीं पढ़ा, तो पढ़ लेना चाहिए। यह बहुत अधिक प्रेरणा देनेवाला हो सकता है)। यह IIT के 'मूल उद्‍देश्य' के साथ पूरी तरह मेल खाता है। ये लक्ष्य हैं—

- वैज्ञानिक और तकनीकी ज्ञान की एक बहुत शक्तिशाली आधारशिला तैयार करें, जिससे कि योग्य और प्रेरित इंजीनियर तथा वैज्ञानिक तैयार कर सकें।
- वैचारिक स्वतंत्रता का एक माहौल तैयार करें, एक सोच पैदा करें, विकास को प्रोत्साहित करें, व्यक्तित्व को विकसित करें और सर्वश्रेष्ठ की खोज के लिए आत्म-अनुशासन पैदा करें।
- छात्रों में उद्यमशीलता का जज्बा पैदा करना।

हालाँकि, ऊपर लिखे गए तीन मापदंड आपके JEE में उत्तीर्ण होने के लिए आवश्यक नहीं हैं। IIT में पढ़ना और JEE को भेदना, दो बहुत अलग-अलग चीजें हैं। JEE में उत्तीर्ण होने के लिए आपको जरूरत है—

IIT के लिए उपयुक्त

- यह समझना कि परीक्षक आपके भीतर किस चीज को खोज रहा है ?
- JEE पाठ्यक्रम को आत्मसात् करने के लिए जी-जान लगा दीजिए।
- परीक्षा के समय, अपने समय का बेहतर तरीके से प्रबंधन करें।

जैसा कि आप देख सकते हैं, इन दोनों में उत्तीर्ण होने के लिए जरूरी ज्ञान का पैमाना अलग-अलग है।

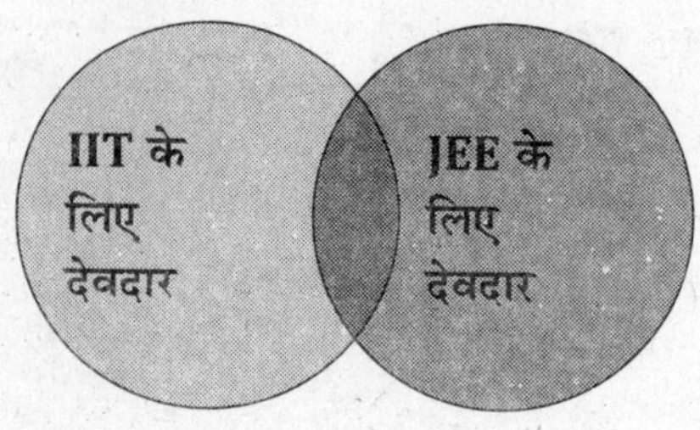

कुछ लोग ऐसे होते हैं, जो IIT के लिए ही बने होते हैं, लेकिन JEE परीक्षा में उत्तीर्ण नहीं हो पाते; क्योंकि उनमें या तो परीक्षा में उत्तीर्ण होने की क्षमता नहीं होती या उन्हें वह तरीका नहीं आता। प्रायः सभी IIT के छात्रों के साथ, स्कूल अथवा कोचिंग सेंटर में ऐसे छात्र जरूर रहे होंगे, जिन्हें विज्ञान बहुत अधिक अच्छा लगता था और वे बहुत अनुशासित एवं जिम्मेदार थे, लेकिन पता नहीं क्यों, वे JEE के चक्रव्यूह को नहीं भेद पाए। जब भी आप उनके विषय में सोचते होंगे तो आपको लगता होगा कि उन्हें IIT में होना चाहिए था या कि वे IIT के योग्य थे, पर प्रवेश परीक्षा को पास नहीं कर पाए।

फिर कुछ ऐसे व्यक्ति हैं, जो JEE जैसी परीक्षा को पास करने के लिहाज से बहुत अच्छे हैं, परंतु उनमें IIT में फिट होने का वैज्ञानिक मनोभाव या अनुशासन नहीं है। ये ऐसे छात्र हैं, जो जैसे ही IIT में जाते हैं, अपनी रुचि खो देते हैं। ये वे लोग हैं, जो कक्षा और परीक्षा के बाहर अपने जीवन के लिए नए विकल्पों का सृजन करते हैं। यह तो मानना पड़ेगा कि वे सब चतुर हैं (उन्होंने JEE में सफलता पाई थी कि नहीं!), अतः वे अपने जीवन में कुछ महान् कर ही जाते हैं, परंतु IIT का मूल ज्ञान उनके किसी काम का नहीं होता। सारी पुस्तकें, अध्यापक, प्रयोगशालाएँ और शिक्षाएँ उनके लिए कूड़ा साबित होती हैं। शायद वे किसी अन्य कॉलज में, जो उनकी रुचि से तालमेल खाता था, उसमें इससे भी बेहतर कर सकते थे।

इस दूसरी श्रेणी के छात्रों के लिए मुझे एक ही डर रहता है कि वे (और उनके परिवार) अपनी जिंदगी के दो बेशकीमती साल इस उम्मीद में नष्ट कर देते हैं कि JEE की परीक्षा पास करते ही उनकी सब समस्याओं का हल निकल आएगा! मैंने अपने बहुत से समकक्ष लोगों को इसी प्रवृत्ति के कारण, IIT के भँवर में फँसते हुए देखा है। अपने जीवन के अगले चार साल वे इस उम्मीद में काट देते हैं कि जब वे IIT से 'मुक्त' हो जाएँगे, तब अपने जीवन को अपने तरीके से शुरू कर पाएँगे। उनमें से अनेक अंदर आने के कुछेक दिनों के भीतर ही भाग खड़े होते हैं। दूसरे वर्ष तक बहुत सारे लोग अगली बड़ी परीक्षा की तैयारी शुरू कर देते हैं, जो CAT (कॉमन एंट्रैंस टेस्ट) अथवा IAS (इंडियन एडमिनिस्ट्रेटिव सर्विस) या कोई और, जिससे कि उनका इंजीनियरिंग से पीछा छूट जाए। आखिरकार नतीजा यह होता है कि ऐसे छात्र जीवन के छह साल बेकार गँवा देते हैं और मिलता क्या है? केवल एक IIT का बैज! मुझे गलत मत समझिए। मेरे पास वह बैज है और मैं उसे पाकर सम्मानित अनुभव करता हूँ और यह आपको जीवन में बहुत फायदा भी

देगा, परंतु क्या यही एकमात्र मंजिल है, क्या यही जीवन का ध्येय है, क्या इसी से आपका जीवन सफल होनेवाला है? और भी अधिक महत्त्वपूर्ण सवाल यह है कि क्या जीवन में आगे बढ़ने का यही एक रास्ता है? बड़े अफसोस की बात है कि जब अपनी खुद की जिंदगी का सवाल आता है तो हम बहुत दूर तक नहीं सोच पाते।

सबसे फायदे में वे छात्र रहते हैं, जो इन दोनों समूहों के बीच में आते हैं। ये वे विद्यार्थी हैं, जो वैज्ञानिक ओज होने के साथ-साथ जिम्मेदार, अनुशासित और स्मार्ट हैं। वे IIT प्रणाली से सबसे अधिक लाभ उठाते हैं और ऐसे स्थान पर पहुँच जाते हैं, जिसका उन्होंने सपना देखा था। अधिकांशतः उनके जैसे स्नातक ही हैं, जिन्होंने IIT ब्रांड को वह बनाया है, जो वे आज हैं।

सबकुछ कहने के बाद हम इस नतीजे पर पहुँचते हैं कि सबसे आवश्यक है कि आपको साफतौर से जानना चाहिए कि IIT और आपका अथवा JEE और आपका स्वभाव मेल खाता भी है या नहीं और आप IIT की डिग्री का इस्तेमाल दुनिया को बेहतर और अपने जीवन को सफल बनाने के लिए किस प्रकार करेंगे?

□

उपाय

सारांश में आपको चेतावनी देने और विस्तार से इसके बारे में बताने के बाद, अब समय है कि हम उन उपायों के बारे में गहराई से जानें, जिन्हें खासतौर से मैंने आपके लिए तैयार किया है। अगर तथ्यों के हिसाब से बात करें तो मेरे पास एक सौ उपाय हैं, जिन्हें निम्नलिखित वर्गों में विभाजित किया गया है। मेरा दृढ़ विश्वास है कि यदि आप कर्मठता के साथ इन उपायों को समझ सकें और इन्हें अपने जीवन में सम्मिलित कर सकें, तो आपकी मंजिल, यानी IIT आपकी मुट्ठी में होगी। सफर के लिए शुभकामनाएँ!

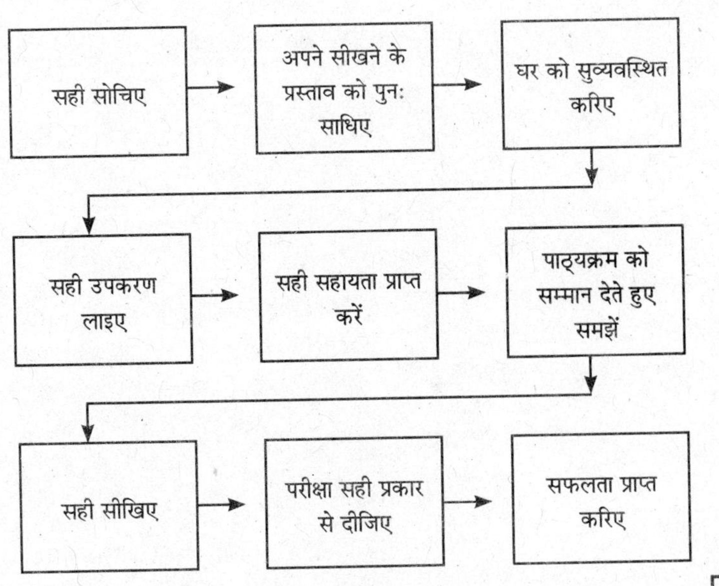

□

सही सोचिए

1. जानिए कि आपको क्या नहीं चाहिए

'ट्रेन छूट जाने का दु:ख तब सबसे ज्यादा होता है, जब आप प्लेटफॉर्म तक दौड़ते हुए पहुँचें और ट्रेन प्लेटफॉर्म से निकल चुकी हो और फिर आप उसके पीछे दौड़ें! ठीक वैसे ही जब दूसरे आपसे सफलता की उम्मीद कर रहे हों और आप विफल हो जाएँ तो विफलता का दु:ख अधिक सालता है।'

—नसीम निकोलस तालेब

पिछले कई वर्षों से, मेरे आसपास के लोग—मेरे माता-पिता, मित्र, सहकर्मी, शिक्षक, विमान यात्रा के हमसफर, ट्रेन के सफर के साथी, सभी ने मुझसे पूछा है कि मैं अपने जीवन में क्या करना चाहता हूँ ?[1] मुझे यह प्रश्न हमेशा बहुत जटिल प्रतीत हुआ है। एक ऐसा प्रश्न, जिसको मैं जानता भी नहीं, कैसे उत्तर देना शुरू करना चाहिए ? मेरे उत्तर, हिमालय में ट्रैक पर जाने से लेकर कवि बनने, एक कला का कैफे खोलने, एक इंटरनेट व्यवसाय आरंभ करने से लेकर इंजीनियरिंग पढ़ने तक फैले होते थे। साफ है, मेरे पास कोई ठोस विचार नहीं था कि मैं क्या करना चाहता था ? अत: मैं प्रश्न से दूर भागता था। उसकी बजाय मैंने लोगों से पूछना शुरू कर दिया कि मुझे अपने जीवन के साथ क्या करना चाहिए ? और सबसे आम उत्तर आता था—डॉक्टर, इंजीनियर अथवा चार्टर्ड अकाउंटेंट इत्यादि बन जाओ।

ऊँ हूँ! यह तो कोई बात नहीं बनी। मैंने इस प्रश्न पर बहुत सोच-विचार किया। मैंने स्वयं से प्रश्न किया। मुझे संदेह था कि इस प्रकार के प्रश्न का कोई सही उत्तर हो सकता था। फिर मैंने सोचा कि इससे सरल, परंतु संबंधित प्रश्न करूँ। वह क्या काम था, जो मैं नहीं करना चाहता हूँ ? अब यह एक ऐसा प्रश्न था, जिसका उत्तर मैं कुछ निश्चिंतता से दे सकता था। मुझे पक्का था कि मैं डॉक्टर नहीं बनना

---

1. यह पारस से संबंधित है। इसके पश्चात् इसे केवल पारस से इंगित किया जाएगा।

चाहता था (किताबों की मोटाई और नौ वर्षों की पढ़ाई, मेरे हौसले पस्त करने के लिए काफी थी)। मुझे पक्का विश्वास था कि मैं कलाकार नहीं बन सकता था (क्योंकि यदि अठारह वर्षों में मैं अपने भीतर एक भी रचनात्मक योग्यता नहीं ढूँढ़ पाया था, तो इस विषय में आगे देखने का कोई प्रश्न ही नहीं था)। मुड़कर देखता हूँ, तो यह सोचने में कि मुझे क्या नहीं चाहिए, बजाय इसके कि मुझे क्या चाहिए, इसने मुझे अन्य लोगों द्वारा दिए गए विभिन्न सुझावों से दूर रहने में सहायता दी।

प्रश्न को उलटा करें

जब भी आप अपने आपको ऐसी अवस्था में पाएँ, जब आपको यह समझ में नहीं आता हो कि क्या करें अथवा कौन सा रास्ता लें, एक आसान-से प्रश्न का उत्तर देने की कोशिश करें—आपको कौन सा रास्ता नहीं लेना चाहिए? मुझे ऐसा लगता है कि इससे आप अपने मस्तिष्क से बहुत सा कचरा, जो आपको असमंजस में डालता हो, उसे दूर कर सकेंगे और अपने मन-मस्तिष्क को ठीक से केंद्रित कर सकेंगे। लोग चाहे, जो भी कहें, केवल आप में ही अपनी क्षमता और ताकत को जानने की समझ है। याद रखिए कि जो आपके मित्र कर रहे हैं, उसे स्वीकार कर लेना और भीड़ के साथ भागना आसान है; परंतु आप भीड़ नहीं हैं; आप अपने आप में अद्भुत हैं और आपको ऐसा चुनाव करना है, जो आपके अनुकूल हो।

चुनाव इतना आवश्यक क्यों है?

पिछले कुछ वर्षों में, मैंने देखा है कि IIT की तैयारी करते-करते, कई छात्र ग्यारहवीं कक्षा के पश्चात् अचानक इसे छोड़ देते हैं। नियमित पढ़ाई के साथ-साथ प्रतियोगी परीक्षा की तैयारी के दबाव का वे सामना नहीं कर पाते। अधिकांशत: बीच रास्ते में पीछे हटने का सबसे प्रमुख कारण यही है कि IIT में जाने का फैसला उनका था ही नहीं। कहीं-कहीं तो यह फैसला उनके माता-पिता का लिया होता है और बाकी मामलों में उन्होंने वही किया, जो उनके मित्र कर रहे थे। अत: यदि मैं आपके स्थान पर होता, तो मैं ऐसे संकट से दूर रहता, क्योंकि वह मुझे कहीं का नहीं छोड़ता। इस पुस्तक में आगे जाने से पहले, कुछ समय निकालकर सोचिए कि आपको क्या पसंद है और क्या नहीं और आप किस प्रकार का कॅरियर चाहते हैं? अपने शिक्षकों, वरिष्ठ लोगों, माता-पिता और अन्य सगे-संबंधियों से बातचीत करिए। जानिए कि उन्होंने अपने जीवन का इतना बड़ा अहम फैसला कैसे किया

था? उनसे जानिए कि उनके पास और क्या-क्या बेहतर विकल्प हो सकते थे? आपको चारों ओर से मदद मिल सकती है; आपको केवल उसके लिए हाथ बढ़ाना है।

आपकी सहायता के लिए मैंने सारांश में विभिन्न विकल्पों की सूची तैयार की है और आप इनमें से अपने अनुकूल चयन कर सकते हैं। कृपया याद रखिएगा कि यह निजी मूल्यांकन है और केवल सांकेतिक कार्य के लिए ही है। सारा मूल्यांकन 5 के क्रम में है; जहाँ 1 बहुत कम और 5 बहुत उच्च स्तर है।

	इंजीनियरिंग	डॉक्टरी	BBA/ MBA	CA	वकालत
कार्य-जीवन का संतुलन	3	3	3	4	4
अभिजात्य वर्ग	5	5	5	5	5
बढ़त	3	5	3	4	4
आर्थिक स्थिरता	4	4	4	4	4

~•~

2. क्या आप बुद्धिमान हैं?

आपने कितनी बार सुना होगा कि 'वह कितना बुद्धिमान है!' लोग न जाने कितनी बार इस वाक्य को दोहराते रहते हैं। ज्यादातर कुछ खास किस्म के लोगों के लिए ही ऐसा बोला जाता है। ये वे लोग होते हैं, जो शीघ्रता से किसी भी समस्या का हल निकाल लेते हैं या ऐसे लोग परीक्षा में अच्छे अंक ला सकते हैं। क्या हमें यह पता भी है कि 'बुद्धिमान होने' का अर्थ क्या है? आइए, मैं आपको 1994 में 52 अन्वेषकों के समूह द्वारा सर्वसम्मति से तय की गई बुद्धिमत्ता की परिभाषा बताता हूँ—

'एक बहुत ही सामान्य मानसिक क्षमता, जिसमें अन्य चीजों के साथ-साथ तर्क, योजना, समस्याओं का समाधान, निराकार सोच, जटिल विचारों को समझना, जल्दी सीखना और अपने अनुभव से सीखना शामिल हैं। यह केवल पुस्तक से सीखना, जो एक सँकरी शैक्षिक निपुणता है अथवा परीक्षा

लेने की क्षमता नहीं है, बल्कि यह अपने परिवेश को समझने की विस्तारित और गहरी क्षमता है—'समझना', चीजों का 'मतलब निकालना' या 'मैं क्या करूँ' का जवाब है।"[2]

सिर्फ इसलिए कि किसी ने खुद को इस तरह से प्रोग्राम कर लिया है कि वह औरों के मुकाबले समस्याओं का तेजी से हल निकाल सकता है या परीक्षा में अच्छे अंक ला सकता है, केवल इतने मात्र से तय कर लेना कि फलाँ व्यक्ति बहुत बुद्धिमान है, यह अपने आप में बुद्धिमत्ता की संकीर्ण सोच की ओर इशारा करता है। इसका अर्थ यह भी है कि आपको पता ही नहीं है कि सही मायने में बुद्धिमान होना क्या होता है और बुद्धिमान किसे कहा जाता है? बुद्धिमत्ता इससे कहीं अधिक बड़ा विचार है; जीवन की विभिन्न परिस्थितियों में कोई व्यक्ति किस प्रकार व्यवहार करता है, यह उसका संक्षिप्त रूप है। विश्वास कीजिए, JEE में ग्रेड अथवा यह कि कोई JEE में उत्तीर्ण हो गया, यह बुद्धिमत्ता नापने का बहुत छोटा पैमाना है। जिस मिनट आप इस प्रकार सोचना शुरू कर देते हैं, उसी मुहूर्त में आप अपने आपको यह मानने के लिए मजबूर कर देते हैं कि कुछ खास लोग JEE में सफल होने के लिए ही बने होते हैं और बाकी लोग विफल होने के लिए ही बने होते हैं। यह एक बहुत बड़ा झूठ है, जो आपके माता-पिता, आपके शिक्षक और आपके वरिष्ठ आपको अभी तक बताते रहे हैं। अधिकांशतः यह उनकी स्वयं की असफलता का बहाना है। केवल इसलिए कि उनके पास आपको इससे बेहतर तरीके से कुछ समझाने की बुद्धि नहीं थी, इसलिए उन्होंने आपको यह लेबल दे दिया कि आपमें इसे समझने की बुद्धि ही नहीं है।

मैंने कई ऐसे जाहिल शिक्षकों को देखा है, जो बोझिल किताबों का सहारा लेते हैं और समझ नहीं आने पर छात्रों की बौद्धिक क्षमता पर नकारात्मक टिप्पणी करते हैं। उन्हें स्वयं ठीक से पढ़ाना नहीं आता, लेकिन अपनी विफलता का ठीकरा वे छात्रों की बुद्धि पर फोड़ देते हैं। मुझे लगता है कि ऐसे अध्यापकों को अपने बारे में बहुत बड़ी गलतफहमी रहती है। बेहतर तो यही होगा कि वे छात्रों की बौद्धिक क्षमता पर टीका-टिप्पणी करने की बजाय, अपने खुद के पढ़ाने के तौर-तरीकों पर ध्यान दें, नहीं तो उनकी दुकान ज्यादा दिन चलनेवाली नहीं है।

---

2. 'Mainstream Science On Intelligence', 13 दिसंबर, 1994 में प्रकाशित। लिंडा एस. गोटफ्रेडसन, 'Mainstream Science On Intelligence' (एडिटोरियल); 'Intelligence 24:13/23, http://www.undel.edu/edu/gottfredson/reprint/1997Mainstream.pdf'

अगली बार यदि कोई आपसे कहे कि आपके पास 'बुद्धि नहीं है' तो इस तरह का अपमान करनेवाले को कतई नहीं छोड़ना है। आप उससे लड़ जाइए। वह होता कौन है आपके बौद्धिक पैमाने को नापनेवाला?

बुद्धि कुछ हद तक शैक्षणिक क्षमता से अलग है। शैक्षणिक क्षमता का अर्थ है, जो ज्ञान आपको दिया जाता है, उसे आप आत्मसात् कर लें और फिर उसी खास शैक्षणिक ज्ञान के सहारे, उसी से संबंधित समस्याओं को सुलझाएँ; परंतु बुद्धि से तो जिंदगी भर इनसान को काम लेना होता है। कई बार इनसान अपने जीवन में आनेवाली समस्याओं को अपनी सामान्य बौद्धिक समझ के सहारे हल करता है। उसका स्कूल-कालेजों में पढ़ाई गई शिक्षा से कोई लेना-देना नहीं होता। एक मानचित्र को देखकर, उसके सूक्ष्म ब्योरे को स्मरण करते हुए अपना रास्ता खोज लेना—काबिलियत है; यह जानना कि किसी भी रास्ते से जाओ, बारिश में तो भीगना ही भीगना है, क्योंकि बारिश का मौसम है तो यह सामान्य समझ बुद्धिमत्ता है। अपने सिद्धांतों और मन को सबसे कठिन कार्य करने के लिए लगाने को योग्यता कहते हैं; बिना गृह कार्य करे शिक्षक के गुस्से से बचना बुद्धिमता है।

JEE का बुद्धिमत्ता से क्या लेना-देना? JEE परीक्षा में अच्छी रैंक लेकर पास होना किसी भी प्रकार से बुद्धिमत्ता का प्रतीक नहीं है। कोई भी ऐसा टेस्ट अभी तक नहीं बना है, जो यह साबित कर दे कि JEE की रैंक अथवा किसी भी परीक्षा के अंक अथवा रैंक किसी व्यक्ति की बुद्धिमत्ता के आई.क्यू. (IQ) स्तर से संबंधित हो सकते हैं। JEE में सफलता अपने आपको परीक्षा में सफल होने के लिए नियोजित करने के ऊपर निर्भर करती है और केवल दो आवश्यक चीजें हैं—

- यह जानना कि आपको सफलता हासिल करने के लिए कैसे काम करना है, अगर आप चाहें तो इसे 'सफलता का फॉर्मूला' कह सकते हैं।
- और अपनी इस जानकारी के आधार पर बेहद गहराई में जाते हुए तैयारी करना। पूरे जुनून के साथ अपने लक्ष्य की प्राप्ति में जुट जाना।

जितना अधिक आप पूरी तैयारी के साथ विषय को जानेंगे और उसको बेहतर-से-बेहतर तरीके से करने के लिए आपका जुनून बढ़ेगा, उतनी ही आपके सफल होने की संभावना बढ़ेगी। हम सब साधारण इनसान हैं और हमारी बौद्धिक क्षमता भी सामान्य है, लेकिन हमारे भी JEE में सफल होने के उतने ही चांस हैं, जितने जीवन के किसी भी अन्य क्षेत्र में।

~•~

3. मामूली-से-मामूली काम को भी मन लगाकर करिए

सर्दी की एक सुबह, अपनी बाइक पर सवार हो, मैं अपने कैफे के लिए स्नैक्स सप्लाई के लिए नोएडा से दक्षिण दिल्ली जा रहा था। उस समय मेरे मन में खयाल आया कि वे कस्टमर, जो कैफे में खाते थे और वे कर्मचारी, जो कैफे चलाते थे, उनकी आर्थिक स्थिति में कितना अंतर था! जो व्यक्ति सैंडविच माँगते हैं, उनके लिए तो सबकुछ आसान है, परंतु जो व्यक्ति सेवा कर रहा है, वह काउंटर से सैंडविच निकालता है, उसे प्लेट पर रखता है, उसके साथ थोड़ा कैचप (टमाटर की चटनी) और टिश्यू पेपर (हाथ पोंछने के लिए) रखता है और फिर उसे देता है। आसान काम है। इसमें कोई भी ऐसा काम नहीं है, जिसे करने में मेहनत लगती हो; परंतु जो व्यक्ति कैफे चलाते हैं, उन्हें निश्चित करना पड़ता है कि वे हर सुबह अपनी बेकरी तक आएँ, ताजा सामान की आपूर्ति करें, देखें कि हर साजो-सामान सही ढंग से काम कर रहा है कि नहीं और देखें कि कागज की प्लेटें, कैचप के पैकेट इत्यादि पर्याप्त संख्या में हैं कि नहीं? उनके लिए तो यह बहुत अधिक काम है; सारांश में कहें तो यह सुनिश्चित करने के लिए कि कस्टमर, बिना किसी असुविधा के अपने सैंडविच का आनंद ले सके, उसके लिए कर्मचारी को कितनी तैयारी करनी पड़ती है! मोटरसाइकिल पर जाते हुए ही मुझे यह एहसास हुआ कि किसी भी वस्तु को आसान करने के पीछे कितना परिश्रम लगता है। तब से ही मैंने इस बात को गाँठ में बाँध लिया है। मेरा मानना है कि यह जीवन के हर क्षेत्र में लागू होता है, जिसमें JEE की तैयारी भी शामिल है।

आपने अधिकांशतः लोगों को कहते हुए सुना होगा कि कुछ छात्रों को स्वाभाविक रूप से गणित में महारत हासिल होती है या कि कुछ बच्चों में जन्म से ही गणित के आँकड़ों के प्रति लगाव होता है; परंतु यह कहानी का केवल एक हिस्सा है। इसमें कोई संदेह नहीं है कि कुछ लोग प्रतिभाशाली होते हैं और उनमें कुछ खास काबिलियत होती है, परंतु देखनेवाले यह नहीं देख पाते कि उस काबिलियत को हासिल करने के पीछे कितना परिश्रम रहा है, कितनी प्रैक्टिस रही है। जिन व्यक्तियों को गणित आसान लगता है, असलियत में उन्होंने किसी-न-किसी समय, बहुत अधिक कठिन परिश्रम किया होता है; शायद तब से ही, जब वे माध्यमिक अथवा उच्च स्कूल में थे। ज्ञान की नींव बहुत गहरे और शक्तिशाली आधार पर टिकी होती

है, अत: जीवन में आप जितनी जल्दी अपनी नींव को मजबूत बनाना शुरू कर देते हैं, उतना ही आपको बाद में जाकर कम मेहनत करनी पड़ती है। आप किसी विषय या किसी कला में बहुत प्रवीण हैं, यहाँ तक तो ठीक है, लेकिन यदि आपने संबंधित विषय या कला में निपुणता हासिल नहीं की तो आगे जाकर आपको परेशानी का सामना करना पड़ सकता है। कहने का अर्थ यह कि 'करत-करत अभ्यास के जड़मति होत सुजान, रसरी आवत जात ते सिल पर परत निशान।' चाहे आप कितने भी तेज अथवा चतुर क्यों न हों, बिना अभ्यास के, बिना संघर्ष के फल नहीं मिलनेवाला है। यही तर्क JEE पर भी लागू होता है।

जिन लोगों ने JEE को भेद लिया है, वे आपको बताएँगे कि वह इतना कठिन नहीं था और यह कि वह बिना किसी परिश्रम के उत्तीर्ण हो गए थे। वे इसलिए ऐसा कहते हैं, क्योंकि उन्होंने बहुत कठिन परिश्रम किया था, बहुत मेहनत की थी और फिर इसीलिए परीक्षा में सफल होना, उन्हें आसान लगा था। अन्य व्यक्ति चाहे जो कहें, आपको अगले दो वर्ष बहुत अधिक कड़ा परिश्रम करना पड़ेगा। आपको अपना एक नियम बनाकर उस पर चलना होगा और ठीक से पढ़ाई करनी पड़ेगी। आपको अपने समय का विवेकपूर्ण ढंग से प्रबंधन करना होगा, जिससे कि आप व्यर्थ की चीजों में समय बरबाद न करें। इसका यह अर्थ नहीं है कि आप किताबी कीड़े बन जाएँ! आपको सिर्फ अपने समय का प्रबंध करना पड़ेगा, जिसमें कि आप पढ़ने के बावजूद सप्ताहांत में सिनेमा के लिए समय निकाल सकें या दोस्तों के साथ समय बिता सकें।

पुस्तक के अगले भाग की ओर बढ़ने से पहले, खुद को चुनौतियों का सामना करने; समस्याओं में फँसे रहने, कभी-कभी खोया-खोया सा महसूस करने अथवा हार मानकर सब छोड़ देने की इच्छा से जूझने के लिए तैयार कर लीजिए। केवल इतना याद रखिए कि आप किसी भी समस्या से अधिक सख्त हैं। अपनी ओर से पूरी जान लगा दें और आप देखेंगे कि आप JEE नामक दैत्य को कितनी आसानी से काबू में कर लेते हैं।

~•~

4. दिमागी रूप से खुद को तैयार करना

क्या आपने देखा है कि सड़क पर चलते कुत्ते की पूँछ हमेशा उसकी टाँगों के बीच में होती है और जब उसके आसपास थोड़ी भी हलचल होती है तो वह चौंक

जाता है और यदि आप पत्थर उठाने के लिए थोड़ा सा झुकते हैं तो वह अपनी जान बचाकर भागता है? और क्या आपने वह कुत्ता देखा है, जो एक बड़े से मकान के गेट के अंदर होता है और जो हर सामने से गुजरनेवाले के ऊपर गुर्राता और भौंकता है? उसका मालिक अगर उसे रोज शाम को घुमाने के लिए बाहर न ले जाए तो वह किस प्रकार उसका जीना दूभर कर देता है। ये दोनों ही कुत्ते हैं, परंतु अलग-अलग परिस्थितियों और अनुभवों के कारण उन्हें अलग प्रशिक्षण मिला है। मार्क ट्वेन की लोकप्रिय कहावत है कि 'लड़ाई में कुत्ते का आकार नहीं, बल्कि कुत्ते में लड़ाई का आकार देखा जाता है।'

अपने मन को कुत्ता मान लीजिए, जिसे आपको प्रशिक्षित करना है। यदि आप असफलता के विषय में सोचते रहेंगे कि यदि आपका चुनाव नहीं हुआ तो क्या होगा, कक्षा के उस छात्र के बारे में, जो इतना 'बुद्धिमान' है और वह निश्चित ही JEE में सबसे उच्च श्रेणी में आएगा, तो आपका मन असफल होने के लिए खुद को तैयार कर रहा है। बहरहाल, यदि आप उस दिन के विषय में सोचते रहें, जब आपको JEE में ऊँचा स्थान प्राप्त होगा, अपने सीखने के अद्भुत तरीकों के विषय में खुद को शाबाशी दें और यह विश्वास बनाए रखें कि बहुत कम ही ऐसे हैं, जो आपसे स्पर्धा कर सकते हैं। ऐसा करके आप अपने मन को सफलता के लिए तैयार कर रहे हैं। जीवन और सफलता बहुत हद तक आत्मविश्वास का खेल है। यदि आपको स्वयं पर विश्वास है तो आप निरंतर चेष्टा करते रहेंगे, आप रास्ते में आए पत्थरों से परेशान नहीं होंगे, साथ ही आपको यह भी समझना होगा कि आत्मविश्वास और आत्मसंतोष के बीच में एक बहुत बारीक रेखा है। आत्मसंतोष उससे कहीं अधिक खतरनाक है। अत: अपने आपको सदैव अपनी गहन तैयारी के लिए तैयार रखें और आत्मसंतोष की बीमारी से बचें।

पाँच बंदरों की एक बहुत ही दिलचस्प कहानी है, जिनको एक कठघरे में एक साथ बंद कर दिया गया था और उसमें एक थाली में केले रख दिए गए थे। एक समय में एक ही बंदर को पेड़ के ऊपर जाकर केला खाने की अनुमति दी गई थी। हर बार जब कोई बंदर केला खाता, तो दूसरे बंदरों पर ठंडा पानी फेंक दिया जाता था। ऐसे दो-चार हादसों के बाद, जब भी कोई बंदर केले की ओर जाना चाहता, बाकी बंदर चिल्लाना शुरू कर देते थे।

केले की ओर लपकता बंदर डरकर कोशिश छोड़ देता था। एक-एक करके उन बंदरों के स्थान पर बाहर से अन्य बंदर लाए जाते थे। अत: किसी भी समय, वहाँ गुटों में कुछ बंदर होते ही थे, जो उनके साथ बाद में आए थे और उन पर

कभी भी पानी नहीं डाला गया था, परंतु जब कोई बंदर केले की तरफ जाता तो वे भी चिल्लाने लग जाते। धीरे-धीरे करके कठघरे के सारे बंदरों के बदले में नए बंदर आ गए थे, जिनके ऊपर कभी भी ठंडा पानी नहीं फेंका गया था। फिर भी नए बंदरों में से कोई भी बंदर केले की तरफ नहीं जाता था, क्योंकि वे सब चिल्लाने से और सामाजिक बहिष्कार से डरते थे।

इन पाँच बंदरों की कहानी आपको बताएगी कि 'यह नहीं किया जा सकता' अथवा 'नहीं किया जाना चाहिए' के जाल में फँसना कितना आसान है, सिर्फ इसलिए कि आपके आसपास के लोग, जो यह कह रहे हैं, पहले विफल हो चुके हैं। हम मनुष्य हैं, बंदर नहीं। चाहे कोई भी, कुछ भी कहे, आपको वह करने का प्रयास करना चाहिए, जिस पर आपको विश्वास है।

~•~

5. स्वयं को जानिए

सारे रास्ते रोम की ओर जाते हैं, परंतु हर रास्ता अलग है। अत: अपने रास्ते और स्वयं को जानिए। मनुष्य का मन मशीन का एक जटिल टुकड़ा है और हममें से प्रत्येक अद्‌भुत परिस्थितियों में फल-फूल रहा है। आपको यह सोचना चाहिए कि आप कैसे, कहाँ और कब अच्छा सोच सकते हैं! मेरे लिए तो सख्त पढ़ाई के लिए सुबह का समय कभी भी अच्छा समय नहीं था और पता नहीं कैसे, परंतु भीड़ में बैठकर मैं एकाग्रता से पढ़ सकता था। कानों पर हाथ रखने से शायद मुझे ध्यान केंद्रित करने में सहायता मिलती थी। आपको अपने मन के बारे में ऐसी चीजें जाननी चाहिए, साथ ही आप यह जानने की भी कोशिश करें कि क्या आप एक ग्रुप में बैठकर पढ़ना पसंद करते हैं या कि एकांत में? यदि आप एक समूह में अच्छा करते हैं, तो यह निश्चित कर लीजिए कि उस समूह में विषय की विभिन्नता हो। गंभीरता और मस्ती का संतुलन हो।

अपने दिलोदिमाग को मेहनत करने की ट्रेनिंग दें और इसके लिए नए-नए प्रयोग करें। सुडोकु में 15 मिनट लगाएँ या फिर अपने मनपसंद प्ले स्टेशन गेम खेलें। ये सब मन को प्रेरित कर उसे ताजा बनाए रखने में सहायक होते हैं। मानसिक तौर पर शांत होने के तरीके खोजें। अधिकांश लोगों को संगीत से यह सुकून मिलता है। कुछ लोगों के लिए इधर-उधर कुछ देर के लिए घूमना या किसी पड़ोसी से बात करना भी मन को अच्छा लग सकता है। हो सकता है कि आपको

अपने दादाजी के साथ पाँच मिनट बात करके ही ऐसा लगे कि मानो आपको पंख लग गए हों। ऐसा इसलिए लगेगा, क्योंकि आपके दादाजी हमेशा आपका हौसला बढ़ाते रहे हों और आपको बहुत लाड़-दुलार करते हों। जब आप किसी बड़े लक्ष्य को हासिल करने के लिए मेहनत कर रहे हैं तो कोशिश करिए कि निगेटिव एनर्जी और नकारात्मक सोचवाले लोगों से दूर रहें। ऐसे लोगों के साथ पाँच मिनट बिताने भर से लगता है, मानो दम घुट रहा है।

ऐसे उत्साह भंग करनेवाले लोगों से सावधान रहिए; खासतौर से पढ़ाई के संबंध में अपने प्रिय और अप्रिय विषयों को ढूँढ़िए। प्रिय विषय में आप इतना डूब जाते हैं कि आपको समय का अंदाजा नहीं रहता और अप्रिय विषय आपकी एनर्जी सोख लेते हैं। किसी समीकरण को हल करते समय अगर निराशा हाथ लगती है तो मन को बहुत बुरा लगता है, लेकिन पहले से यह मानकर न चलें कि निराशा ही हाथ लगनी है। 'करत-करत अभ्यास...' वाली उक्ति को याद रखें।

याद रखिए, कोई भी विषय सीखने के पहले आपको वह विषय अच्छा लगना चाहिए। अतः यदि आपको कोई विषय पसंद नहीं है, तो उसे सीखने के पहले, उसे पसंद करने के लिए अपने मन को प्रतिबद्ध करें।

सबसे ज्यादा, यह जानिए कि आप किस प्रकार सबसे अच्छा सीखते हैं। कुछ लोग देखकर सीखते हैं, अर्थात् वह छवि अथवा खाके को देखकर ज्यादा अच्छा सीख सकते हैं; कुछ सुनकर सीखना पसंद करते हैं और वे बातें करके अथवा किसी को सुनकर ज्यादा अच्छा सीखते हैं और कई गतिबोधक होते हैं, जो खेलकर ज्यादा अच्छा सीखते हैं। आजकल कई मानदंड टेस्ट उपलब्ध हैं (VAK टेस्ट खोजिए), जो आपको यह जानने में सहायता देंगे कि आपके लिए कौन सा तरीका काम करता है और उसी के अनुसार सीखने के तरीके अपनाएँ।

~•~

6. क्या आपका मुकाबला खुद से है?

अगर JEE में अपनी नैया को पार लगाना चाहते हैं तो भूल जाइए कि आप कोई प्रतियोगी परीक्षा देने जा रहे हैं। यह बहुत अजीब लग सकता है, परंतु आइए, हम इस विषय में थोड़ा और खोजबीन करते हैं। अगर मैं यह कहता हूँ कि अपना सर्वश्रेष्ठ प्रदर्शन करने के लिए आपको दूसरों से मुकाबले के बारे में भूलना होगा तो इसके दो कारण हैं—

दूसरों के साथ मुकाबला करने से हम अपनी अंतर्निहित क्षमता को पूरे तौर पर पनपने नहीं देते। जब हम यह मान लेते हैं कि हमारा मुकाबला दूसरों से है तो हम अपने आपको हारने के लिए तैयार कर रहे होते हैं। ऐसे हालात में हम लड़ाई के दाँव-पेच अपने प्रतिद्वंद्वी की क्षमता को आँककर आजमाते हैं। हम यह भूल जाते हैं कि हमारे भीतर तो उससे भी कहीं अधिक क्षमता है। प्रत्येक मनुष्य केवल उतना परिश्रम करने की कोशिश कर सकता है, जितना उसके लिए संभव है। बहुत कम लोग ही अपने आपको अपनी सीमाओं से परे ले जा पाते हैं। यह आंतरिक इच्छा द्वारा प्रेरित होने बनाम प्रतिद्वंद्विता द्वारा प्रेरित होने के बीच के अंतर का उत्कृष्ट उदाहरण है। अत: अपना सबसे बेहतरीन देने के लिए, आपको स्वयं अपना प्रतिद्वंद्वी बनना पड़ेगा।

अगर अपने आप से मुकाबला मानकर चलेंगे तो हारने के बाद भी आपमें संतोष की एक भावना रहेगी और संतोष कर लेने से बड़ा खुद का कोई नुकसान नहीं हो सकता। संतोष से हार मान लेने की गलत भावना के सिवाय और कुछ फलीभूत नहीं होता। जिस समय आप अपने जाने-पहचाने प्रतिद्वंद्वियों के दायरे से बाहर निकलकर आते हैं तो सच्चाई आपके मुँह पर तमाचा जड़ देती है। कोचिंग केंद्र इसलिए इतने सफल नहीं हैं कि वे कुछ अद्‌भुत सिखा देते हैं; यह इसलिए है, क्योंकि वहाँ आप देश के सबसे अच्छे लोगों से मुकाबला करते हैं और यह मुकाबला ही आपको हर पल नया सीखने को प्रेरित करता है।

याद रखिए कि यदि आप अपने समाज में सबसे अच्छे हैं तो आपको अपने आकलन का पैमाना और ऊँचा करना होगा। इतिहास ऐसे लोगों से भरा पड़ा है, जो ऊपर से नीचे गिर गए; क्योंकि उन्होंने सोचा कि वे अजेय हैं। उनकी अपने आपको सर्वश्रेष्ठ समझने की गलत भावना ही थी, जो उन्हें ले डूबी और फिर कुछ ऐसे हैं, जो सबसे महान् बन गए, इसलिए नहीं कि वे किसी और के साथ प्रतिस्पर्धा में थे (अधिकांश केसों में वे अपने प्रतियोगियों से बहुत आगे थे), बल्कि इसलिए, क्योंकि वे जानते थे कि वे हर बार इससे भी बेहतर कर सकते थे। याद करिए, सचिन तेंदुलकर सबसे अच्छे हैं, परंतु फिर भी वे कभी भी किसी अभ्यास सत्र में जाना नहीं भूलते। दौड़ बहुत लंबी है, लेकिन एक बात याद रखिए कि दौड़ में जीतते वही हैं, जिनका मुकाबला खुद से होता है। मान लीजिए कि आप हो सकता है, हर क्षेत्र में सबसे अच्छे न हों। प्रत्येक में कुछ शक्तियाँ और कुछ दुर्बलताएँ होती हैं। अपनी कमजोरियों को पहचानना और उन पर कार्य करना, आपके अपने

लिए, शायद सबसे अच्छी चीज होगी। अब आप यह सोच रहे होंगे कि इन सब में प्रतियोगिता कहाँ आती है ? जब हम आँखें बंद करके दूसरों के साथ प्रतिस्पर्धा करते हैं तो हम उनकी शक्तियों से कुछ सीखने और अपनी कमियों पर कार्य करने का मौका खो देते हैं। इस कटु स्पर्धा के वातावरण में किसी प्रकार का सहयोग नहीं होता।

एक कहावत है, 'किसी व्यवसाय को सफल बनाने के लिए आप कुछ ऐसे लोगों को जिम्मेदारी दीजिए, जो आपसे अधिक बुद्धिमान हों।' उसी प्रकार, अपने आपको बेहतर बनाने के लिए, ऐसे लोग ढूँढ़िए, जो आपसे बेहतर हों और उनसे सीखिए। मुकाबले को भूल जाइए और सहयोगिता का वातावरण स्थापित कीजिए। दूसरों की शक्तियों से सीखिए और अपनी कमजोरियों पर कार्य कीजिए। यह न केवल आपको बेहतर बनाने में सहायक होगा, वरन् आपको अपनी कमियों के विषय में और विनम्र बना देगा। अंत में, आप न केवल अपने आपको और अधिक बेहतर बना पाएँगे, बल्कि जीवनभर के लिए कुछ अच्छे मित्र भी बना लेंगे।

~•~

7. ऊपर बहुत एकांत है

अगर आपके मन में दृढ़ इच्छा है तो आप बहुत बढ़िया रैंक के साथ JEE में सफल होंगे, लेकिन इसलिए नहीं कि आपकी माता अथवा घनिष्ठ मित्र या फिर पूरी दुनिया यह चाहती है। यदि आप संतुलित जीवन जीना चाहते हैं, मित्रों के साथ मजा करना चाहते हैं, सिनेमा देखना चाहते हैं, अपने मनपसंद TV सीरियल नहीं मिस करना चाहते, फुटबॉल खेलना चाहते हैं और विविधता से भरा जीवन जीना चाहते हैं, तो आप एक बहुत शानदार जीवन जीने की तैयारी कर रहे हैं। हाँ, यह बिलकुल सही है कि यदि आपने अपनी पढ़ाई पर थोड़ा ज्यादा ध्यान नहीं दिया और समय बरबाद करनेवाले कामों से अपना दामन नहीं छुड़ाया तो आप JEE में उत्तीर्ण नहीं हो सकते। यदि आप अपने सपने को साकार करना चाहते हैं तो मन को पढ़ाई में लगाना ही पड़ेगा। आपको यह विश्वास करना होगा कि आप वह रैंक प्राप्त कर सकते हैं। आप बाकी मौज-मस्ती वाले कामों को IIT में आने के बाद कर सकते हैं। इसे मंजिल मिलने के बाद मिलनेवाला इनाम कहते हैं।

अंततः वह गुप्त पृष्ठ, जो IIT में सफल होने के इच्छुक परीक्षा देने के पहले पढ़ते हैं, यह प्रेरणा से भरा पृष्ठ है। यह एक ऐसा पृष्ठ है, जो आपको आपका

रास्ता खोजने में और आपको कठिन समय में भी प्रोत्साहित रखने में सहायक रहेगा। हममें से हरेक अलग-अलग स्त्रोतों से प्रेरणा और प्रोत्साहन लेता है, इसलिए यह अंतिम पृष्ठ व्यक्तिगत आवश्यकताओं के लिए बहुत उपयुक्त है। कइयों के पास उद्धरण हैं, कइयों के पास तसवीरें, कइयों के पास उनकी माँ की चिट्ठियाँ और कइयों के पास उनकी सबसे प्रिय कविता अथवा रामायण अथवा कुरान की दो पंक्तियाँ अथवा दोहे हैं। किसी भी रूप में इसे ले लीजिए, लेकिन प्रेरणा की आवश्यकता होती है। जैसा कि लोग कहते हैं, सफलता का अर्थ है, 99 प्रतिशत पसीना और 1 प्रतिशत प्रेरणा और यह बाद में आनेवाला 1 प्रतिशत ही JEE में सफल होने की कुंजी है।

□

अपने सीखने के तौर-तरीकों को फिर से व्यवस्थित करें

8. मन को भटकने दें

कनफ्यूशियस बिलकुल सही थे, जब उन्होंने कहा था, 'मैं सुनता हूँ, मैं भूल जाता हूँ; मैं देखता हूँ, मुझे याद रहता है; जब मैं करता हूँ तो मैं सीखता हूँ। करके सीखने का कोई विकल्प नहीं है।' जब आप किसी चीज को उसके भौतिक रूप में अनुभव करते हैं, उसे छू सकते हैं और अनुभव कर सकते हैं तो वह अनुभव आपकी स्मरणशक्ति में बस जाता है। जब भी आप उस अनुभव से संबंधित किसी चीज के बारे में सोचेंगे तो आप आसानी से उससे संबंधित सभी वर्णनों को सजीव तौर पर याद कर सकेंगे। आप उस अनुभव को बार-बार दोहराएँगे। आपका मन आपको समय में पीछे ले जाएगा और आप स्वयं को वह कार्य करते हुए देख सकेंगे। उदाहरणार्थ, जब कोई आपको हिमालय के विषय में बताता है तो आप तुरंत ही एक बर्फ से ढँके पहाड़ की कल्पना कर सकते हैं, जिसे आपने, हो सकता है, देखा हो और आप उसकी ठंडक महसूस कर सकते हों। ऐसा सिर्फ इसलिए होता है, क्योंकि आप उस सर्दी से संबंध स्थापित कर लेते हैं, जो आपने तब अनुभव की थी, जब आप किसी बर्फ से ढँके पहाड़ अथवा पहाड़ी क्षेत्र में थे। मन की यह क्षमता कि आप उस अनुभव को पुनर्जीवित कर सकते हैं, JEE की तैयारी करते समय बहुत सहायक हो सकती है। JEE के पाठ्यक्रम में बहुत अधिक व्यावहारिक विचार होते हैं, जैसे बिजली की तरंग (इलेक्ट्रिक करंट), मोटर, मोशन (गति), घूर्णन (रोटेशन), रासायनिक प्रतिक्रिया (केमिकल रिएक्शन) इत्यादि, जिनके व्यवहार को हम हर रोज की चीजों में देखते और करते हैं। आपको यह तय करना होगा कि जो भी आप कक्षा में पढ़ रहे हैं, उससे स्वयं को जोड़ने कर अनुभव करें। ज्ञान को व्यावहारिक रूप में परखने में भले ही आपको पसीना बहाना पड़े, अपने हाथ काले करने पड़ें, लेकिन करके देखना कभी न भूलें। मुझे आज भी जो मोटर के हिस्से और उसके कार्य करने

का तर्क याद है, उसका कारण यह है कि मैंने असली में एक मोटर खोली थी और देखा था कि उसके भीतर क्या है!

यदि आप सीखने के पीछे पड़े ही रहोगे तो वह ज्ञान आपके व्यक्तित्व में झलकेगा। यह ज्ञान, यह करके देखना, आपको न केवल एक कक्षा पास कराने में सहायक होगा, बल्कि जैसे-जैसे आप अपनी पढ़ाई के क्षेत्र में आगे बढ़ेंगे, आपको हर चीज को ठीक-ठीक समझने में भी सहायक होगा। आजकल, खासतौर से इसलिए, क्योंकि बच्चे साल में, औसतन आठ विषय सँभालते हैं, तो यह और भी आवश्यक हो जाता है कि हम कक्षा में सीखे विषयों के व्यावहारिक रूप का अन्वेषण करें।

तो जब मैं कहता हूँ कि आप कोई भी कार्य करके सीखें, तो मेरा असली अर्थ क्या है? मैं एक उदाहरण देता हूँ—हालाँकि मैं एक इंजीनियर हूँ और मैंने दसवीं कक्षा तक बायोलॉजी (चिकित्सा विज्ञान) पढ़ा है, मुझे आज भी फूल के हिस्से याद हैं—पेटल्स (पंखुड़ियाँ), स्टैमेन (पुंकेसर), पोलन (पराग)—इसलिए नहीं कि मेरी स्मरणशक्ति बहुत अच्छी है, परंतु इसलिए कि मेरी माँ ने बगीचे से एक फूल तोड़कर, उसे काटकर, मुझे उसके विभिन्न उसके भागों को दिखाए थे।[3] बस, केवल यही। केवल यही एक चीज है, जिसे आपको अपनी दीर्घकालीन स्मरणशक्ति में रखना है। जब भी मैं कोई फूल लेता हूँ और भाग देखता हूँ, मेरा मन मुझे उस समय में, पीछे ले जाता है, जब मेरी माँ मुझे फूल के विभिन्न हिस्से दिखा रही हैं और उसकी क्या आवश्यकता है, यह समझाने की कोशिश कर रही हैं। तो आप केवल पूछते रहिए कि मैं इसे कैसे अनुभव कर सकता हूँ अथवा यह कि जो मैंने आज कक्षा में पढ़ा है, उसका उपयोग मैं कहाँ देख सकता हूँ?

अब आप सोच सकते हैं कि भौतिक विज्ञान और रसायनशास्त्र में आपने जो विचार सीखे हैं, उनको अनुभव करना बहुत आसान है; क्योंकि हमारे चारों ओर की चीजें या तो भौतिक विज्ञान अथवा रसायनशास्त्र अथवा दोनों के किसी-न-किसी नियम पर आधारित हैं; परंतु आपको ऐसा लग सकता है कि गणित वैचारिक शिक्षा से संबंधित है और गणित पर आधारित विचारों की सजीव कल्पना करना कठिन है। मैं इससे असहमत हूँ और इसके लिए मैं एक उदाहरण देना चाहूँगा, यह दिखाने के लिए कि आप किस तरह से गणित के विचारों की सजीव कल्पना कर सकते हैं। आइए, हम बुनियादी सवाल को ही हल करने चेष्टा करते हैं $(a+b)^2 = a^2+b^2+2ab$

---

3. पारस

a+b लंबाई की एक लाइन खींचिए, क्योंकि हम (a+b) स्क्वेयर जानना चाहते हैं, हम उस लाइन के चारों ओर एक चौकोर बना देते हैं, जिसमें कि चौकोर की लंबाई a+b हो।

अब प्रतिकूल तरफ को 'a' लंबाई पर क्रमशः जोड़ दें। प्रत्येक छोटे चतुर्भुज के क्षेत्र की गणना करें।

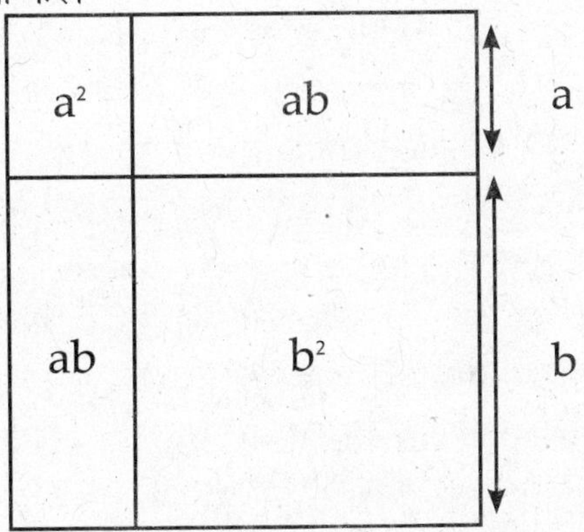

इन चार चतुर्भुजों (दो चौकोर) और दो आयतों (रेक्टेंगल) के क्षेत्रफल को जोड़ने से हमें $a^2+b^2+ab+ab=a^2+b^2+2ab$ मिलेगा। अतः, आप वहाँ जाइए, वह प्रायोगिक उपकरण खरीदिए, थोड़े-बहुत फूल तोड़िए, कुछेक चीजों को तोड़िए और फिर (आशा करता हूँ) उन्हें जोड़िए; अपने पिताजी की उन उपकरणों से सहायता कीजिए, अपनी माँ की खाना बनाने में सहायता कीजिए। केवल अपनी आँखें खुली, हाथ व्यस्त और कान चौकन्ने रखिए। आपको आश्चर्य होगा कि आपकी कक्षा में पढ़ाए गए विचार किन अद्‌भुत-अद्‌भुत स्थानों में कार्यान्वित हो जाते हैं!

~•~

9. अपनी क्षमता से अधिक कार्य न करें

प्रत्येक व्यक्ति सफल होना चाहता है। हमें अच्छा लगता है, हमें बेहद खुशी मिलती है, जब हम शीर्ष पर पहुँचने में सफल हो जाते हैं। आपने अकसर देखा होगा कि अगर आप सफल हैं तो हर जगह लोग आपको सम्मान की नजरों से देखते हैं,

लेकिन असफल लोगों से समाज का हर तबका, यहाँ तक कि घर के लोग, यार-दोस्त और सहकर्मी, सभी कन्नी काटते हैं।

सफलता की लालसा बहुत अच्छी है, परंतु असफलता का भय गलत है। असफल होना, असफलता के भय से अच्छा है। असफलता से बेहतर शिक्षक कोई है ही नहीं; वह व्यक्ति का व्यक्तित्व सँवार देती है और उसे अपना लक्ष्य पाने के लिए जिस दृढ़ता की आवश्यकता है, वह प्रदान करती है।

हम सफलता तो चाहते हैं, सफल होना बहुत अच्छा लगता है, लेकिन यह सहज मानव प्रकृति है कि वह सफल होने के लिए मेहनत नहीं करना चाहता। उसे वह हर काम बुरा लगता है, जिसमें उसे मेहनत करनी पड़ती है। सभी चाहते हैं कि बैठे-बिठाए, सफलता मुफ्त में ही मिल जाए तो कितना अच्छा हो!

आपने आखिरी बार कब वह खेल खेला था, जिसमें आप अच्छे नहीं थे अथवा ऐसा विषय पढ़ा हो, जिसमें आपकी रुचि नहीं थी? यदि आप उसी खेल के मैदान में खेलते रहेंगे तो आप एक सीमा के आगे अपने आपका विकास नहीं कर पाएँगे। आप कुछ ज्यादा ही आरामतलब हो जाएँगे और चुनौतियों से मुँह मोड़ना शुरू कर देंगे। साधारणत: जिस कार्य में आप निपुण हैं, उसे करना कोई बड़ी बात नहीं है, खासतौर पर जब IIT—JEE का सवाल उठता है, जहाँ आपको तीनों विषयों में अच्छे अंक लाने की आवश्यकता होती है।

एक में बहुत बढ़िया किया और अन्य विषयों में लुढ़क गए, तो कैसे चलेगा? मैंने अपने सहपाठियों और छोटे भाई-बहनों को गणित और विज्ञान पर अत्यधिक ध्यान केंद्रित करते देखा है, क्योंकि उन्हें ये विषय प्रिय थे और वे इनमें अच्छे भी थे।[4]

वे बाजार में उपलब्ध प्रत्येक पुस्तक खरीद लेते थे और शायद हर समस्या को हल भी कर लेते थे। बहरहाल, वह ये समझने में असमर्थ थे कि गणित का एक और सवाल हल कर लेना शायद अन्य विषयों, जैसे भौतिकी अथवा रसायनशास्त्र पर ध्यान देने से कम महत्त्वपूर्ण था। हाँ, प्रिय विषय में बहुत अंक प्राप्त किए जा सकते थे (ऐसा, जिसमें वे बहुत अच्छा करते थे), परंतु वास्तविकता यह है कि वे उतने ही अच्छे थे, जितने वे अपने सबसे कमजोर विषय में थे। JEE का नियम है कि आपको तीनों विषयों में उत्तीर्ण होना है; इसका अर्थ है कि आप भौतिकी, रसायनशास्त्र और गणित पर, एक समान न भी हो, तो भी तुलनात्मक ध्यान दें।

---

4. पारस

आप केवल अपने मनपसंद अथवा जिसमें आप अच्छे हैं, केवल उन्हीं विषयों पर ध्यान न दें, बल्कि अन्य विषयों की भी अनदेखी न करें।

तीनों विषयों पर ध्यान केंद्रित करें। हो सकता है, आपको कुछ एक विषय अच्छे न लगते हों, परंतु JEE आपकी पसंद-नापसंद के अनुसार तो बना नहीं है। अल्बर्ट आइंस्टाइन ने एक बार कहा था, 'खेल के नियम जानिए, फिर उस खेल को औरों से बेहतर खेलिए' और JEE के खेल का नियम यह है कि ऑर्गेनिक केमिस्ट्री उतनी ही आवश्यक है, जितनी त्रिकोणमिति (ट्रिग्नोमेट्री)। अत: जो विषय आपको सबसे कम अच्छा लगता हो, उस पर भी कम-से-कम दो घंटे तो लगाने की ठान ही लें। आप उस पर जितनी अधिक चेष्टा करेंगे, उतना ही वह सरल लगने लगेगा, भले ही वह आपका प्रिय विषय न हो। साधारणत: जिस विषय में आप सबसे कमजोर हैं, उसी विषय से अपना दिन शुरू करना बेहतर होता है। इसका अर्थ है कि आप अपने सबसे कमजोर (और सबसे कम पसंद) विषय को ताजा मन से पढ़ना शुरू करते हैं और आशा कर सकते हैं कि आप उसे शीघ्र समाप्त कर देंगे। इसके बाद आप अपने मनपसंद विषय में लौट सकते हैं। यदि आप अपना दिन इस तरह से शुरू नहीं करना चाहते, तो फिर जिस विषय में आपकी सबसे कम दिलचस्पी है, उसे पूरक विषय के रूप में रखें। उसे आधे-आधे घंटे के चार भागों में बाँट लीजिए। इस तरह आप विषय से ऊबेंगे नहीं, बल्कि हो सकता है, थोड़ी-थोड़ी मात्रा में पढ़ने से आपकी उस विषय के प्रति रुचि बढ़ भी जाए।

~•~

10. सब संतुलन की बात है

JEE में बहुत अधिक कड़े परिश्रम और तपस्या की आवश्यकता है, परंतु उसे किस प्रकार करना है, इसके लिए व्यक्ति को चतुर होने की आवश्यकता है। दिन में केवल चौबीस घंटे ही होते हैं और आपको इनका कुशलता के साथ बेहतर उपयोग करना है। जो सबसे सामान्य गलती उम्मीदवार करते हैं, वह है, अंधाधुंध तरीके से जितने संभव हैं, उतने प्रश्नों को हल कर देते हैं। मैंने कई बार देखा है कि विद्यार्थी किसी विषय की दस-दस पुस्तकों से तैयारी करते हैं। वे, जितनी पुस्तकें उपलब्ध हैं, हासिल कर लेते हैं और केवल सवालों को हल करते रहते हैं। अभ्यास करना बहुत अच्छा है, परंतु JEE केवल प्रश्नों के उत्तर देने तक ही सीमित नहीं

है। यह आपकी धारणाओं का परीक्षण है और इसका आपने कितने प्रश्नों का उत्तर दिया और आपकी किसी विषय में क्या धारणाएँ हैं, के साथ कोई सीधा संबंध नहीं है। अत: यदि आपके मित्र, हरसंभव पुस्तक से समस्याओं का हल निकाल रहे हैं, तो आतंकित मत होइए। घटिया पुस्तकें (उनके उत्तर प्राय: गलत होंगे) लेने के लिए परेशान मत होइए। जो मूल चीजें हैं, उन्हें समझने और जो सबसे अच्छे लेखक हैं, उनकी अनुशंसित पुस्तकों पर ही ध्यान केंद्रित करें। प्रत्येक प्रश्न को, खासतौर से वे, जिन्हें आप अनेक कोशिशों के बाद भी हल नहीं कर पाए, समय दीजिए। जब आप कोई सवाल करते हैं, उसे एकदम से करना शुरू न करें; अपने मस्तिष्क में उसको करने के तरीके को सोचें, उसके भीतर छुपे हुए सिद्धांतों को समझिए और फिर यह सोचिए कि उन धारणाओं और उपकरणों को, जो आपने कक्षा में सीखे हैं, इस समस्या का हल ढूँढ़ने में कैसे प्रयोग करेंगे? फॉर्मूले को केवल प्रयोग न करें। यह आपकी सोच को सतही बना देगा और आपको असली सीख से वंचित रखेगा।

आँखें मूँदकर समस्याओं का हल निकालने से जो एक और चीज होती है, वह यह है कि आप बार-बार लगातार वही भूल करते रहेंगे। यदि हम जितने संभव, उतने प्रश्नों के उत्तर देने पर ध्यान केंद्रित करेंगे तो हम स्वयं को अपनी गलतियों को समझने और अपनी धारणाओं पर एक बार फिर से विचार करने का समय नहीं देंगे। हम केवल सोचते हैं कि अगली बार हम वही गलती नहीं करेंगे, परंतु फिर वही गलती होती ही है; क्योंकि उसका आधारभूत विचार ही गलत है और केवल कुछेक ही गलतियाँ हैं, जिन्हें व्यक्ति याद रख सकता है। अत: धारणाओं पर ध्यान केंद्रित रखें। यदि आप कोई गलती करते हैं तो समय लीजिए, उस पर विचार कीजिए और खोजिए कि आप कहाँ गलत हुए। समस्याओं की संख्या पर ध्यान केंद्रित न करें; समस्या की समस्याओं के विषय में सोचिए।

कितनी समस्याएँ काफी हैं? अब आप सोच रहे होंगे कि किसी एक धारणा के लिए आपको कितने प्रश्नों को हल करना चाहिए—10, 20, 50, 100 अथवा 500? मेरा उत्तर है कि यह समस्याओं की संख्या के विषय में नहीं है, बल्कि किस तरह की समस्याओं को आप हल करते हैं। जैसे-जैसे आप किसी धारणा के साथ आगे बढ़ते हैं, वैसे-वैसे ही आपके प्रश्नों की कठिनाइयों की तह भी बढ़ती जानी चाहिए। समस्याओं में बहुत अधिक धारणाओं का सम्मिश्रण होना चाहिए (कभी-कभी तो विभिन्न विषयों का भी)। आप एक ही तरीके के हजारों सवालों को हल कर सकते हैं, परंतु जब JEE परीक्षा में आपसे उसी धारणा से एक हलका

सा घुमाकर प्रश्न पूछा जाता है, तो आप चकरा जाते हैं। अत: विभिन्न प्रकार के प्रश्नों का उत्तर देने पर ध्यान केंद्रित करें। अपने मित्रों से ऐसे कुछ दिलचस्प अथवा कठिन प्रश्नों के विषय में पूछिए, जिनका उन्होंने किसी प्रसंग में सामना किया हो। उनसे समस्याओं को समझ लें और उनके तरीके को देखें, उनके सोच की प्रक्रिया को समझें और उनकी अपने तरीके से तुलना करें। देखिए कि आप उनसे कहाँ सीख सकते हैं और कहाँ योगदान दे सकते हैं।

~•~

11. सीखना सीखिए

JEE की तैयारी के समय कितनी नई चीजें सीखने को मिलती हैं। कुछ लोग जल्दी सीख लेते हैं, कुछ धीरे। पहलेवालों को यह विश्वास दिलाया जाता है कि वे बाकी लोगों से अधिक चतुर हैं, अत: वे जल्दी सीख जाते हैं। यह गलत है। यह सच है कि मनुष्यों की मानसिक क्षमताओं में कुछ अंतर तो है (जैसा कि उनके IQ के परीक्षण से और कुछ हद तक उनके EQ से सिद्ध होता है) इन अंतरों को पार किया जा सकता है और यह स्थायी नहीं हैं। सीखना, स्वयं भी एक कला है, जो आपको सीखनी है। सीखने का अर्थ केवल रटना नहीं है। मेरे लिए यह एक निरंतर विकसित होती प्रक्रिया है।[5]

क्या आप आज सूर्य को एक नई नजर से देख सकते हैं? इस नजर से कि वह एक फ्यूजन रिएक्टर है? क्या आप अपने आपको अन्य परिप्रेक्ष्य में देख सकते हैं? यह कि आप बंदर से विकसित हुए हैं? यह अपने अंतर्ज्ञान को उन चीजों के लिए ललकारने की, अपने मन को नई संभावनाओं की ओर खोलने की और नए परिप्रेक्ष्यों को विकसित करने की, जो आप पहले से ही जानते हैं, परंतु उन्हें अन्य तरीके से देखने के नए द्वार खोलती है।

परंतु प्रश्न यह है कि आप ऐसा कैसे कर सकते हैं? यह थोड़ा-बहुत विनम्रता और विश्वास से आता है। आपको इतना विनम्र होना चाहिए कि आप मान सकें कि सामने बहुत कुछ है, जो आप नहीं जानते और आपको जानना चाहिए और आपको यह विश्वास होना चाहिए कि आपको जो कुछ भी पुस्तकों और प्रश्नों के बैंक से सिखाया जा रहा है, वह आपके भले के लिए ही है।

~•~

5. *विवेक*

12. अपने सचेत मन को मुक्त करें

जर्मनी के फ्रीडरिख शीलिंग ने 'अवचेतन मन' की धारणा पेश की थी। अचेतन मन हमारी सोच का वह हिस्सा है, जो ऑटो मोड में चलता है। उस समय के विषय में सोचिए, जब आप साइकिल चलाकर घर जाते हैं। क्या जिस समय आप साइकिल चला रहे होते हैं, उस समय उसके विषय में सोचते हैं? रुकावटों से बचते हुए, मोड़ लेते हुए, यहाँ तक कि स्कूल से घर आने का रास्ता भी यंत्रवत् हो जाता है। आपको इसके विषय में तनिक भी नहीं सोचना पड़ता। आपका मन अधिक दिलचस्प चीजों की ओर भटक रहा है। जो नीरस दिनचर्या आप नियमित रूप से करते हैं, धीरे-धीरे आपके चेतन मन को, आपके दिन के सबसे आवश्यक और दिलचस्प हिस्सों को छोड़कर अवचेतन मन की ओर ले जा रही है।

जब कोई चीज आपके अवचेतन मन का हिस्सा बन जाती है, वह आपकी प्रणाली का हिस्सा बन जाती हैं और उसे, जब उसकी आवश्यकता हो, इस्तेमाल करने के लिए अधिक चेष्टा की आवश्यकता नहीं होती। अतः जब भी आप कोई नई चीज सीख रहे हों, कोशिश करिए कि आप उसे इतनी अच्छी तरह से सीख लें कि वह, जितना संभव हो, आपके अवचेतन मन की ओर चली जाए। अवचेतन मन की अपार क्षमता है, जबकि चेतन मन की बहुत सीमित क्षमता है। यही चीज, वे लोग, जो बहुत अच्छी तरह से कंठस्थ कर सकते हैं, करते हैं। जब वे कुछ चीज याद कर रहे होते हैं, बार-बार उसे दोहराइए, जिससे कि वह अवचेतन मन में चली जाए; परंतु समस्या यह है कि अवचेतन मन कोई बोर्ड (लकड़ी) नहीं है, जिसमें आप जबरदस्ती कील ठोंक सकते हैं। वह मन में रखने से पहले स्वयं अपना निर्णय लेता है। यदि मन सोचता है कि कोई चीज बहुत आवश्यक अथवा दिलचस्प है तो वह उसे मन में सँजो लेता है। यदि आप कोई ऐसी चीज याद करने की कोशिश करते हैं, जिसे आपका अवचेतन मन न तो इतना दिलचस्प, न ही आपके जीवित रहने के लिए इतना आवश्यक मानता है, तो वह उसे अस्वीकार कर देगा।

अतः निश्चित कर लीजिए कि जो भी आप सीखने की कोशिश कर रहे हैं, आप उसे समझते हैं और उसको सीखने के महत्त्व को स्वीकार करते हैं (उसकी आवश्यकता को नहीं) और आप या तो उसमें दिलचस्पी लेते हैं अथवा उसे दिलचस्प बना देते हैं। सिर्फ तभी वह आपके अवचेतन मन का हिस्सा बनेगा।

~•~

13. समस्या की कल्पना कीजिए

अपने केंद्र-बिंदु को बेहतर बनाने और किसी जटिल समस्या को सरल हिस्सों में, जिसे आप सँभाल सकें, तोड़ने का एक बहुत बेहतरीन तरीका है—समस्याओं के मानस-दर्शन की सृष्टि करना, खासतौर से भौतिक विज्ञान में, समस्याओं वाली परिस्थितियों में आँखों के आगे चित्रण बहुत आवश्यक है। यह चक्षु चित्रण मानसिक अथवा भौतिक चित्रांकन हो सकता है—यह इस बात पर निर्भर करता है कि आप क्या शीघ्रता से और बेहतर कर सकते हैं? (हमेशा भौतिक चित्रण ही बेहतर होता है, क्योंकि वह आपके मन की समस्या को छोटे टुकड़ों में तोड़कर, छोटे टुकड़ों पर आक्रमण करने देता है)। सटीक नाप के विषय में चिंता मत कीजिए, परंतु चित्रण कुछ हद तक अनुमान में होना चाहिए। तैयारी के शुरुआती दौर में, अथवा जब आप कोई नया विषय प्रारंभ कर रहे हों, प्रत्येक केस में समस्या को अंकित करने की चेष्टा कीजिए। कोशिश कीजिए, अपने आपको उस चित्रण के भीतर ले जाने की, घिरनी किस तरह घूमेगी, सर्किट में बिजली किस तरह घूमेगी, बॉल का प्रक्षेप पथ क्या हो सकता है, इत्यादि। जैसे-जैसे आप अभ्यास करेंगे, आप समझ जाएँगे कि आपको सरल समस्याओं के लिए चित्रण करने की आवश्यकता नहीं है, क्योंकि बड़ी समस्याएँ आपके मस्तिष्क में तत्काल बैठ जाती हैं, परंतु जब भी कोई समस्या तनिक भी जटिल होती है, तो चित्रण करना सहायक होता है। शुरुआत में, आप में से कुछ सोच सकते हैं कि यह फालतू का काम है। मुझे लगता है, यह एक निवेश है। धीरे-धीरे आप उसे करने में और तेज होते जाएँगे और आप उसका प्रतिफल देखने लगेंगे।

आइए, हम एक उदाहरण लेते हैं—प्रश्न नंबर 7, JEE भौतिकी 1998

एक ठोस बॉडी X, जिसकी गरमाहट की क्षमता C है, को ऐसे वातावरण में रखा जाता है, जहाँ तापमान T_A=300K है। समय t=0 पर, X का तापमान है T_o=400K। यह न्यूटन के ठंडे होने के नियम (न्यूटन'ज लॉ ऑफ कूलिंग) के अनुसार ठंडा होता है। समय t_1 में इसका तापमान 350K पाया गया।

इस समय (t_1), बॉडी X, वातावरण के तापमान T_A में, एक और बड़ी बॉडी Y से, L लंबाई की चालक छड़ी से क्रॉस-सेक्शनल क्षेत्र A

और थर्मल कनडक्टिविटी K से जुड़ जाती है। Y की गरमी की क्षमता इतनी अधिक है कि उसके तापमान में तनिक बदलाव अपेक्षित हो सकता है। जोड़नेवाली छड़ी का क्रॉस-सेक्शनल क्षेत्र A सतही क्षेत्र X की तुलना में छोटा है। समय $t=3t_1$ पर X का तापमान खोजें।

एक नजर में देखें तो प्रश्न काफी जटिल लगता है, कम-से-कम मुझे तो लगता है, इसलिए ऐसे केस में, आपकी पहली प्रवृत्ति होगी कि आप सबसे पहले इस समस्या का तत्काल चित्रण कीजिए। नीचे इस समस्या का एक कच्चा रेखांकन दिया गया है—

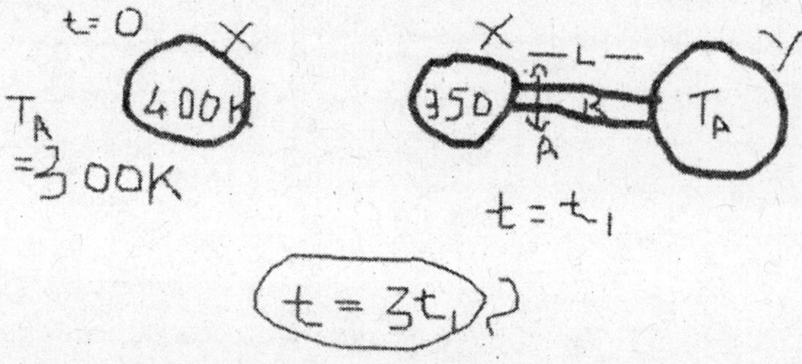

स्केच बनाइए, जैसे ही आप समस्या को आँकते हैं, आप देखेंगे कि आप बेहतर सोच रहे हैं और हल की ओर तेजी से अग्रसर हो रहे हैं।

संकेतक चिह्न है कि आप उसकी अति न करें। अत: समस्या का अंकित प्रतिनिधित्व करने के लिए अपने फुट्टे, परकार (कंपास) और कोणमापक (प्रोट्राक्टर) बाहर निकालना शुरू मत कीजिए। आपको समस्याओं की अवस्था का सादृश्यमूलक चित्रण करने क़ी कला में निपुण होना चाहिए। इसमें दूरियों को संबंधित शब्दों और कोनों को अनपेक्ष्य शब्दों में प्रतिनिधित्व करना सम्मिलित है। उदाहरण के लिए, यदि 3m और 6m की दो छड़ियाँ एक-दूसरे से 30° के कोण में हैं, तो आपको यह दिखाना होगा कि बाद वाली छड़ी, पहले वाली छड़ी की लगभग दुगनी लंबाई की है, जबकि आपका कोण 30° के जितना संभव हो, उतना पास होना चाहिए। अंतत: रेखाचित्र आपके लिए ही है, किसी गैलरी के लिए नहीं।

~•~

14. श्वेतपट्ट परीक्षण

पढ़ाना/सिखाना पृथ्वी के सबसे कठिन कार्य हैं। इसमें व्यक्ति को अपने विचारों में पक्का होने की आवश्यकता होती है और प्राय: हर प्रकार के प्रश्नों का उत्तर देने के लिए तैयार रहना चाहिए। इन्हीं प्रश्नों में एक शिक्षक की सीख रहती है। शिक्षक जितना ही किसी धारणा को सिखाता है, वह उसमें उतना ही बेहतर हो जाता है। ऐसा इसलिए होता है, क्योंकि वे विभिन्न प्रश्न, जो छात्र पूछते रहते हैं, वे उसकी स्वयं की धारणाओं को खुशी-खुशी सिखा देते हैं। इस बात के पीछे कि एक अच्छा शिक्षक कठिन-से-कठिन धारणा को भी अत्यधिक सरलता से समझा सकता है, इसका एक कारण है। आइंस्टाइन ने कहा था, 'यदि आप इसे एक छह साल के बच्चे को नहीं समझा सकते, तो आप खुद भी उसे नहीं समझते।'

अब आप सोच रहे होंगे कि सिखाने का JEE की तैयारी के साथ क्या संपर्क है ? यह ऐसा कुछ है, जिसे मैं 'सफेद बोर्ड जादू' कहना चाहूँगा। यह एक ऐसा जादुई बदलाव है, जो आप तब महसूस करते हैं, जब आप एक सफेद बोर्ड का व्यवहार कुछ समझाने के लिए करते हैं। जब आप ऐसी अवस्था में होते हैं, जिसमें किसी और को सिखाने का दायित्व आप पर होता है, आप अपने सोचने की प्रक्रिया में अनायास ही सतर्क और परिष्कृत हो जाते हैं। आप उन सवालों के विषय में सोचने लग जाते हैं, जो आपसे पूछे जा सकते हैं। अत: आपको जबरन अपने मन को हरसंभव, उस धारणा का अन्वेषण करना पड़ सकता है। आप उस धारणा को समझाने के लिए विभिन्न उदाहरण सोचने लगते हैं और कभी-कभी तो आप एक सरल परीक्षण भी कर लेते हैं, केवल यह दरशाने के लिए कि किसी वैज्ञानिक सिद्धांत का क्या असर होता है! एक शिक्षक की भूमिका निभाने से आप स्वतंत्र हो जाते हैं और यह आपको किसी समस्या अथवा धारणा का पूर्वालोकन विकसित करने में सहायक होता है। फिर भी, मैंने देखा है कि एक शिक्षक की भूमिका लेना हमेशा संभव नहीं होता और न ही इसकी हमेशा आवश्यकता होती है; परंतु जब आप किसी धारणा के विषय में आश्वस्त नहीं होते, तब यह बहुत सहायक होती है। लोगों द्वारा पूछे गए प्रश्न, जो आपकी सोच को चुनौती देते हैं, आपको अपनी गलतियों को समझने का और अपनी कमियों पर पकड़ बनाए रखने का एक बहुत अच्छा मंच देते हैं। अत: जब आपको किसी धारणा के विषय में संदेह हो तो सफेद बोर्ड पर जाइए और अपने मित्रों को समझाइए। एक बार जब आप समझाना शुरू

करेंगे, तब न केवल आपके विचारों को एक निश्चित रूप मिलेगा, बल्कि हठात्, आप अपनी गलतियों को देख सकेंगे। आपके मित्र प्रश्न पूछकर और आप कहाँ गलत हो रहे हैं, दिखाकर आपकी सहायता करेंगे।

घूरकर हल ढूँढ़ना श्वेत पट्ट के जादू का एक और हिस्सा, जिसे मैं प्रश्न को 'जलाना' कहता हूँ, वह है, उसकी ओर घूरना। इसके लिए आपको जिन चीजों की आवश्यकता है, वह है एक श्वेत पट्ट, एक कठिन सवाल और कुछ मार्कर्स। जब भी आप किसी समस्या अथवा धारणा में फँस जाते हैं, तो जानिए कि अब श्वेत पट्ट पर जाने का समय आ गया। समस्या को लिखिए (स्वतंत्र ढाँचे का आरेख, गणित का समीकरण, समस्या की ज्यामिति इत्यादि), एक कदम पीछे हटिए और उस सब की ओर घूरकर देखिए। सोचिए कि आपको क्या पता है और आपको समस्या का हल ढूँढ़ने के लिए क्या हासिल करना है? फिर एक रास्ते के विषय में सोचिए (आपको कौन से अंतरिम कदम लेने होंगे)। फिर श्वेत पट्ट पर जाइए और एक चरण पूरा कीजिए। फिर एक कदम पीछे हटिए और देखिए कि जो आपने किया है, वह सही है या गलत? इसका मूल्यांकन कीजिए कि आपका तरीका आपको आगे ले जा रहा है अथवा आपको उन सवालों के विषय में सोचने पर मजबूर कर रहा है! समस्या की ओर घूरकर देखिए, बिलकुल जैसे आप किसी चौखटी पहेली को (जिग्सो पज्ल) हल करते हैं, एक अंतरिम हिस्से को उसी प्रकार सुलझाइए, फिर संपूर्ण छवि का मूल्यांकन कीजिए। ऐसा तब तक करते रहिए, जब तक आप अपना संपूर्ण सवाल हल नहीं कर लेते और समस्या को समाप्त नहीं कर देते (अपनी समझ के हिसाब से)। अब, यदि यह सही है तो सोचिए आप कहाँ गलत थे और यह निश्चित करिए कि ऐसा फिर से न हो। अगर आप फिर गलत हैं, तो उन चरणों को उलटा देखने की कोशिश करें और देखें कि आप कहाँ गलत हो गए हैं? काफी समय देने के बाद भी यदि आप समस्या नहीं सुलझा पाते, तो किसी मित्र से सलाह लीजिए। इससे आपको उसके संदेश का पता चलेगा और आप सवाल को हल करने के अपने तरीके की त्रुटि ढूँढ़ सकेंगे। जब तक आपको यह पता न लग जाए कि समस्या क्या है, प्रश्न को मिटाइए नहीं। इस तरह करने से आपको समस्या हल करने के अंतरिम चरणों के प्रति पैना दृष्टिकोण विकसित करने में सहायता मिलेगी और आपके मुँह से खुद-ब-खुद निकल पड़ेगा, 'अरे वाह!' (ऐसे श्वेत पट्ट परीक्षण के कारण आपकी कुछ दिनों की नींद हराम हो सकती है)।

~•~

15. 84 का नियम : आपकी बाहुबली स्मरणशक्ति

दसवीं कक्षा के छात्रों और ग्यारहवीं और बारहवीं कक्षा के छात्रों के पाठ्यक्रम के बीच में बहुत अंतर होता है; खासतौर से JEE के पाठ्यक्रम में। छोटी अवधि में इतनी सारी धारणाओं के साथ आप पर गोलाबारी शुरू हो जाएगी। जितने फॉर्मूले और समीकरण आप याद कर सकते हैं, उससे कहीं अधिक होंगे। आपसे उम्मीद की जाएगी कि आप उसी समय उन फॉर्मूलों और धारणाओं को व्यवहार में लागू करें। शुरू में यह हिमालय पर चढ़ने जितना कठिन प्रतीत होगा। समझदारी इसी में है कि आप अपना ध्यान एक विषय पर ही केंद्रित करें और नई धारणाओं, फॉर्मूलों और कारणों से दोस्ती कर लें।

हालाँकि फॉर्मूलों और समीकरणों को तत्काल याद करना आसान नहीं है। जो एक चीज मुझे बहुत उपयोगी लगी, वह थी हर चीज को लिख लेना—बार-बार। इसका कारण था, इन फॉर्मूलों को अपनी बाहुबली स्मृति का हिस्सा बनाना। मैं संपूर्ण फॉर्मूलों को किसी भी समस्या को सुलझाते समय, लिख लेता था।[6] इससे यह निश्चित हो जाता था कि मैं फॉर्मूला लिख रहा था; केवल अंकों को लिखकर प्रश्नों को हल नहीं कर रहा था (हालाँकि वह बाद में आता है, जब फॉर्मूला आपकी बाहुबली स्मृति का हिस्सा बन जाता है)। तो आपको कितनी बार फॉर्मूला लिखना पड़ जाता है? अँगूठे का एक नियम है, जिसका मैं अनुसरण करता हूँ, किसी भी फॉर्मूले अथवा उसके उपसारण को 84 बार लिखना (इसीलिए इसे '84 का नियम' कहते हैं) और यह आपकी स्मृति प्रणाली का हिस्सा बन जाता है। मेरे पास '84 के नियम' का कोई वैज्ञानिक मूल नहीं है। यह ऐसी चीज है, जो मेरे शिक्षक ने मुझे बताई थी (हो सकता है, इसका कोई संबंध हिंदू पुराणों के 84 करोड़ पुनर्जन्मों से हो।) और मैंने उस पर कभी प्रश्न नहीं किया। अत: ऐसा कोई भी वैदिक सिद्धांत नहीं है, जो आपको जबरदस्ती '84 के नियम' का अनुसरण करने को कहता है। आप में से कुछ लोगों के लिए यह कुछ पहले भी आ सकता है और कुछ के लिए, थोड़ी देर से।

'84 के नियम' का मूल कारण है कि आपको अपनी समस्या सुलझाते समय, किसी भी प्रकार के दबाव से मुक्त होना आवश्यक है। केवल अपने मस्तिष्क में अपनी समस्या को हल न करिए। फॉर्मूले लिखिए, मुक्त आरेख बनाइए, ऑर्गेनिक

---

6. पारस

केमिस्ट्री में बेंजीन चक्र की संरचना करना, त्रिकोणमिति में कोण और त्रिकोण बनाना। संक्षेप में कहें तो समस्या को हल करने के प्रत्येक चरण को केवल लिख लीजिए (जब आपको यथेष्ट अभ्यास हो गया हो तो आप धीरे-धीरे मानसिक तौर पर भी प्रश्नों को और मध्यस्थ चरणों को हल कर सकते हैं)। जब तक आप एक ऐसी अवस्था में नहीं पहुँचते, जहाँ प्रश्न को केवल पढ़ लेना ही आपके लिए पर्याप्त हो कि आप मानसिक तौर पर, जिस फॉर्मूले की आवश्यकता है, उसकी सूची बना सकें, लिखते जाइए। महत्त्वपूर्ण धारणाओं एवं फॉर्मूलों को अपनी बाहुबली स्मरणशक्ति का हिस्सा बना लीजिए। यह न केवल आपको फॉर्मूले से निश्चिंत कर देगी, बल्कि आपको वह आत्मविश्वास भी देगी, जिसकी आपको निर्णायक परीक्षा देते समय आवश्यकता होगी। बहुत चतुर लोग, जिनकी मानसिक तौर पर चीजों को हल करने की सूक्ष्मदर्शिता होती है, डगमगा जाते हैं; क्योंकि निर्णायक परीक्षा के समय, बहुत अधिक उत्सुकता होती है और जो उन्होंने लिखा है, उसके विषय में वे संदेह करने लगते हैं। अतः लिखिए; कोई बात नहीं, अगर आप उसे गलत कर दें, आपको वह समीकरण याद है, जिसे आपने गलत कर दिया था; क्योंकि आपने उसे पहले लिखा था और वह सही नहीं था। जिस मुहूर्त बाहुबली स्मरणशक्ति और विश्लेषणात्मक मस्तिष्क के बीच में द्वंद्व होता है, आपको पता चल जाएगा कि कुछ सही नहीं है और आपको शुरुआत में ही समस्या का पता चल जाएगा।

एक चेतावनी पुनरावृत्तियों के बीच फासला रखें। 'चौरासी बार' का अर्थ यह नहीं है कि आप उस एक चीज को एक बार में बैठकर लगातार लिखते रहें! अलग-अलग समस्याओं का अभ्यास करिए, उसी समस्या का नहीं, परंतु जब धारणाएँ एक जैसी हों, तो फॉर्मूले को एक बार फिर प्राप्त करें, न कि उसका दुबारा व्यवहार करें।

~•~

16. अंग्रेजी भाषा

भाषा पर सामान्य पकड़ अति आवश्यक है। 1950 के दशक में, जब JEE परीक्षा आरंभ हुई थी, तब अंग्रेजी एक अनिवार्य परचा होता था। बाद में, औचित्य के आधार पर, उसे छोड़ दिया गया। इस निर्णय के संबंध में जो तर्क हैं, उन्हें मैं जानता हूँ; परंतु मेरी निजी राय यह है कि उसे एक बार फिर, अनिवार्य परचे के तौर पर वापस लाना चाहिए। यदि आपकी अंग्रेजी कमजोर है तो उसकी अवहेलना

मत कीजिए। यदि आप गणित और विज्ञान में 90 प्रतिशत अंक प्राप्त करते हैं, परंतु अंग्रेजी में 60 प्रतिशत अंक प्राप्त करते हैं, तो उसे चेतावनी का संकेत (सिग्नल) समझिए। उस पर मेहनत करिए और निश्चित कर लीजिए कि आप अपनी अंग्रेजी सुधारेंगे। सबसे अच्छी संदर्भ पुस्तकों में से अधिकांशत: अंग्रेजी में लिखी गई हैं और यह भलीभाँति पकड़ने के लिए कि लेखक सही में क्या कहना चाह रहा है, आपकी अंग्रेजी अच्छी होनी चाहिए। भाषा के ऊपर सही मेहनत करने के लिए यह निश्चित कर लीजिए कि आप जो कुछ भी पढ़ते और सुनते हैं, उसे लिख लें और बोलें। किसी पुस्तक के एक अनुच्छेद को जब आप पढ़ लेते हैं, तो अपने आप से, अथवा अपने मित्र से यह बताने की कोशिश करें कि आपने उससे क्या समझा है! आप उसे अपने कुछ शब्दों में लिखने की भी कोशिश कर सकते हैं। भाषा की प्रवीणता को विकसित करने का एक और बहुत महत्त्वपूर्ण तरीका है कि आप कभी भी संतुष्ट मत होइए। कुछ भी कहने व सही अभिव्यक्ति देने के लिए सही शब्द ढूँढ़ते रहिए। जब आप भूख से मर रहे हों, तब यह मत कहिए कि आपको भूख लगी है। यदि कोई चालाक है तो यह मत कहिए कि वह चतुर है। यह मन में ठान लीजिए कि आप हमेशा सही शब्दों का चुनाव करेंगे और उन शब्दों को सही तरीके से अभिव्यक्त भी करेंगे। थोड़ा-बहुत अंग्रेजी साहित्य, खासतौर से चार्ल्स डिकेंस और जेन ऑस्टिन द्वारा लिखी गई महत्त्वपूर्ण पुस्तकें बहुत सहायक होंगी।

□

घर को व्यवस्थित कीजिए

17. रात के उल्लू बनाम भोर के प्राणी

मैं किस समय पढ़ूँ? दिन में अथवा रात में? छात्रों द्वारा पूछे जानेवाला यह सबसे सामान्य प्रश्न है। आप में से कई रात में जागते होंगे, जबकि आप में से कुछ सवेरे जल्दी उठकर उस कार्य को सवेरे के शांत समय में ही करना पसंद करते होंगे, जब कोई बाधा नहीं होती। अब आप पूछेंगे कि क्या सही है और क्या गलत? तो मैं कहूँगा कि इसका कोई एक सही उत्तर नहीं है। आप में से प्रत्येक एक अलग प्राणी है; अत: आपसे यह उम्मीद नहीं की जा सकती कि आप ऐसा कुछ करें, जो आपके स्वभाव के विपरीत हो। आपको यह जानना होगा कि आप किस समय अपना ध्यान सबसे अधिक केंद्रित कर सकते हैं और यह कि आप दिन के किस समय अपने आपको सबसे अधिक ऊर्जावान् महसूस करते हैं? आपको चाहिए कि आप अपने उसी समय में पाठ्यक्रम के जितने अधिक भाग पर ध्यान केंद्रित कर सकते हैं, कीजिए।

उस सारणी के अनुसार चलने में कोई बुराई नहीं है, जो आपके मन को उसकी कार्यक्षमता के अनुसार कार्य करने की अनुमति देती है। बहरहाल, आपको यह ध्यान में रखना होगा कि JEE एक लंबी और श्रम-साध्य परीक्षा है, जो सवेरे 9 बजे प्रारंभ होती है और शाम को 5 बजे समाप्त होती है। यह एक ऐसी परीक्षा है, जिसमें आपको इस पूरे समय में सबसे ऊपर रहना होगा। इसके हिसाब से ही आपको अपने मन को उसके अनुसार ही प्रशिक्षित करना होगा। आपको ध्यान रखना होगा कि आपका मन, इन खास घंटों में, सतर्क, चौकन्ना और कार्यशील हो। यहाँ मैं कुछ ऐसी बातें बता रहा हूँ, जिन्होंने मुझे अपने मन को दिन के सर्वाधिक अनुकूल समय में कार्यशील रहने के लिए ढाला[7] —

JEE परीक्षा के घंटों के बारे में कभी सोचिए नहीं; अर्थात् सवेरे 9 बजे से शाम को 5 बजे तक यदि आप दिन में सोते हैं तो परीक्षा के दिन आपके शरीर के

---

7. पारस

लिए जगे रहना दूभर हो जाएगा और फिर दोपहर तक आते-आते आप नींद के कारण निढाल हो चुके होंगे। अपने शरीर को इसके अनुकूल बनाना आवश्यक है, जिसमें कि वह उस दिन, जब आपको दिन में सुबह से लेकर शाम तक एकदम सतर्क रहना है, तो वह खुद को उसी अनुसार तैयार कर सके।

चाय-कॉफी से तौबा और पानी से दोस्ती—मैंने अकसर लोगों को पढ़ाई की एक लंबी अवधि के दौरान अथवा शुरू में चाय-कॉफी लेते हुए देखा है। यदि वह आपकी एकाग्रता को बढ़ाती है तो थोड़ी सी कैफीन लेना अच्छा है, परंतु अधिकतर लोग इसे अपनी आदत बना लेते हैं और हालत यह हो जाती है कि यदि उन्हें अपने निर्धारित समय पर चाय अथवा कॉफी नहीं मिलती है, तो उन्हें सिर दर्द हो जाता है। आपको यह ध्यान में रखना चाहिए कि परीक्षा के दिन कोई आपको चाय अथवा कॉफी नहीं देगा। इसके अलावा चाय और कॉफी से शरीर में पानी की कमी हो सकती है, इसलिए जब कॉफी-चाय का असर कम होने लगता है तो आपका ध्यान भटकने लगता है। आपकी एकाग्रता कमजोर पड़ने लगती है। मैंने पाया है कि पानी दिमाग को चौकन्ना और सचेत रखने का एक बढ़िया साधन है। कुछ-कुछ देर बाद पानी की चुस्की लेने से आपको नींद नहीं आएगी और आप ठीक प्रकार से जाग्रत् रहेंगे। इसके अलावा, पानी पीने के लिए आप जो अवकाश लेते हैं, उससे आपके दिमाग को शांति मिलती है और आपको अपने विचारों को समायोजित करने में मदद मिलती है (खासतौर से जब आप किसी गंभीर समस्या का हल ढूँढ़ने में लगे हों)।

सही खाइए और दो-दो घंटे बाद खाइए—ज्यादातर छात्र किसी विषय में इतने तल्लीन हो जाते हैं कि वे बाकी हर चीज के विषय में, जिसमें खाना खाना भी शामिल है, भूल जाते हैं। इतनी एकाग्रता होना अच्छी बात है, लेकिन उचित समय पर खाना नहीं खाने से शरीर में ग्लूकोज का स्तर कम होने से आपका कार्य प्रदर्शन, आपकी एकाग्रता प्रभावित हो सकती है। इससे थकावट भी जल्दी महसूस होने लगती है। अपनी पढ़ाई की मेंज पर कुछ फल और अपनी जेब में कुछेक मेवे रखें तो ज्यादा अच्छा रहेगा। सूखे मेवों में अगर अखरोट हो तो सोने पर सुहागा रहेगा, क्योंकि अखरोट दिमाग को पोषण देता है। हर दो घंटे में पढ़ाई की मेज से उठें, थोड़ा अवकाश लें, कोई फल खाएँ और थोड़ा घूम आएँ।

~•~

18. समय का सदुपयोग कीजिए

'आप अपने काम में कितना समय लगाते हैं, इससे कोई अंतर नहीं होता; फर्क पड़ता है इससे कि आप कितना कार्य उन घंटों के अंदर कर लेते हैं।'

मुझसे अकसर यह सवाल पूछा जाता है कि किसी व्यक्ति को IIT में सफल होने के लिए प्रतिदिन कितने घंटे पढ़ना चाहिए? एक बार फिर कहूँ, इस प्रश्न का कोई एक उत्तर नहीं है। विभिन्न लोगों का विभिन्न तरीका होता है; अत: जो मैं आपको बताऊँगा, वह हो सकता है, आप पर लागू न होता हो। आपको पूरी छूट है कि आप अपनी दिनचर्या खुद तय करें और आपके लिए क्या सबसे अच्छा है, खोजें। आपको देखना है कि किस तरह का टाइम टेबल आपके हिसाब से सही रहेगा।

साप्ताहिक काम के दिनों की सारणी—मेरी एक सरल सारणी थी; सप्ताह के हर दिन, हर विषय के लिए दस समस्याओं को सुलझाना।[8]

ये दस समस्याएँ, उन विषयों में से होती थीं, जो उस समय स्कूल अथवा कोचिंग क्लास में सिखाए जा रहे थे। मैं जैसे-जैसे विषय में आगे बढ़ रहा था, मैंने यह निश्चित कर लिया कि दस सवाल कठिन से और कठिन हो रहे थे और इन्हें सुलझाने के लिए, जिन धारणाओं को मैंने पिछले कुछ हफ्तों में सीखा था, उनके प्रयोग की आवश्यकता थी। यह तो अच्छी बात है कि कई पुस्तकें इस प्रकार लिखी गई हैं, जिनमें प्रश्न, जैसे-जैसे विषय में आगे बढ़ते हैं, कठिन होते जाते हैं। यह तरीका मेरे लिए अच्छा साबित हुआ, क्योंकि इसने मुझे उन नई धारणाओं को, जो मैं प्रतिदिन सीख रहा था और उन धारणाओं को, जो मैंने पिछले कुछ सप्ताहों में सीखी थीं, को सुदृढ़ करने में सहायता मिली। इसके अलावा, हर विषय के प्रश्नों को हल करने का अर्थ था कि मैं स्कूल और कोचिंग क्लास में जो हो रहा था, उसके साथ खुश था। यह खासतौर से आवश्यक है, क्योंकि यदि कोचिंग कक्षा में नहीं जाते, तो संभव है कि आप उन बारीकियों को कभी भी पकड़ नहीं पाएँ, कम-से-कम उस विषय में तो नहीं ही।

सप्ताह के अंत की घिसाई—सप्ताह का अंतिम समय हमने उन प्रश्नों के लिए बचाकर रखा था, जिन्हें तारे से चिह्नित किया गया था (मैं यहाँ उस समस्या

---

8. पारस

की बात कर रहा हूँ—कठिनता को सुलझाने की तकनीक, जिसके बारे में मैं कुछ देर बाद बताऊँगा), पिछले सारे विषयों और खासतौर से उन विषयों के बारे में, जिनमें मैं कमजोर था। इसका अर्थ था कि दसवें सप्ताह में, मैंने तीन विषयों के, प्रत्येक पिछले नौ हफ्तों के सब तारों से चिह्नित प्रश्नों को देख लिया। यहाँ पर समझ आता है कि तारों से चिह्नित प्रश्नों की क्या अहमियत होती है! इसका यह फायदा हो सकता है कि सप्ताह के सिर्फ अंतिम दिनों में मैं पिछले तीन महीने में कराए गए कोर्स को पूरा कवर कर सकता हूँ। मैंने यह निश्चित कर लिया था कि मैं किसी भी विषय में, जो हमने पिछले कुछ महीनों में तैयार कर लिये थे, कभी भी परीक्षा के लिए तैयार था। इससे यह संभव हो गया कि सारी अवधारणाएँ मुझे उँगलियों पर रट गई थीं और धीरे-धीरे वे मेरी सीखने की प्रक्रिया का हिस्सा बनती चली गईं। मैं समझ सकता हूँ कि जैसे-जैसे आप और अधिक विषयों को पढ़ेंगे, उन्हें याद रखना उतना ही कठिन होता जाएगा और एक सप्ताहांत में उसको दोहराने में आपको और अधिक समय लगेगा। अतः यदि आपको पिछले हर सप्ताह के हर विषय को दोहराना मुश्किल लगता है, तो आप उस विषय का चुनाव कर लें, जिसे आप दोहराना चाहते हैं। इस तरह क्रमवार तरीके से आप अपने विषयों को दोहराते रहें। इससे यह होगा कि आप हर महीने तीनों विषयों के हर टॉपिक को कम-से-कम एक बार देख पाएँगे (विश्वास कीजिए, एक बार जब आप तारे से चिह्नित तरीके को अपना लेते हैं तो यह असंभव नहीं है)।

बारहवीं कक्षा में यह सुनिश्चित कर लीजिए कि आप प्रत्येक सप्ताहांत में, ग्यारहवीं कक्षा के प्रत्येक विषय के कम-से-कम दो टॉपिक को लेंगे और उसके तारे से चिह्नित प्रश्नों को दोहराएँगे। इससे यह निश्चित हो जाएगा कि जो आपने पिछली कक्षा में पढ़ा था, वह आपको अभी भी याद है और आप उसे भूले नहीं हैं। JEE आपकी 11वीं और 12वीं कक्षा के ज्ञान की परीक्षा लेता है और इसलिए आप किसी भी कक्षा में सीखी गई अवधारणाओं को भूलने का जोखिम नहीं उठा सकते।

~•~

19. समय बचाना

JEE के प्रत्येक परीक्षार्थी को, चाहे वह दिल्ली से हो या धनबाद से, चतुर हो या बुद्धू, उसके पास अपनी परीक्षा पूरी करने के लिए एक जैसा समय होता है।

इस बात में कोई दो राय नहीं है कि वे छात्र, जिन्हें अपना समय बचाना आता है, वे सामान्यत: उन छात्रों से हमेशा बेहतर करते हैं, जिनमें यह क्षमता नहीं होती। समय बचाना, बहुत कुछ, पैसा बचाने के समान है। एक पुरानी कहावत है न कि बूँद-बूँद से सागर भरता है।' आपको पढ़ाई करने के साथ ही हमेशा ऐसे तरीके और उपायों के बारे में सोचना पड़ेगा, जिनसे आपका समय बचे, आप कम समय में अधिक सवालों के जवाब देने की कला सीख सकें।

परीक्षा में सबसे बड़ा मसला यही होता है कि कैसे समय रहते सभी प्रश्नों के उत्तर दिए जाएँ? परीक्षा में समय बचाने की विधि है, गणना का छोटा रास्ता। कई छात्र अपना बहुमूल्य समय CGI को SI इकाइयों में, सेल्सियस को फॉरेनहाइट में, बड़ी संख्याओं को गुणा और भाग करने में, अभिव्यंजना को विस्तारित करने इत्यादि में बरबाद कर देते हैं। इन्हें जितनी जल्दी संभव हो, कर लेना चाहिए, जिससे कि आप असली समस्या को समझने और उसका हल निकालने में अधिक समय लगा सकें।

हर रोज इसके अभ्यास के लिए 10-15 मिनट का समय अलग से निकाल लें, ताकि आप छोटी समस्याओं को बिना किसी गलती के और तेजी से करना सीख सकें। इसके लिए एक स्टॉप वाच बहुत सुविधाजनक रहती है। उदाहरण के लिए, 135 डिग्रीं सेल्सियस को फॉरेनहाइट में परिवर्तित करने में आपका कितना समय लगेगा? 10 सेकंड से अधिक नहीं लगना चाहिए। यदि आप सही प्रकार से अभ्यास करेंगे तो इसे 4-5 सेकंड के भीतर करना भी संभव है। JEE में आपकी रैंक में ये छोटी-छोटी बातें बड़ा अंतर ला सकती हैं। मैं तो यह सलांह दूँगा कि आप इन संक्षिप्त और छोटे रास्तों के लिए अलग से एक नोटबुक रख लीजिए और हमेशा सूझ-बूझ वाले छोटे रास्तों की खोज में लगे रहें।

जहाँ तक यह सवाल है कि आपको प्रतिदिन कितने घंटे पढ़ाई पर खर्च करने चाहिए, इस सवाल पर आपको सतर्क होने की आवश्यकता है। आप पढ़ाई के घंटों के संबंध में अधिक चिंता न करें, वरन् उसके स्वरूप पर अपना ध्यान केंद्रित करें। निपुणता बहुत महत्त्वपूर्ण है, क्योंकि कुछ घंटों के बाद आपका दिमाग थकने लग जाता है। इससे पहले कि आप इस अवस्था तक पहुँचें, आपको रुक जाना चाहिए। अपनी एनर्जी बढ़ाएँ, परंतु ध्यान रखिए कि आप थकान अनुभव न करें। पढ़ने के बीच में कई बार ब्रेक लें और संगीत सुनकर या कोई खेल खेलकर अपनी थकान मिटाएँ (प्ले स्टेशन और कंप्यूटर गेम्स नहीं)।

~•~

20. केवल पढ़ाई नहीं, खेल भी

इस कहावत के महत्त्व को नजरअंदाज नहीं किया जा सकता कि 'एक स्वस्थ शरीर में ही एक स्वस्थ मन का वास' होता है। पुस्तकों के बाहर भी जीवन है। खेल के मैदान में, संगीत की कक्षा में, डांस प्रैक्टिस में, स्वीमिंग पूल की गहराइयों में, पहाड़ों की शुद्ध हवा में, नदी के ठंडे पानी में—हर जगह शिक्षा मिलती है। प्रकृति ही सबसे अच्छी शिक्षक है। आपको याद है, बचपन में हर नई चीज, जो हम देखते थे, उसके विषय में जानना चाहते थे। हम नए अनुभवों को छूते, महसूस करते और खोज करते थे और इसी प्रक्रिया में, बहुत कुछ सीख भी लेते थे।

आपकी कक्षा के बाहर का जीवन आपके व्यक्तित्व और दृष्टिकोण के निर्माण में एक महत्त्वपूर्ण भूमिका निभाता है। आपको जितना अधिक सांसारिक अनुभव होगा, उतनी ही अच्छी तरह से आप कक्षा में सीखे गए ज्ञान को व्यावहारिक जीवन में लागू कर पाएँगे। इससे आपके व्यावहारिक ज्ञान का स्तर बढ़ेगा और दूसरे लोगों के साथ आपकी चर्चाओं का स्तर बेहतर होगा। जीवन बहुत हद तक भरोसे का खेल है और आपके अनुभव आपको वह विश्वास देते हैं, जिसे आप अपने साथ परीक्षा के कमरे से अधिकारी पार्टी तक हर जगह ले जा सकते हैं।

अनुसंधान से पता चला है कि शिक्षा के अलावा की गई गतिविधियाँ, जैसे प्रश्नोत्तरी, किसी वाद्य यंत्र को बजाने की शिक्षा, नृत्य कला इत्यादि आपकी स्मरणशक्ति और समझने की ताकत को बढ़ाती है।

~•~

21. प्रश्नों को चिह्नित करने की तकनीक

अगले दो वर्षों की अवधि में आप हजारों समस्याओं को हल करेंगे। प्रत्येक प्रश्न ऐसा नहीं होगा, जिसे आप दोहराना चाहें (ऐसी समस्याएँ, जिन्हें आप बिना अधिक परिश्रम करे पहली बार में ही हल कर सके हों)। बहरहाल, कई ऐसी समस्याएँ होंगी, जिन्हें देखकर आपके मुँह से निकलेगा 'वॉव!' और पुनरावृत्ति करते समय आप उन्हें फिर से करना चाहेंगे। हो सकता है, अपने नोट्स के ढेर में आपको ऐसे प्रश्न न मिलें। इसके लिए मैंने एक तरीका अपनाया था। मैंने ऐसे प्रश्नों को उनकी कठिनता के आधार पर तारे से चिह्नित कर लिया था, ताकि मुझे

दोहराते समय ऐसे प्रश्न आसानी से मिल जाएँ।[9] जब भी मैं किसी समस्या को पहली बार में ही हल नहीं कर पाता था (जब तक कि वह एक बेवकूफी वाली गणना की गलती अथवा कोई और अप्रत्यात्मक गलती न हो)। मैं उस प्रश्न पर एक तारे का चिह्न लगा देता था। जिस समस्या का मैं हल निकाल लेता था, जिसको करने में मेरा काफी समय व श्रम लगा था और जिसे करने में मुझे कुछेक धारणाओं की पुनरावृत्ति करनी पड़ी थी, उसको भी तारांकित कर देता था। ये तारांकित प्रश्न मेरे लिए किसी खास विषय की पुनरावृत्ति के साधन बन गए थे।

अगली बार जब मैं उस विषय को दोहराता था, मैं उन धारणाओं को एक बार फिर देख लेता था और फिर केवल तारांकित प्रश्नों को ही करता था। यदि मैं किसी प्रश्न को दोबारा हल न कर पाता तो मैं उस पर एक और तारा बना देता तथा इसी तरह प्रत्येक असफल चेष्टा का अर्थ था—समस्या के पास एक और तारे का चिह्न। इस प्रकार, कई ऐसे प्रश्न हो जाते थे, जिनके पास पाँच तारे होते थे। इस तरह की अंकन प्रणाली यह निश्चित कर देती थी कि दोहराते समय मैं हमेशा उन समस्याओं एवं धारणाओं की ओर देखता, जिसमें मुझे लगता था कि मैं गलती कर दूँगा। क्रम स्थापना प्रणाली ने भी मुझे अपने पुनरावृत्ति करने के समय को कम करने में सहायता की। यदि मुझे शीघ्र होनेवाली एक घंटे की पुनरावृत्ति करनी होती, मैं धारणाओं को एक बार फिर पढ़ता और केवल तीन, चार या पाँच तारोंवाले प्रश्नों को ही देखता था, इत्यादि। इसका यह अर्थ भी होता था कि मैं उन प्रश्नों को ही अधिक मात्रा में नहीं कर रहा था, जिनमें मैं अच्छा था, न ही उन समस्याओं को बार-बार कर रहा था, जिनमें मेरी उन धारणाओं की पुनरावृत्ति हो रही थी, जिनमें मैंने पहले भूल की थी। इस प्रकार का कठिन अदला-बदली का नमूना खासतौर से तब लाभदायक है, जब आपको पूरे दो वर्षों का पाठ्यक्रम बारहवीं कक्षा के अंत में दोहराना पड़े।

एक चेतावनी : आपको यह समझना जरूरी है कि तारांकित करने की योजना केवल प्रश्नों को याद करने की ही नहीं है। यह कुछेक समस्याओं को कंठस्थ करने की और यह उम्मीद करने की भी है कि वे अंतिम परीक्षा में नजर आ जाएँ। किसी भी प्रश्न को इसलिए तारांकित मत कीजिए कि उसे कंठस्थ करना है—किसी भी समस्या को इसलिए अंकित करिए, क्योंकि वह आपको किसी धारणा के भीतर तक जाने में सहायक होती है और आपकी स्मरणशक्ति को तरोताजा कर देती है।

---

9. पारस

22. जोर-जोर से बोलिए

यह केवल JEE की तैयारी पर ही लागू नहीं होता, बल्कि जीवन के हर कदम पर भी लागू होता है। जब कोई संदेह हो तो हाथ उठाइए और पूछिए। अगर आपको कोई चीज समझ नहीं आ रही है और उसे नहीं पूछ रहे हैं तो यह कोई अपनें ऊपर फख्र करनेवाली बात नहीं है। एक बात गाँठ बाँध लें कि पूर्वग्रह हर गलती की जड़ है, इसलिए किसी भी चीज के बारे में अंदाजा न लगाइए, बल्कि अपना हाथ उठाकर अपने दिमाग में घुमड़ते सवालों या समस्या के बारे में अच्छी तरह से पूछ लीजिए। यह चिंता मत कीजिए कि आप ऐसा सवाल करते हुए कितने मूर्ख नजर आएँगे! मेरी सलाह मानें, उत्तर न पाना, अथवा उसी समय उसका स्पष्टीकरण न माँगना, उससे भी अधिक मूर्खता होगी। यह सोचकर अपना उल्लू न बनने दें कि आप बाद में उसका हल ढूँढ़ लेंगे। हो सकता है आप सच में, बाद में पता कर लें, परंतु जो व्याख्यान चल रहा है, उसका कुछ भी समझ नहीं आएगा। आप सोच रहे होंगे कि मैं, जितनी जल्दी हो सके, अपने प्रश्नों के निवारण की वकालत, इतनी जोर से क्यों कर रहा हूँ। यह इसलिए है, क्योंकि JEE परीक्षा आपसे एक समय में बहुत सी धारणाओं के विषय में प्रश्न करेगी और यदि आप किसी एक धारणा के विषय में स्पष्ट नहीं हैं, तो हो सकता है कि आप किसी समस्या में फँस जाएँ और उस समय आपको लगे कि अरे, इस समस्या का समाधान उसी समय कर लिया होता तो अच्छा रहता। आपको एक प्रश्न को छोड़ना पड़ेगा, जबकि आपने 75 प्रतिशत तो उसे पहले ही हल कर लिया था। इस प्रकार की दो-तीन समस्याएँ आते ही आपका विश्वास डगमगा जाएगा और इससे आपकी पूरी परीक्षा चौपट हो जाएगी।

मैंने अकसर देखा है कि लोग अपने संदेह से जुड़े बचकाने प्रश्न पूछने में शर्म और हिचकिचाहट अनुभव करते हैं, क्योंकि उन्हें लगता है कि चूँकि कोई और नहीं पूछ रहा है तो प्रश्न सरल होगा। बहरहाल, परीक्षा आपको देनी है और आपको अपने मस्तिष्क में सब धारणाओं के साथ जूझना है। दूसरे, क्या सोच सकते हैं, इसके विषय में चिंता न कीजिए; भूल जाइए कि वे आप पर हँसेंगे। परीक्षा का आधारभूत नियम है—आपके कर्म का फल आपको ही मिलेगा, किसी दूसरे को नहीं। इसलिए जब भी संदेह हो, तुरंत अपना हाथ उठाइए और पूछिए। अपने शिक्षकों से पूछिए, अपने मित्रों से पूछिए, हर उस व्यक्ति से, जिसे आप समझते हैं

कि वह आपकी सहायता कर सकता है। प्रत्येक व्यक्ति का कुछ भी समझाने का अपना अनोखा तरीका होता है। आपको हर रास्ता अपनाना है, जब तक कि आपको किसी धारणा के समाधान में पूरी तरह विश्वास न हो जाए।

अगर आपको ऐसा लगता है कि कक्षा आपके संदेह को दूर करने का सही स्थान नहीं है, तो अपने शिक्षकों से समय माँगिए, कक्षा समाप्त होने के बाद उनके पास जाइए और अपने प्रश्न का उत्तर माँगिए। यदि आपके मित्र पढ़ाकू और भरोसेमंद हैं, तो उनसे भी समझिए। अगले दिन और अगले हफ्ते के लिए उसे न टालें। इसके अलावा घर जाकर, किसी विषय के नोट्स को पढ़कर यह देखना कि आपकी किसी धारणा की समझ (एक बार जब आपने अपने संदेहों का निवारण कर लिया हो) सही है या नहीं, एक अच्छी आदत है।

एक चेतावनी : प्रश्न उसी समय पूछिए, जब कोई आपको धारणा के मूल सिद्धांतों को समझा रहा हो, परंतु प्रश्नों के हल उनसे मत पूछिए। संदेहों का स्पष्टीकरण और यह आशा करना कि आपको रेडिमेड जवाब मिल जाएँगे, के बीच अंतर है।

~•~

23. पोस्टमार्टम वह बताता है, जो नुस्खे नहीं बताते

असफलता एक बहुत अच्छी शिक्षक है, क्योंकि वह अकसर, सफलता से कहीं अधिक बड़ा सबक आपको देकर जाती है, लेकिन यह सबक भी आप तभी सीख पाएँगे, जब आप सीखना चाहेंगे। अगर उसे अनदेखा करके आगे बढ़ जाएँगे तो फिर भगवान् की आपका मालिक है।

अपनी विफलता को समझने के लिए आत्म-विश्लेषण करने का यह सही तरीका है कि आप किसी ऐसी व्यवस्था से अपने आप को जोड़ लें, जहाँ समय-समय पर परीक्षा होती हो। इससे कोई फर्क नहीं पड़ता कि आप किसी कोचिंग कक्षा में जाते हैं या नहीं। किसी परीक्षा केंद्र से जुड़ने के सुझाव के पीछे दो कारण हैं—प्रथम है कि यह आपको राष्ट्रीय स्तर पर अपनी तैयारी का परीक्षण करने का अवसर देता है और दूसरा, यह धारणाओं को बारीकी से समझने में सहायक होता है और उन क्षेत्रों के बारे में बताता है, जहाँ आप अधिकतर लड़खड़ा जाते हैं। निजी तौर पर, मुझे लगता है कि दूसरा कारण, इस परीक्षण शृंखला का सबसे महत्त्वपूर्ण कारण है। यह आपको अपनी कमियों को समझने का अवसर देता है, जिससे कि

आप उस पर कार्य कर सकें; परंतु ऐसा लगता है कि इस बात की अनदेखी की जाती है। छात्र अधिकतर, परीक्षा कक्ष से बाहर निकलकर उसका विश्लेषण करने पर मेहनत नहीं करते। हो सकता है, आपने व्यापक तौर पर अच्छा किया हो, लेकिन यदि आप अपनी कमियों/दुर्बलताओं को सुधारने पर ध्यान नहीं देते हैं तो परीक्षा का कोई मतलब नहीं होता। परीक्षा के बाद अपनी गलतियों का विश्लेषण करना ऐसी चीज है, जो अधिकांश लोगों में स्वाभाविक तौर पर नहीं आती—कम-से-कम मुझे तो नहीं आई थी।[10] मैं विश्राम करना चाहता था और परीक्षा अथवा पढ़ाई के विषय में, कम-से-कम उस समय, जब मैं परीक्षा कक्ष से निकला ही था, नहीं सोचना चाहता था।

मैं केवल इस बात से खुश हो जाता था कि परीक्षा समाप्त हो गई। अत: मेरी सामान्य प्रवृत्ति थी कि मैं कुछ दिन आराम करके फिर इस बात का विश्लेषण करूँ कि मैं कहाँ गलत हो गया था? ज्यादातर, वह दिन कभी आता ही नहीं था। इसकी कीमत मुझे JEE की परीक्षा में एक प्रश्न को छोड़कर चुकानी पड़ी (जिसका अर्थ था, कुछ सौ रैंक नीचे आ जाना)। मैं सवाल को देखते ही पहचान गया और मुझे याद आया कि किसी परीक्षा में वह सवाल आ चुका था और मुझे पता था कि मैंने उसको सही ढंग से हल नहीं किया था, लेकिन मैं इतना बेवकूफ था कि मैंने उसको सही ढंग से हल करने का तरीका नहीं देखा था। उस समय, परीक्षा कक्ष में ही मेरे पेट में कुछ घुमड़ने-सा लगा। आप कभी भी ऐसी हालत में नहीं फँसना चाहते, जब आप देख रहे हों कि दूसरा प्रश्न वही है, जिसके बारे में आपको पता है कि आप उसे 30 सेकंड में कर सकते हो, क्योंकि आपने उसे पहले देखा है (एक असाधारण संभावना); परंतु आप उसे हल नहीं कर पाते; क्योंकि आपने उसको करने के सही ढंग को जानने की कभी चेष्टा ही नहीं की। यह देखकर आपका मानसिक संतुलन बिगड़ना स्वाभाविक है और एक सवाल ही आपके आत्मविश्वास की चूलें हिलाने के लिए काफी साबित होता है।

अत:, गाँठ बाँध लीजिए कि आप कभी भी परीक्षा के बाद उसका पोस्टमार्टम करने, यानी कि उसका विश्लेषण करने की आदत डालेंगे। इसके लिए उस प्रश्नोत्तरी की कुंजी को लें, अपने मित्रों से मिलें और घर जाने के रास्ते में प्रश्नों पर विचार-विमर्श करें। इससे आपको न केवल उत्तरों की कुंजी को देखकर, बल्कि अपने मित्रों से, अपनी गलतियाँ ढूँढ़ने में सहायता मिलेगी। थॉमस एडिसन ने कहा

10. पारस

था, 'मैं असफल नहीं हुआ। मैंने केवल 10,000 ऐसे रास्ते खोजे हैं, जो काम नहीं आते।' निश्चित कर लीजिए कि आप प्रत्येक परीक्षा के बाद यह सीखने की आदत डालेंगे कि परीक्षा में आपने क्या-क्या गलतियाँ कीं? उसके बाद उनके सुधार में जुट जाएँगे। इससे आपको अपनी विफलता के तमाम कारण पता चल जाएँगे और केवल एक ही कारण बाकी रह जाएगा, जो काम करता होगा।

□

सही उपकरण ले आइए

24. अवधारणा-पत्र

अगले कुछ वर्षों में आप तीनों विषयों में—भौतिक विज्ञान, रसायन विज्ञान और गणित, कई विषय पाएँगे। आप देखेंगे कि आप कुछ ही हफ्तों में एक बड़े विषय से दूसरे बड़े विषय में जा रहे हैं। इसकी रफ्तार कभी-कभी दिमाग चकराने वाली होती है और आप अपने आपको, गति के एक नियम से दूसरे विभेदीकरण के नियम की प्रगति के बीच में खोया हुआ अनुभव करते हैं। इसके अलावा, धारणाओं का व्यवहार विभिन्न प्रसंगों के भीतर ही नहीं, विभिन्न विषयों के भीतर भी चला जाता है। भौतिक विज्ञान को गणित के विचारों की, जैसे विभेदीकरण और एकीकरण की, आवश्यकता होगी। आपके भौतिकी के शिक्षक आशा करेंगे कि आपके गणित के शिक्षक आपको इन प्रासंगिक विषय के बारे में सिखा देंगे और उसे गहराई से समझाने में अधिक समय बरबाद नहीं करेंगे और बीच में विभिन्न साप्ताहिक, मासिक और कभी-कभी तो दैनिक परीक्षाएँ भी होती हैं, जिनके लिए पढ़ना पड़ता है। मैं दावे के साथ कह सकता हूँ कि आप इस असमंजस में पड़ जाएँगे कि स्कूल की कक्षाओं, कोचिंग क्लास, खेल और परीक्षा के बीच में आप कब पढ़ें और यह सब हो क्या रहा है? आपको यह समझने का भी समय नहीं मिलेगा। आपको तुरंत समाधान चाहिए, ऐसा समाधान, जो आपको एक प्रसंग में विभिन्न धारणाओं का एक संक्षिप्त विवरण दे और उसका कब और कैसे प्रयोग करना है, यह बताए। वह कागज का टुकड़ा, जो आपके व्यस्त जीवन में थोड़ा संतुलन और व्यवस्था ला सकता है, वह कागज का टुकड़ा है, 'कॉन्सेप्ट शीट'।

'कॉन्सेप्ट शीट' अपने मूल आकार में किसी भी विषय के अंदर जितने भी विचार हैं, उनका सार संग्रह है और आपको यह सिखाता है कि किस प्रकार से एक विचार की सीख दूसरे तक जाती है, जिससे विचारों की एक तर्कसंगत कड़ी बन जाती है। कॉन्सेप्ट शीट किसी भी विषय के नियम और सिद्धांत लिख देती है और

आपको उस विचार का सर्वेक्षण 20 सेकंड से कम में दे देती है। अब हम चलते हैं, सबसे महत्त्वपूर्ण प्रश्न पर—आप एक बहुत अच्छी कॉन्सेप्ट शीट कैसे बना सकते हैं? एक अच्छी कॉन्सेप्ट शीट एक नए विषय के पहले दिन प्रारंभ होती है और विषय के अंतिम दिन में समाप्त होती है। आपने जितने नए विचार एक दिन में सीखे हैं, उन्हें एक कागज पर लिखकर शुरुआत करें। आप प्रतिदिन उसमें नए पाठ जोड़ते रहें। आपने पहले क्या लिखा था, उसे पढ़ते रहिए और जो नहीं चाहिए, उनकी छँटाई करते रहिए, जिससे कि कागज सुस्पष्ट और प्रासंगिक हो। एक अच्छी कॉन्सेप्ट शीट आपके व्याख्यान के प्रवाह का अनुसरण करेगी और पुरानी धारणाओं के साथ बढ़ती रहेगी। यह निश्चित कर लीजिए कि आप उसमें आरेख और अन्य रेखाचित्र जोड़ दें, जिससे कि आप शीघ्रता से उन विचारों से सहमत हो सकें। एक और चीज, जिस पर हमें ध्यान देना है, वह है, कॉन्सेप्ट शीट में फॉर्मूलों को पूर्ण रूप में लिखना चाहिए, न कि शॉर्टहैंड में। एक कॉन्सेप्ट शीट को ऐसे समझिए, जिसे कोई भी पढ़कर, विषय को समझ सके।

अब वह कौन सी चीज है, जो एक कॉन्सेप्ट शीट को अद्‍भुत बनाती है? वह है, उसे उस खास समस्या के साथ जोड़ना, जिससे आप 'आहा!' या 'वॉव!' कह सकें। हर बार जब आप कोई नया विचार पढ़ते हैं, आप कई ऐसी समस्याएँ देखेंगे, जो आपको उस विचार के बारे में मजबूत और गहरी समझ दे देंगी। इन्हीं को मैं 'आहा!' क्षण समस्या कहता हूँ। निश्चित कर लीजिए कि आप अपनी शीट के किनारे पर इन समस्याओं को नोट करेंगे, जिसमें कि इसकी एक झलक भी आपको वापस उसी 'आहा!' क्षण में ले जाएगी और इस धारणा को आपके मन में सीमेंट की तरह पक्का कर देगी।

किसी विषय को दोहराते समय, जो सबसे बढ़िया तरीका है, पहले कॉन्सेप्ट शीट को पढ़ना और फिर तारांकित प्रश्नों से प्रारंभ करना और किसी भी परीक्षा की तैयारी करते समय (मासिक, साप्ताहिक इत्यादि) कॉन्सेप्ट शीट को (जैसी समय आपको अनुमति दे) उलटी कालानुक्रमिक व्यवस्था में दोहराना कोई गलत विचार नहीं है। इससे यह निश्चित हो जाएगा कि आप हर परीक्षा के लिए, प्रत्येक विषय में सबसे बेहतर रूप से तैयार हैं।

25. चार्ट (मानचित्र)

आपके पढ़ने के कमरे में चारों ओर चार्ट होने चाहिए। चार्ट उन सब विषयों को दोहराते रहने का बहुत अच्छा तरीका है। हो सकता है कि आप संगीत सुन रहे हों, किसी मित्र से बातचीत कर रहे हों, कंप्यूटर गेम्स खेल रहे हों या व्यायाम कर रहे हों या केवल कमरे में घूम रहे हों। इन सब कार्यों को करते समय, चाहे-अनचाहे, अपने कमरे में लगे चार्ट, जिनमें मुख्य विचार, जैसे आवर्त-सारणी, मौलिक अभ्यास, त्रिकोणमिति के अनुपात, समुच्चय नियम इत्यादि को देख सकते हैं। यह बिलकुल सही है कि आपको किसी बात की अति नहीं करनी चाहिए। आपने इतनी समझदारी से उन विचारों और विषयों को चुना है, जिनके लिए चार्ट बनाना सबसे अधिक लाभदायक होगा। विचारों की स्कीम के लिए चार्ट बनाना चाहिए, जहाँ कोई सारणी अथवा ग्राफ बनाया जा सकता है और फिर उन चीजों के लिए, जिनमें आप चकरा सकते हैं अथवा भूल सकते हैं। सबसे अच्छे उदाहरण हैं त्रिकोणमिति अनुपात और आवर्त-सारणी। सामान्यतः आपको कोई ऐसा विषय मिले, जिसमें विचारों अथवा मूल्यों की···, जिन्हें आप हर समय या तो भूल जाते हैं या जिनका घाल-मेल कर देते हैं···तो उसके लिए एक चार्ट बनाना अच्छा विचार है। इसके अलावा चार्ट बनाना काफी कार्यबोधक है। अतः एक 'स्टडी ग्रुप' में इसे बाँट लें और फिर उसके बाद उस प्रकार के चार्ट की नकल संपूर्ण ग्रुप के अंदर करें।

~•~

26. छोटे-छोटे कामों की पर्चियाँ बनाकर लगाएँ

'पोस्ट-इट्स' शायद पिछली शताब्दी का सबसे बेहतरीन आविष्कार है। आपकी टेबल के किनारे पर एक 'पोस्ट-इट' नोट से बेहतर याद दिलानेवाला शायद कोई और हो ही नहीं सकता। यह स्थिति उन लोगों के लिए बहुत मददगार सिद्ध हो सकती है, जो JEE अथवा अन्य प्रतियोगी परीक्षाओं के लिए तैयारी कर रहे हैं। आप इस स्थिति का दो प्रकार से प्रयोग कर सकते हैं। जब आप होमवर्क, प्रयोगशाला के काम और परीक्षा सीरीज और पाठ्यचर्या के भारी बोझ जैसे अलग-अलग कामों से एक साथ जूझ रहे होते हैं तो अकसर आपके लक्ष्य से भटकने की

आशंका रहती है। इस भटकाव के कारण न केवल चीजें अस्त-व्यस्त हो जाती हैं, बल्कि आप जिस विषय को पढ़ रहे होते हैं, उसमें आप पूरी ताकत नहीं लगा पाते, क्योंकि आपकी आधी ताकत तो किन्हीं दूसरे कामों में भटक रही है। इसलिए अपना फोकस बनाए रखें और एक समय में एक चीज पर ही ध्यान केंद्रित रखें। आप कुछेक लक्ष्य निर्धारित करने के लिए 'पोस्ट-इट नोट' व्यवहार कर सकते हैं (खयाल रखिए कि ये लक्ष्य यथार्थवादी हों, परंतु अधिक सहज भी न हों।) और उनमें एक-एक करके निशान लगाते रहिए। ऐसा करने से आप अपने लक्ष्य पर नजर रख सकेंगे और जब आप उन्हें समाप्त कर लेंगे तो आपको प्रसन्नता होगी। प्रत्येक कार्य के साथ, उसे पूरा करने की अपेक्षित तारीख लिखना, एक अच्छा विचार है। अब आपको यह समझना होगा कि कुछ कार्य अपेक्षित से अधिक समय ले सकते हैं और कुछ, जो समय आपने सोचा था, उससे पहले भी समाप्त हो सकते हैं। अत: अपेक्षित समय, उसके अनुसार ही तय होगा। इससे आपको यह जानने में सहायता मिलेगी कि किस क्षेत्र में आपको अपनी गति तेज करने की आवश्यकता है और वह क्षेत्र, जहाँ आपकी रफ्तार तो बहुत अच्छी है; परंतु उच्च परिशुद्धता के लिए, अपनी रफ्तार को कम करना जरूरी है। सामान्यत: 'परिशुद्धता बनाम रफ्तार' को बंद करना होता है और यह तकनीक आपको यह समझने में सहायता देगी कि आप क्या करें, जिसमें कि आप आगे जा सकें!

महत्त्वपूर्ण विचारों या कार्यों के लिए चिपकनेवाले नोट से कई बार आप ऐसे विचारों और विषयों के बारे में जानेंगे, जिन्हें आप समय के साथ समझ पाएँगे। आप कई ऐसी चीजें पाएँगे, जो आप शीघ्रता से पकड़ नहीं पाएँगे। इनको लिखने के लिए चिपकनेवाले कागज का इस्तेमाल करें और अपने पलंग के पास चिपका दें। इससे यह होगा कि उठते-बैठते, आते-जाते आपकी नजर उन पर पड़ती रहेगी और धीरे-धीरे आपका दिमाग उन्हें बिना अधिक मेहनत किए याद कर लेगा। आप इन चिपकनेवाले कागजों को किसी पुस्तक के ऐसे पृष्ठों पर भी चिपका सकते हैं, जो आपको दिलचस्प लगते हैं और आप उन्हें दोहराने के लिए फिर से पढ़ना चाहेंगे। आप इसके लिए विभिन्न रंगों की योजनाओं का भी इस्तेमाल कर सकते हैं और विभिन्न रंगों के नोट चुन सकते हैं, जिनका इस्तेमाल आप 'पढ़ना आवश्यक', 'पढ़ने में अच्छा' इत्यादि के अलग और खास भाग में अंकित कर सकते हैं।

27. अपने नोट बैंक को समृद्ध बनाएँ

अगले दो सालों में आप अनेक पाठ्य-पुस्तकों को देखेंगे। सब लेखकों का लिखने का अपना तरीका होता है। याद रखिए कि पुस्तकें लेखक के विचारों के आधार पर लिखी जाती हैं; लेकिन नोट जरूरत के अनुसार चिपकाए जाते हैं कि आपका उनके विषय में क्या नजरिया है ? चीजों को अपने दृष्टिकोण से देखकर, हर उस महत्त्वपूर्ण विचार, जो आपने सीखा है, का मूल नोट बनाना बहुत आवश्यक है।

नोट लिखते समय, विचार को संक्षिप्त तौर पर लिखने की चेष्टा करें। एक बार जब आप विचार के मूल को समझ जाएँ तो ढाँचे और सारांश निश्चित कीजिए और फिर अपना वर्णनात्मक अनुच्छेद लिखना शुरू कीजिए। याद रखिए कि नोट्स का पुस्तकों से अधिक लाभ है, क्योंकि वे केवल उस व्यक्ति द्वारा पढ़े जा सकते हैं, जिसने उन्हें लिखा है। अत: जब तक आप, जो आपने लिखा है, उसे समझ सकते हैं, तब तक ठीक है। उद्‌देश्य है, सबसे महत्त्वपूर्ण हिस्सों को सुस्पष्ट और संक्षिप्त प्रकार से लिखना।

अपने पाठों और पृष्ठों की बजाय, अपने नोट्स में लिखे विचारों पर ध्यान केंद्रित करें। उदाहरण के लिए, मैंने अपने कुछेक मित्रों को डिब्बों के संबंध में नोट्स, पीछे की ओर टिप्पणी, यहाँ तक कि परिशिष्ट भी लिखते हुए देखा है।

कभी भी एक खुली पुस्तक से नोट्स न बनाएँ। पढ़ें अथवा सुनें और फिर कुछ देर के पश्चात्, बिना किसी की सहायता के अथवा बिना पुस्तक के नोट्स लिखने की कोशिश करें। इससे आपको यह पता चलेगा कि आप कितना जानते हैं और जो जानते हैं, वह कितना सही है। प्रत्येक अध्याय अथवा भाग में 2-3 विचार महत्त्वपूर्ण हैं। उनकी पहचान कर पहले उन पर नोट्स बनाएँ।

एक खास फॉर्मेट है, जो मेरे लिए बहुत अच्छा साबित हुआ—प्रश्न-उत्तर का फॉर्मेट![11]

सब नोट्स को प्रश्नों के रूप में लिखिए और दोहराते समय उन्हें एक चुनौती की तरह स्वीकर करें और फिर यदि आवश्यकता हो तो उन प्रश्नों का उत्तर देने के लिए नोट्स का सहारा लें।

अपने नोट्स में कुछ सांकेतिक शब्द अथवा चिह्न लगाकर रखें, हालाँकि बहुरंगी और ऐसे नोट्स, जिनमें टिप्पणियाँ दी हों, को लिखना कठिन है, उन्हें पढ़ना

---

11. विवेक

सहज है। मैंने अपने नोट्स को चिह्नित करने के लिए बहुत सारी निजी चित्रकला का इस्तेमाल किया है, जैसे बड़ा प्रश्नचिह्न, मुसकराता चेहरा, तारे इत्यादि। इससे मेरे लिए अपने नोट्स समझना आसान और उन्हें लिखना मजेदार बन गया था।

यह आवश्यक है कि नोट्स बहुत तरतीब से हों। उन्हें हम 'नोट्स के नोट्स' और 'नोट्स के नोट्स के नोट्स' कहा करते थे। अतः सबसे पहले एक पंक्ति का सारांश लिखें, फिर उसे पाँच पंक्तियों में बढ़ा दें और उसके बाद उसे विस्तार में एक पृष्ठ तक लिखें। यह कोई नियम नहीं है, परंतु यह संरचना आपकी कई प्रकार से सहायता करती है। पहले इस बात पर निर्भर करते हुए कि आपके पास दोहराने के लिए कितना समय है, आप नोट्स को दोहराने के लिए उन्हें छोटे-छोटे समूह में बाँट लें। दूसरा यह कि इस तरह से आप अपने आपको दोनों—छोटे और लंबे—उत्तरों के लिए तैयार कर लेते हैं।

अपने नोट्स में साफ शब्दों में 'कैच' और 'गोत्चास' के विषय में लिखिए। हर अवधारणा के संबंध में हमेशा कुछ सामान्य गलतियाँ होती हैं और उन्हें चिह्नित करके हाइलाइट करना बहुत आवश्यक है, जिससे कि वे तुरंत आपकी पकड़ में आ जाएँ, खासतौर पर जब आप दबाव में हों।

□

सही मदद लें

28. स्टडी ग्रुप बनाएँ

जिन सबसे कठिन विचारों अथवा प्रश्नों का आपको सामना करना पड़ सकता है, उनके उत्तर पाने की शायद सबसे अच्छी जगह है स्टडी ग्रुप। ग्रुप के कुछ सदस्यों की कुछ विषयों में अच्छी पकड़ हो सकती है, जबकि अन्य सदस्यों को दूसरे विषय सहज लग सकते हैं। ग्रुप का हर सदस्य छात्र और शिक्षक—दोनों होता है। अपने मित्रों से आप प्रश्न आसानी से पूछ सकते हैं (हो सकता है, उनमें से कुछ को कक्षा में पूछने में आप हिचकिचाएँ)। इसके साथ-साथ अपने मित्रों को सिखाने से आपका विषय का अच्छा अभ्यास हो जाएगा, जिससे उस विषय में आपका आत्मविश्वास और ज्ञान मजबूत होगा। स्टडी ग्रुप अध्ययन में रचनात्मक योगदान देने के साथ ही आपको यह आकलन करने में मदद करता है कि आप कितने पानी में हैं! इससे आप अपनी कमजोरियों को पहचान पाएँगे।

स्टडी ग्रुप के सदस्य जैसे होंगे, वैसा ही स्टडी ग्रुप होगा। अत: ध्यान रखें कि आप अपने सदस्यों को भली-भाँति चुनें। उन साथियों को ढूँढ़ें, जो इस कोर्स में अच्छा कर रहे हों, जिनका ध्यान पूरी तरह पढ़ाई पर केंद्रित हो और दिलचस्पी रखते हों। आपको इस बात को ध्यान में रखना होगा कि किसी भी स्टडी ग्रुप में केवल इसलिए शामिल नहीं होना है कि आपके किसी मित्र ने सुझाव दिया है या आपका मित्र भी उसी ग्रुप में है, साथ ही यह भी देखना होगा कि स्टडी ग्रुप कहीं गप्पबाजी का अड्डा न बन जाए।

पढ़ाई के मामले में चार या पाँच लोगों का ग्रुप बेहतर माना जाता है। बड़े ग्रुप को सँभालना मुश्किल हो जाता है। पढ़ाई के लिए ग्रुप बनाने का यह अर्थ नहीं है कि आपको प्रतिदिन मिलना है और केवल ग्रुप में ही पढ़ना है। यह तय कर लें कि ग्रुप की सप्ताह में एक या दो मीटिंग हों, जहाँ आप निश्चित कार्यसूची के अनुसार कार्य करें। ग्रुप की हर मीटिंग के लिए एक कार्यसूची बना लें। विभिन्न सदस्यों से आपको क्या-क्या पूछना है, यह तय कर लें। यह भी देखें कि ग्रुप में हर सदस्य का

कुछ-न-कुछ योगदान हो और उसे भी कुछ-न-कुछ लाभ हो रहा हो। जिन विषयों में आप पुनर्विचार करना चाहते हैं, उन पर प्रत्येक सदस्य को जोड़ लें।

~•~

29. अपने शिक्षक का चुनाव बहुत ध्यान से करें

जहाँ तक JEE में उत्तीर्ण होने के लिए निजी पढ़ाई करना और हुनर होना आवश्यक है, थोड़ी-बहुत कोचिंग एवं नियंत्रण आपकी तैयारी को और केंद्रित कर सकता है, आपकी कमजोरियों को समझ सकता है और JEE की आवश्यकता के अनुसार आपके कौशल को चमका सकता है। विभिन्न स्रोतों से कोचिंग आ सकती है, जैसे कोई बड़ा भाई या बहन, जो JEE की तैयारी से गुजर चुका हो, आपके स्कूल के शिक्षक अथवा JEE के विशिष्ट कोचिंग केंद्र। JEE की परीक्षा की तैयारी करते समय शिक्षक अथवा कोच का चुनाव ही सबसे बड़ा निर्णय है। कोचिंग का कुछ लोग मजाक उड़ाते हैं, परंतु हम सब जानते हैं कि उच्च कोटि के खिलाड़ी बनने के लिए आपको एक योग्य कोच की आवश्यकता होती है। JEE भी खेल के समान है, क्योंकि इसका संबंध भी परिणाम से जुड़ा है। परीक्षा हॉल में आप सभी अपनी-अपनी कुरसियों पर बैठे परीक्षा दे रहे होंगे, लेकिन आप सभी के दिमाग एक-दूसरे से रेस लगा रहे होंगे कि कौन कितनी जल्दी कितने अधिक सवाल हल करता है!

तो फिर आप कौन सी कोचिंग चुनेंगे? कोचिंग संस्थान होते हैं—कॉरपोरेट शैली की फैक्ट्री या निजी कोचिंग। कोचिंग में हम सब जानते हैं—आप अखबार के पूरे पृष्ठ में, शहर में लगे बड़े-बड़े होर्डिंग में और कुछ तो अब आजकल टेलीविजन पर भी इनके विज्ञापन देख सकते हैं। ये हर मोहल्ले में खुली वर्कशॉप आपके स्थानीय शिक्षक हैं, जो मशहूर हैं और पूजनीय हैं। अधिकतर आप अपना चुनाव इस बुनियाद पर करते हैं कि आपके मित्र कहाँ जा रहे हैं; क्योंकि अंततः अध्ययन का ग्रुप अथवा मित्र ही आपकी JEE की तैयारी के दिनों में आपकी सबसे महत्त्वपूर्ण संपत्ति है। मेरी आपको सलाह है कि पढ़ाई के लिए कक्षाओं के रूप में चलनेवाली कोचिंग में जाएँ और साथ ही कहीं पत्राचार से भी कोचिंग लें। यह भी देखें कि कोचिंग सेंटर आपके घर से अधिक दूर न हो। ग्रुप के सदस्यों के कहने में आकर कोचिंग संस्थान का चयन न करें।

पाठ्यक्रम को समझें और उसका सम्मान करें

धरती पर हर रिश्ता एक तरह का करार है। किसी भी प्रतियोगी परीक्षा के साथ आपका रिश्ता भी एक प्रकार से एक अनुबंध, एक करार ही है, जिसे 'पाठ्यक्रम' कहते हैं। परीक्षा जितनी व्यावसायिक तौर पर संचालित होगी, उतना ही महत्त्वपूर्ण उसका पाठ्यक्रम होगा। JEE के पाठ्यक्रम के चार अथवा पाँच पृष्ठों में, परीक्षक सुस्पष्ट तरीके से यह बता देते हैं कि वे आपसे क्या आशा करते हैं? आपको जो करना है, वह है, उनके प्रत्येक शब्द को उद्यमी तरीके से ग्रहण करें और यह निश्चित कर लें कि आप उन आशाओं पर खरे उतरेंगे। पिछले वर्ष के परीक्षा-पत्रों की एक महत्त्वपूर्ण भूमिका है, परंतु वे शैली को समझने के लिए हैं, अर्थात् पाठ्यक्रम के विभिन्न भागों को किस प्रकार अंकित किया गया है। पाठ्यक्रम के एक भी शब्द को हलके में न लें। JEE के परीक्षक पाठ्यक्रम लिखने में बहुत ध्यान देते हैं। अत: आपको उसे पढ़ने में भी उतना ही ध्यान देना चाहिए और यह निश्चित कर लीजिए कि आप उसके हर शब्द को पढ़ लें। एक-एक शब्द का गंभीर अर्थ है।

~•~

30. भौतिकी का पाठ्यक्रम

आइए, हम वर्ष 2012 के भौतिक विज्ञान के पाठ्यक्रम को लेते हैं। इसे कुछ मुख्य भागों में विभाजित किया गया है—सामान्य, मैकेनिक्स, थर्मल, इलेक्ट्रोमैग्नेटिज्म, ओप्टिका और मॉडर्न। अब JEE 2012 के भौतिक विज्ञान के पेपर 1 को उठाइए। यहाँ प्रत्येक प्रश्न के एक विषय का मानचित्रण किया जा सकता है। पता लगता है कि विद्युत् और मैग्नेटिज्म परीक्षक के प्रिय विषय हैं और बीस में से आठ प्रश्न इस विभाग से हैं। आगे सबसे प्रमुख है मैकेनिक्स, जिसमें से छह प्रश्न हैं। बाकी अन्य विभागों में से केवल एक या दो प्रश्न ही हैं। मैकेनिक्स के भीतर भी आप प्रत्येक प्रश्न को एक विषय तक सीमित कर सकते हैं। उदाहरण के लिए, तीसरा प्रश्न एकरूप वृत्तीय चाल पर, उन्नीसवाँ प्रश्न निष्क्रियता के क्षण इत्यादि पर। अत: आपकी JEE की तैयारी का प्रत्येक क्षण बिलकुल पाठ्यक्रम के हिसाब से ही होना चाहिए, आप जब भी कोई पुस्तक पढ़ रहे हों या किसी समस्या का हल ढूँढ़ रहे हों, आपको JEE के पाठ्यक्रम के उस विषय में ज्ञान होना चाहिए,

जिस पर आप कार्य कर रहे हैं। यह आदत बन जानी चाहिए। केवल तभी आप अपने समय का सही सदुपयोग कर पाएँगे। पाठ्यक्रम से कभी भी मत भटकिए।

~•~

31. रसायनशास्त्र का पाठ्यक्रम

रसायनशास्त्र (खासतौर से ऑर्गेनिक केमिस्ट्री) ज्ञान के एक विशाल समुद्र के समान है, जिसमें हर चीज डूबने की संभावना है। इसमें आपके कंठस्थ करने के लिए बहुत अधिक प्रतिक्रियाएँ और मिश्रण के रंग व अपवाद हैं। एक समय था, जब JEE का पाठ्यक्रम NCERT (नेशनल कौंसिल फॉर एजुकेशनल रिसर्च एंड ट्रेनिंग) के पाठ्यक्रम से भिन्न था। IIT परीक्षा देनेवाले केवल JEE का पाठ्यक्रम ही पढ़ते थे और NCERT अथवा CBSE (सेंट्रल बोर्ड ऑफ सेकेंडरी एजुकेशन) द्वारा निर्धारित बारहवीं कक्षा के पाठ्यक्रम के विषय में अधिक चिंता नहीं करते थे। इसका आर्ट था कि वे बहुत सारी किताबें पढ़ते थे (कई बार तो विशेष पुस्तकों से विशिष्ट अध्यायों को)। बहरहाल, अंकन करने के तरीके में आज बदलाव आया है और मानव संसाधन विकास मंत्रालय (HRD) द्वारा कोचिंग क्लास पर से ध्यान हटाने के लिए NCERT के पाठ्यक्रम पर अब बहुत जोर डाला जा रहा है। अब JEE का पाठ्यक्रम NCERT के पाठ्यक्रम का अनुसरण करता है और उसके बाहर नहीं जाता। अतः पाठ्यक्रम को समझना बहुत आवश्यक है।

JEE की वेबसाइट पर जाकर विस्तृत पाठ्यक्रम को देखें और यह निश्चित कर लें कि आप ऐसी चीजों पर समय बरबाद न करें, जो आपके पाठ्यक्रम में न हों। मैंने यह पाया है कि इनोर्गेनिक केमिस्ट्री पर लिखी आजकल की NCERT की पुस्तकें बहुत अच्छी हैं और सब विषयों को भलीभाँति कवर करती हैं। अगर आप बाहर आकर अन्य पुस्तकों को देखना चाहते हैं, तो निश्चित तौर पर अपने शिक्षकों से पूछिएगा कि JEE के नजरिए से क्या महत्त्वपूर्ण है और कौन से अध्यायों को आप पूर्ण रूप से अनदेखा कर सकते हैं? इससे आपका बहुत समय और श्रम बच सकता है। कुछेक पुस्तकों तक ही सीमित रहिए, क्योंकि आप सब पुस्तकों को तो पढ़ नहीं सकते। इसके अलावा, यह भी निश्चित कर लीजिए कि ये पुस्तकें उच्च स्तर की हैं और हर साल जो हजारों पुस्तकें निकलती हैं, उनमें से किसी को भी न चुनें।

~•~

32. गणित का पाठ्यक्रम

गणित के पाठ्यक्रम में अलजेब्रा, त्रिकोणमिति, ज्योमेट्री, कैलकुलस और वेक्टर्स हैं। अलजेब्रा के मुख्य विषय हैं—कॉम्प्ले नंबर्स, क्वाडरेटिक समीकरण, शृंखला और प्रतिवाद, प्रायोगिकता एवं मेट्रीसेज। त्रिकोणमिति रेशियो और प्रोपर्टीज से संबंधित है। इस स्तर पर आकर ज्योमेट्री विश्लेषणात्मक ज्योमेट्री बन जाती है। वक्र रेखा को समीकरण कहा जाता है और आपसे आशा की जाती है कि आप एल्जेब्रिक समाधान के आधार पर स्थानिक हल प्राप्त कर लेंगे। परवलय, दीर्घवृत्त एवं अतिशयोक्ति अधिक आकर्षक विषय हैं और इसकी अधिकारिता सब विश्लेषणात्मक ज्योमेट्री को सामान्य नियम मान लेती है। इस मिश्रण में थोड़ी-बहुत 3D ज्योमेट्री भी डाल दी गई है। कैलकुलस में डिफरेंशियल और इंटीग्रल कैलकुलस के जुड़वाँ हैं और अंत में वेक्टर्स आधुनिक भौतिकी वेक्टर्स के समान है—आपकी इसके आधार पर परीक्षा ली जाती है, इसलिए आप जान जाते हैं कि आपकी इंजीनियरिंग की परीक्षा में क्या आ रहा है।

~•~

33. सूचना का सुपर हाईवे

हम इंटरनेट के युग में रहते हैं—गूगल, विकीपीडिया इ-बुक्स, फोरम्स और नेटवर्क की दुनिया में। यह सब अब छोटे परदे पर, जो हमारी जेब में समा जाए, उपलब्ध होने के कारण हम सब सही अर्थ में हर समय जानकारी के सुपर हाईवे पर होते हैं। इसमें अब आप अपने सभी शुभचिंतकों, दोस्तों, मित्रों, अध्यापकों और रिश्तेदारों को भी जोड़ लीजिए, जो हर रोज आपको एक-न-एक नई पुस्तक के बारे में सलाह देते रहते हैं। इस सुपर हाईवे पर JEE पाठ्यक्रम आपका रास्ता है। उसी रास्ते पर सीधे चलते रहिए और चाहे कुछ भी हो जाए, बहुत अधिक दाएँ अथवा बाएँ न जाइए।

आइए, हम एक उदाहरण लेते हैं। आप न्यूटन के नियम के बारे में पढ़ना चाहते हैं। JEE के लिए आपको HC और हेलिडे—रेस्निक्स को ही पढ़ना चाहिए, परंतु यदि आप इंटरनेट पर जाते हैं और विकीपीडिया पर बहुत अधिक लेखों को पढ़ते हैं, कई फोरम्स को देखते हैं तो हो सकता है, आप फेंमन के भाषणों और

गोल्ड्स्ताइन की क्लासिकल मैकेनिक्स के घेरे में आ जाएँ। हो सकता है आप क्वांटम मैकेनिक्स और मेटाफिजिक्स की ओर निकल जाएँ; और ध्यान रहे कि यह सब इतना दिलचस्प और इतना मजेदार है (यदि आप JEE प्रकार के हैं) कि आप इस बात का भी बुरा नहीं मानेंगे कि आपको उन्हें पूरा पढ़ने के लिए कितना समय लगाना पड़ा!

बहरहाल, आपके अनमोल घंटों का यह मोल है। हमेशा याद रखिए कि आपके पास दिन में सटीक और अपरिवर्तित 24 घंटे ही हैं, इसलिए निश्चित करिए कि जब भी आप कुछ पढ़ें, आपके मन में एक पाठ्यक्रम में से एक सुस्पष्ट विषय हो; और यदि संभव हो तो JEE की समस्याओं में से एक विशिष्ट सेट हो, जो उस विषय को पढ़ने से सुलझ जाएगा। यदि ऐसा कोई नहीं है तो आपको उसे नहीं पढ़ना चाहिए।

□

सही सीखें

आपको उन विशेषज्ञों द्वारा शैक्षिक मार्गदर्शन दिया जा सकता है, जो पुस्तकों के माध्यम से, कक्षा की पढ़ाई या कोचिंग के जरिए संपर्क रखते हैं। इस पुस्तक का विस्तार एवं आशय उन सब को किसी भी तौर पर परिस्थापित करना नहीं, बल्कि आपको दिशा एवं अतिरिक्त मार्गदर्शन देकर उनका पूरक बनाना है।

मैं विषय में JEE पाठ्यक्रम के समानांतर जाऊँगा, परंतु यह आवश्यक नहीं है कि मैं उसी क्रम में जाऊँगा। यह इन सब सिद्धांतों और विचारों के विषय में पूर्णरूप से मेरा ही संदेश है और मुझे पूरा विश्वास है कि कुछ केस में आपसे आपके शिक्षक की समझ भिन्न हो और कभी-कभी तो बेहतर भी हो।

मैं विषयों का निरूपण इस प्रकार करूँगा—

1. जो विषय के लिए क्रांतिक हैं, उन आभ्यंतर विचारों पर जोर देना।
2. इस प्रकार के विचारों के लिए विकल्पी और अंतर्दर्शी निरूपण प्रदान करना, जिससे कि उनके विषय में आपकी समझ को सहायता मिले।
3. आपको प्रस्तावित ढाँचे और समस्याओं को हल करने के तरीके प्रदान करना।

भौतिकी

34. संकल्पना, नियम और कंस्टंट

भौतिकी की किसी भी समस्या को हल करने के लिए जिन तीन तत्त्वों की आवश्यकता है, वे हैं—संकल्पना, नियम और कंस्टंट। एक बार आपका इन सब पर पूर्ण नियंत्रण हो गया तो आप अपनी समझ, विश्लेषण और गणना को हल करने में इसे इस्तेमाल कर सकते हैं। मेरा हर JEE के प्रार्थी के लिए यह सुझाव है कि वह विचारों, नियमों और कंस्टंट के विषय में अपनी एक स्वरचित पुस्तक बनाएँ। शक्ति, गतिमात्र, ऊर्जा, विशिष्ट उष्णता, अपवर्तन (अपरिवर्तन), प्रतिध्वनि (रेसोनेंस),

धारिता (कोपेसिटनस) इत्यादि सब विचार हैं। न्यूटन का गतिशीलता का नियम, एंपियर का नियम, बओट सवार्ट नियम, फैराडे का नियम इत्यादि सब नियम हैं। बिजली की रफ्तार, गुरुत्वाकर्षणीय स्थिरता, पाई, बोल्ज्मन स्थिरता, गैस स्थिरता इत्यादि सब स्थिरता हैं। इस प्रकार की पुस्तक एक छोटी पॉकेट डिक्शनरी के समान होनी चाहिए, जिसे जब भी आप दुविधा में हों अथवा दोहराते समय उसका इस्तेमाल कर सकें और भौतिकी के लिए तो यह फॉर्मेट बहुत अच्छा कार्य करता है।

~•~

35. अनुपात और दिशात्मकता

कुछ छात्र तो भौतिकी के फॉर्मूलों की संख्या से ही ऊब जाते हैं। बहुत अधिक भौतिकीय विशेषताएँ उन्हें गणना करने में बहुत सारे नियम और समीकरण और भिन्न-भिन्न मूल्यों और अद्‌भुत आयाम के बहुत सारे प्रकार होते हैं कि सबकुछ बहुत दुर्दमनीय प्रतीत होता है। वास्तव में गणना भौतिकी पढ़ने का सरल भाग है। यह मानकर चलिए कि जो लोग JEE का प्रश्नपत्र तैयार करते हैं, वे इतनी बुद्धि रखते हैं कि ऐसी समस्याएँ नहीं देंगे, जिसमें आपको जटिल गणना करने की आवश्यकता हो। कई उपायों की एक-दूसरे को काट देने की प्रवृत्ति होगी और फिर गणना करना बहुत सरल हो जाएगा, परंतु गणना करने की खोज में, छात्र अकसर भौतिकी के महत्त्वपूर्ण भाग की अनदेखी कर देते हैं, जो है, भौतिकी और दिशात्मकता।

भौतिक गुणात्मकता के मूल्य की गणना करे बिना ही आपको उनके अनुपात और गणना को समझ लेना चाहिए। उदाहरण के लिए जब दो व्यक्ति एक पहाड़ी से नीचे कूदते हैं, तो यह तत्काल सुस्पष्ट हो जाना चाहिए कि दोनों नीचे की ओर ही गिरेंगे (दिशा), यह कि दोनों एक ही समय पर धरती पर गिरेंगे (अनुपात), यह कि जिसका वजन अधिक होगा, उसे शायद गिरते समय हवा के विरोध का सामना करना पड़ेगा, क्योंकि उसका परिमाण बड़ा है, उसके वजन के कारण नहीं। इसी प्रकार, जब एक बिजलीवाले लूप को एक चुंबकीय क्षेत्र में रखा जाता है, तो जो सबसे महत्त्वपूर्ण जानने की चीजें हैं कि जब तरंग चुंबकीय क्षेत्र की दिशा के समानांतर होती है, तो प्रबलता शून्य होती है; जब वह एक कोण में होती है, प्रबलता कोण के साइज के अनुपात में होती है और यह कि बल की दिशा दाहिने हाथ के घुमाव के नियम का पालन करती है।

आपको किसी परिस्थिति में, दो भौतिक परिमाणों के संबंध का शीघ्रता से ग्राफ बनाने की आदत होनी चाहिए, जो उनके मूल्यों की गणना करने से अधिक महत्त्वपूर्ण है। जैसे-जैसे एक आदर्श गैस का तापमान बढ़ता है, तो पहले यह निश्चित करना सबसे महत्त्वपूर्ण होता है कि यदि परिमाण को एकनिष्ठ रखा जाए तो दबाव उसके सीधे अनुपात में बढ़ेगा। आपको शीघ्रता से दबाव और तापमान को जोड़ते हुए ग्राफ बनाना आना चाहिए। किसी निश्चित तापमान का सही मूल्य जानना और उसको सही इकाइयों में बदलना समस्या का सरल भाग है। कभी-कभी जैसे-जैसे 'X रैखिक तौर से बढ़ता है, Y घाटे के तौर पर घटता जाता है, आपको कंठस्थ होना चाहिए।

~•~

36. आदर्श दुनिया

आप भौतिक विज्ञान में 'आदर्श' शब्द प्रायः सुनेंगे। यह हमेशा ऐसी चीज होगी, जो असंभव है और कभी नहीं होती। घर्षणहीन सतह, आदर्श गैस, अनंत सतहें, शून्य चुंबकवाले ग्रहों, प्रकाश के स्रोत के बिंदु, इत्यादि। हम ऐसी वस्तुओं के विषय में बातें क्यों करते हैं, जबकि वे असली दुनिया में कभी हो ही नहीं सकतीं? इसलिए, क्योंकि शुरू करने का यह अच्छा तरीका है! पूर्वानुमान करना और आदर्श वैचारिकता को मान लेना, भौतिकी में विकसित होने के लिए एक बहुत महत्त्वपूर्ण आदत है। यह भौतिकी की समस्याओं को हल करने का मूलभूत तरीका है। सबसे पहले आप एक पूर्वानुमान करके और आदर्श धारणाओं का इस्तेमाल करके समस्या को सुलझाते हैं। एक बार जब आप उसका हल निकाल लेते हैं, आप एक-एक करके वास्तविकता को डालकर समस्या को रूपांतरित कर लीजिए। इस तरीके से आप कम-से-कम समय में प्रायः परिशुद्ध हल पा सकेंगे और इस बात का सन्निकट विचार पा सकेंगे कि क्या हो रहा है। यदि आप सब जटिलताओं को एक साथ सँभालने की कोशिश करेंगे, आप संपूर्ण समस्या का समाधान ढूँढ़ने में युग लगा देंगे। अतः आदर्श और पूर्वानुमान आवश्यक है, यह भौतिकी की दुनिया का बहुत महत्त्वपूर्ण हिस्सा है और आपको उनके गुण का मूल्यांकन करना और उसे अपनी आदत बना लेनी चाहिए।

~•~

मैकेनिक्स

एक बार जब आपको पाठ्यक्रम के अनुसार चलने की आदत पड़ जाती है, तब आपको अपने समय और ऊर्जा के विनियोजन को प्राथमिकता देने की आदत डालनी होगी। सब JEE परीक्षा-पत्रों के विस्तृत विश्लेषण के बाद मैं विभिन्न विषयों और भागों की तुलनात्मक आवश्यकता की सूची पर पहुँचा हूँ। साफ है कि मैकेनिक्स और विद्युतीय चुंबकता, परीक्षा के सबसे अहम विषय हैं। क्यों? क्योंकि ये विषय ऐसी जटिल समस्याओं को हल करने में सहायक होते हैं, जिनमें बहुत अधिक प्रभावशाली, अन्योन्य क्रिया के भाग हैं। इन असंख्य मूलभूत विचारों और समीकरणों को लेकर कई इतनी सारी समस्याएँ गूँथी जा सकती हैं, बनाई जा सकती हैं कि यह एक परीक्षक के लिए आनंददायी बन जाता है। यहाँ पर मैकेनिक्स के संबंध में एक चेतावनी देना उचित होगा। कई छात्रों में यह प्रवृत्ति होती है कि वे JEE भौतिकी को केवल मैकेनिक्स समझने की भूल कर देते हैं; उस पर अभिभूत हो जाते हैं और अनेक पुस्तकों में से अनेक समस्याओं को हल करते हैं। फिर भी वे देखते हैं कि JEE, प्रत्येक वर्ष उनके समक्ष अद्भुत और कठिन प्रश्न रख देता है। मैकेनिक्स के पीछे यह क्या रहस्य है? मैकेनिक्स रोजमर्रा की जिंदगी के बहुत करीब है। भौतिकी की शाखाओं में से यह सबसे अधिक अंतर्ज्ञात है। यह आपकी कल्पना को इधर-उधर दौड़ने की स्वतंत्रता देता है, इसलिए, हालाँकि आपको इस पर संपूर्ण स्वामित्व रखना चाहिए, आपको अपने ऊपर इसका स्वामित्व नहीं मानना चाहिए।

जब भी आप मैकेनिक्स कर रहे हों, एक असलियत को जानने की जाँच करिए—क्या आप उसकी अति तो नहीं कर रहे? हो सकता है, कोई क्षेत्र किसी चलती हुई गाड़ी की ऊँचाई से लुढ़कता हुआ कोई गोल हो, जो त्रिकोणमिति के हर कार्य में आपको बहुत तकलीफदेह तह में घेर लेता है कि वह गोल कब रास्ते पर आएगा? परंतु क्या मैकेनिक्स की हर नई (और परिभाषित) कुंडलित समस्या आपके मूल विचारों में मूल्य जोड़ रही है? मैं आपको यह सांत्वना दे सकता हूँ कि थोड़े ही समय में एक सामान्य भौतिक वैज्ञानिक मैकेनिक्स की बहुत ही जटिल समस्याओं का निर्माण कर सकता है। ट्यूशन केंद्र और अभ्यास पुस्तकों के लेखक मैकेनिक्स में, कितनी आसानी से आपका जीवन नरक बना सकते हैं कि आप विश्वास ही नहीं करेंगे। कुछ समय बाद यह केवल 'एंग्री बर्ड्स' (गुस्सैल

चिड़ियों) का खेल बन जाता है, जहाँ आप एक स्तर से दूसरे स्तर तक खेल सकते हैं और जितनी बार आप तीन तारे जीतते हैं, खुद को शाबाशी दे सकते हैं; परंतु हुनर में आप तनिक भी बेहतर नहीं होते हैं। मैकेनिक्स में सबसे प्रयोजनीय वे समस्याएँ होती हैं, जो आपको कुछ नया दिखाती हैं। मैकेनिक्स की हर उस समस्या के पश्चात्, जो आप हल कर लेते हैं, आपको स्वयं से पूछना चाहिए, 'क्या मैंने कोई नया विचार सीखा?' अत: जब तक वह एक गोल रहता है अथवा पृथ्वी पर एक झुकाव में होता है, वह काफी हद तक एक समान रहता है; परंतु जिस समय गोल को ठोस होने के बदले खोखला कर दिया जाता है, तब हमें कुछ कहना होता है! अब जड़ता के विचार के एक क्षण को हमें पकड़ना होगा और यही आपको एक कदम आगे ले जाएगा।

37. विषय, प्रणाली और ढाँचा

मान लीजिए, एक ठेला है, जिसमें एक बालटी है, जिसमें दो गेंदें हैं। इसमें विषय, प्रणाली और ढाँचे का क्या प्रसंग है? सहजानुभूतिपूर्ण उत्तर है—चार विषय, एक प्रणाली और एक प्रासंगिक ढाँचा। मन में जो आपको तत्काल छवि आती है, वह है कि आप सड़क के किनारे खड़े हैं और एक ठेला आपके सामने से गुजरता है; परंतु आपको कुछ अलग सोचना-सीखना होगा। यदि आप एक मक्खी होते तो? अब एक मक्खी बनकर ठेले के भीतर बैठ सकते हैं, बालटी के अंदर बैठ सकते हैं अथवा किसी एक गेंद के ऊपर बैठ सकते हैं! तब आपको दुनिया अलग नजर आएगी। है कि नहीं? उसकी कल्पना करने की कोशिश कीजिए। आपको यह निपुणता लाने की आवश्यकता है—एक प्रणाली को विभिन्न दृष्टिकोणों से देखने की और प्रासंगिक एक प्रणाली को विभिन्न ढाँचों में हल करने की क्षमता होनी चाहिए। प्रासंगिकता का ढाँचा भौतिकी का एक बहुत महत्त्वपूर्ण विषय है। मैकेनिक्स की हर अवस्था में, जो आपके समक्ष आती है, जो सबसे पहले आपको सोचनी चाहिए, वह है—प्रासंगिकता का ढाँचा।

यही नहीं, आप जितने विषयों को देख रहे हैं, वे भी बदल सकते हैं। ऊपर दिए उदाहरण में आप शायद बालटी और गेंदों को एक साथ एक विषय के रूप में ले सकते हैं और जो समस्या आपके सामने आई है, उसे हल कर सकते हैं।

आप शायद ठेले, बालटी और गेंदों को एक साथ एक विषय के रूप भी ले सकते हैं। आप ऐसा क्यों और कैसे करेंगे? अपना जीवन सहज करने के लिए आप ऐसा करेंगे। उदाहरण के लिए, यदि हवा चल रही हो और आपसे कहा जाता है कि आप हवा के प्रभाव में ठेले की गति के विषय में भविष्यवाणी करें तो शायद आप बालटी और गेंद के बारे में अलग से नहीं सोचेंगे। आप केवल बालटी और गेंदों की मात्रा को ठेले की मात्रा के साथ जोड़कर अपने समीकरण को हल कर लेंगे। आपको गुरुत्वाकर्षण (सेंटर ऑफ ग्रेविटी—CoG) के विचार को लाना पड़ेगा और आप इसको आसानी से कर लेंगे। CoG आपको प्रणाली से विषय और श्रेणीबद्ध संरचना से उप-प्रणाली बनाने में सहायक होती है। यह बहुत कुछ एक संतरों की बोरी जैसी है। अगर आपको केवल उसे उठाना हो, तो आपको केवल उस भरी हुई बोरी के बारे में चिंता करनी चाहिए, परंतु यदि आपको उसे जमीन में पटकने और फिर यह सोचने को कहा जाता है कि सारे संतरे कहाँ जाएँगे, तो आपको प्रत्येक संतरे के विषय में अलग-अलग सोचना पड़ेगा।

सारांश में कहा जाए तो आपको किसी भी प्रणाली को अलग-अलग प्रासंगिक ढाँचे से देखना होगा, (एक मक्खी जैसे) जिसमें विभिन्न संख्याओं की वस्तुएँ भी होंगी (CoG)। आप यह सब इसलिए करते हैं, जिससे समस्या को हल करना आसान हो जाए। मैं आपको एक सलाह देता हूँ—किसी प्रणाली को इस्तेमाल करने के लिए प्रासंगिक ढाँचे का सबसे बढ़िया उपयोग करें। अत: ऊपर दिए गए उदाहरण में जब आप सड़क पर बैठ जाते हैं तो आपके इर्द-गिर्द बहुत सारी वस्तुएँ घूमती रहती हैं, परंतु जब आप गाड़ी के अंदर बैठ जाते हैं, अचानक सबकुछ शांत हो जाता है। केवल इसी कारण से प्रासंगिक ढाँचे साधारणत: CoG के साथ जुड़े होते हैं; क्योंकि किसी भी प्रणाली में CoG के स्थायी होने की सबसे अधिक संभावना होती है। किसी भी समस्या को विकल्पित CoG और प्रासंगिक ढाँचों से देखना एक कला है। अगर इन्हें ठीक प्रकार से न चुना गया तो किसी समस्या को हल करने के समय में बहुत अधिक अंतर पड़ सकता है। यह आपके संगणना करने के अमूल्य मिनटों (कभी-कभी तो घंटे भी) और चरणों को बचा सकता है, यदि आप प्रासंगिक ढाँचे को उसी समस्या को सुलझाने के विभिन्न हिस्सों को देखने की कला को विकसित कर सकते हैं, बल्कि उस एक समस्या के विभिन्न हिस्सों के लिए या प्रणाली के लिए प्रासंगिक ढाँचे को बदल सकते हैं। इसका प्रयास कीजिए, बहुत मजा आएगा!

~•~

38. आयाम और समानाधिकरण

भौतिकी की किसी भी समस्या को आयाम की कुछ संख्या से कहा जाता है और इसका हल समांनाधिकरण के कुछ खास सेट के अंदर किया जाता है। जब तक कि आप इन दोनों के विषय में अच्छी तरह से समझ नहीं लेते, आपका समस्याओं को हल करते समय भटक जाना संभव है। आइए, हम भौतिकी के 2003 के प्रश्न-पत्र के प्रंशन संख्या-2 का उदाहरण लेते हैं।

फोर्स F का अधिकतम मूल्य क्या है, जब दी गई व्यवस्था में जो ब्लॉक है, वह न हिले ?

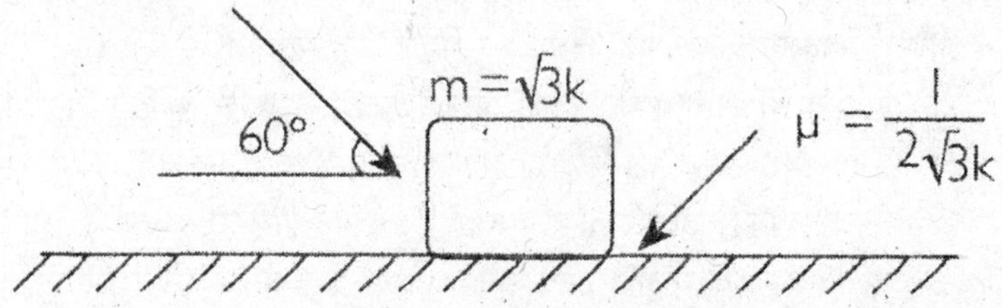

एक क्षण हल अथवा विकल्पों के बारे में चिंता मत कीजिए। केवल इस प्रश्न का उत्तर दीजिए—जो समस्या दी गई है, उसमें कितने आयाम हैं और इसको हल करने के लिए समानाधिकरण के कौन से सेट का व्यवहार होगा ?

साफ जाहिर है, इसमें उत्तर है—दो आयाम और दो ही समानाधिकरण (2D) कार्टेजियन समानाधिकरण (x, y) हैं। इस केस में इन्हें पहचानना कठिन नहीं है; परंतु फिर भी बहुत आवश्यक है। यह आपकी आदत बन जानी चाहिए।

मुख्य भौतिकी के 1997 के परीक्षा-पत्र से एक इससे थोड़ा और अधिक जटिल उदाहरण लेते हैं।

x दिशा में 4 m प्रति सेकंड की गति से एक ठेला जा रहा है। ठेले में बैठा एक व्यक्ति अपनी स्वयं की तुलना में 6 m प्रति सेकंड की गति से एक पत्थर फेंकता है। ठेले के प्रासंगिक ढाँचे में पत्थर y-z समतल में उदग्र z धुरी में 300 का कोण बनाते हुए फेंका गया। प्रक्षेप-पथ के उच्चतम बिंदु पर पत्थर एक सीधी L लंबाई के एक धागे से पेड़ की टहनी पर लटके एक पुंज से टकराता है। एक

संपूर्ण अनम्य टकराव होता है, जिसमें पत्थर उस पुंज के भीतर धँस जाता है।

सिद्ध करिए···

कितने आयाम और कौन से समानाधिकरण?

उत्तर है, तीन आयाम और तीन विमितीय (3D) कार्टेजियन समानाधिकरण (x,y,z)। अब जब समस्या को 3D/x,y,z में बता दिया गया है तो आप शायद उसको एक 2D/x,y समस्या में परिवर्तित कर सकते हैं। आप ऐसा क्यों करेंगे? क्योंकि यह समस्या को हल करना आसान बना देता है। किसी भी प्रणाली का प्रत्येक आयाम स्वयं में हल करने के लिए एक समस्या है। एक 2D प्रणाली में, आपको सुलझाने के लिए दो समस्याएँ होती हैं; एक 3D प्रणाली में आपके सुलझाने के लिए तीन समस्याएँ होती हैं। अत: जितने कम आयाम होंगे, हल करने के लिए उतनी ही कम समस्याएँ होंगी।

निम्नलिखित तरीके आपके जीवन को सहज बना सकते हैं—

1. समस्या में आयाम कर देना। आपको कोशिश करनी चाहिए कि आप 3D समस्या को 2D में और 2D को 1D में कम कर सकें। कम-से-कम आपको यह तो पता होना चाहिए कि यह कैसे हो सकता है? ऊपर दी गई समस्या में यदि आप ठेले के अंदर बैठ जाते हैं तो हो सकता है, आपकी समस्या 2D हो जाए।
2. प्रणाली को समीकरण के सही सेट के साथ पंक्तिबद्ध करना। प्रणाली में अधिकांश पदार्थों की गति के पथ के साथ समीकरण करने की चेष्टा करें। उदाहरण के लिए यदि किसी प्रणाली में अधिकांश पदार्थ गोल घूम रहे हैं तो शायद कोनिक समीकरण का इस्तेमाल करना सबसे अच्छा होगा। यदि पदार्थ रैखिक तरीके से दो दिशाओं में चल रहे हैं तो कार्टेजियन 2D समीकरण बेहतर होगा।

39. वेक्टर्स

आपकी JEE की यात्रा में शायद यह पहली गैर-अंतर्दर्शी बाधा होगी। वेक्टर एक ऐसी चीज है, जिसमें विस्तार और दिशा, दोनों होते हैं। खैर, यह केवल पुस्तक की परिभाषा है। आपको इस विचार को सम्मिलित करने के लिए समय लेना

चाहिए। जब तक कि आपका मन उसे स्वीकार नहीं कर लेता, आपको कुछ-न-कुछ कठिनाई आती ही रहेगी। असल में वेक्टर्स गणित में केवल एक लघु रास्ता ही है, जिसके जरिए आप एक ही समय में दो बातें कह सकें। अत: हो सकता है कि आपने छठी कक्षा में कहा हो कि रेलगाड़ी 100KM प्रति घंटा की रफ्तार से उत्तर दिशा की ओर जा रही है, परंतु ग्यारहवीं कक्षा में आप यही बात कहने के लिए कहते हैं कि गाड़ी की रफ्तार 100 किमी. प्रति घंटा है। यह वही बात कहने का केवल एक लघु, तेज और आदर्श तरीका है। आपको यह नई भाषा सीखनी होगी। यह अंग्रेजी के रोमांचक सिनेमा के समान है, जहाँ FBI के एजेंट एक-दूसरे के साथ बात करते समय 'हाँ, यह ठीक है' कहने के स्थान पर 'रोजेरदेट' कहते हैं अथवा 'हाँ, मैंने तुम्हें सुन लिया' न कहकर 'कॉपीदेट' कहते हैं···इत्यादि। एक-दूसरे के साथ आदर्श—अगर आप चाहें तो उसे 'सांकेतिक भाषा' भी कह सकते हैं। बात करने की सहमति देकर, हम समय और ऊर्जा दोनों बचा लेते हैं। वेक्टर्स गणित की उस भाषा का हिस्सा है, जिसमें आप सटीक महत्ता और दिशा के विषय में अच्छे और सुस्पष्ट तरीके से संपर्क कर सकें।

ऐसे विचार जैसे कोणीय तीव्रता गति के समतल के अनुलंब हैं, क्योंकि यह एक प्रतिकूल गुणनफल है कि दो वेक्टर्स अनुमाप हैं, इत्यादि ऐसी चीजें हैं, जो शुरू में आपको कष्टकर लग सकती हैं; क्योंकि आपसे उम्मीद की जाती है कि आप इसे प्रत्यक्ष मूल्य पर स्वीकार कर लेंगे और 'क्यों?' पूछने की अनुमति नहीं होगी। अपने शिक्षकों से वेक्टर्स के विषय में तब तक पूछ रहे हैं, जब तक कि आपका मन इन्हें जीने के नए तरीके के रूप में स्वीकार नहीं कर लेता। इसमें थोड़ी-बहुत सीख और थोड़ा अज्ञानी होना शामिल है। किसी वस्तु के विषय में, जो आप छोटी कक्षाओं में सोचते थे, उसे भूलना होगा और उन्हीं वस्तुओं के संबंध में नई सोच और बोलने के नए तरीके को सीखना होगा। समय लगेगा और आपको उसे वह समय देना होगा।

~•~

40. फोर्स और गति

बहुत समय पहले अरस्तू नाम के एक व्यक्ति ने यह अवलोकन किया था कि जो भी वस्तु चलती है, उसके ऊपर कार्य करनेवाली कोई-न-कोई फोर्स होती है।

अत: एक गेंद तभी हिलेगी, जब उस पर थोड़ा जोर या बल लगाया जाएगा। बिना फोर्स अथवा शक्ति से प्रत्येक वस्तु अपने विश्राम के प्राकृतिक रूप में रहती है। प्राय: 2000 वर्ष बाद एक और व्यक्ति गैलीलियो गैलिली ने उन्हें संशोधित किया और कहा कि प्रत्येक वस्तु अपनी विश्राम अथवा गति की एकनिष्ठ अवस्था में रहेगी, यदि उस पर कोई केवलर नहीं डाला गया। ऐसा इसलिए किया गया कि वह विश्राम और गति की एकनिष्ठ अवस्था का समीकरण कर सकें। अरस्तू ने इसकी अनदेखी कर दी थी, क्योंकि उन्होंने घर्षण के विषय में सोचा ही नहीं था! यह एक इतना महत्त्वपूर्ण अवलोकन था कि इसके बाद केवल पचास वर्षों के भीतर ही सर आइजक न्यूटन ने अपने प्रख्यात 'गति के नियम' को प्रकाशित कर दिया, जो अगले 300 वर्ष तक अटल और अविवादित रहा (यह सच है कि उसके बाद एक अल्बर्ट आइंस्टाइन आए और उन्होंने सारा खेल ही पलट दिया। तब से हम सब केवल हिग्स बोसॉन के पीछे लगे हुए हैं, जिसमें कि वे 'क्वांटम मैकेनिक्स' के एक अधूरे सिद्धांत को अर्थपूर्ण ढंग से पूर्ण कर सकें)।

एक महत्त्वपूर्ण बात, जिस पर ध्यान देने की आवश्यकता है, वह है कि मानवता को समझने (और स्वीकार करने) में 2000 वर्ष लगे कि अविरल गति में गति विश्राम की अवस्था के समान है। मुझे आश्चर्य होता है कि JEE के अभ्यर्थी इस परिभाषा को दो मिनट से कम समय में स्वीकार कर लेते हैं! एक प्रणाली को यह तब ही कहा जाता है कि वह अपनी अवस्था बदल रही है, जब वह किसी चीज में तेजी लाए और तेजी लाने के केवल दो ही यांत्रिक रास्ते हैं—गति के विस्तार अथवा तीव्रता की दिशा में बदलाव, क्योंकि तीव्रता एक वेक्टर है। अंत में, प्रणाली में जो इस प्रकार का बदलाव लाती है, उसे 'शक्ति' या 'बल' कहते हैं।

आपसे अनुरोध है कि यह समझने में थोड़ा समय लगाएँ कि भौतिकी में लगातार गति और विश्राम एक ही चीज है। आप एक प्रणाली को, जो लगातार तीव्रता से चल रही है, ऐसा एहसास करा सकते हैं कि वह विश्राम की अवस्था में है, यदि आप उसे एक प्रासंगिक ढाँचे से देखें, जो उसी रफ्तार से चल रहा हो। ऐसे ढाँचों को जड़त्व ढाँचा (इनेर्शियल फ्रेम) भी कहा जाता है। जो ढाँचे तीव्रता से चलते हैं, उन्हें 'नॉन-इनर्शियल' ढाँचा कहा जाता है। नॉन-इनर्शियल ढाँचों में आपको सदैव कम-से-कम एक कल्पित शक्ति का आविष्कार करना होगा, जो ढाँचे के अंदर के समूह की गति को पूर्ण रूप से समझ सके।

संतुलन

शक्ति प्रणाली में हमेशा बदलाव नहीं लाती है। ऐसी अवस्था भी हो सकती है, जिसमें किसी दिए गए प्रासंगिक ढाँचे में कार्य कर रही कई शक्तियाँ एक-दूसरे को काट दें और प्रणाली की अवस्था में कोई बदलाव न आए। ऐसी प्रणाली, जिसमें कोई बदलाव न आ रहा हो, उसे 'संतुलन' कहते हैं। एक रेलगाड़ी, चाहे वह 100 किमी. प्रति घंटे की रफ्तार से चल रही हो, उसके लिए कहा जाएगा कि वह संतुलन में है। जब वह अपनी रफ्तार बढ़ा देतीं है, घटा देती है या जब्र वह दिशा बदल देती है, केवल तभी वह संतुलन के बाहर जाती है।

संतुलन, प्रणाली के कई आयामों में से केवल एक में हो सकता है। उदाहरण के लिए, 3D कार्टेजियम प्रणाली में हो सकता है, संतुलन x और z धुरी (एक्सिस) पर हो, परंतु y धुरी पर न हो। जैसा कि पहले बल देकर कहा गया है, आपको प्रत्येक आयाम को अलग-अलग और अन्य आयामों से स्वतंत्र रखकर देखना पड़ेगा। गतिहीन और गतिशील, बहुत महत्त्वपूर्ण नहीं हैं, क्योंकि जैसा कि महान् वैज्ञानिक गैलीलियो ने साफ-साफ कहा था, विश्राम और लगातार चलती तीव्रता के भीतर कोई अंतर नहीं है, कम-से-कम भौतिकी के नियमों में।

कोणिक चाल

क्या आप जानते हैं कि जब आप भौतिक विज्ञान पढ़ते समय रैखिक से कोणिक चाल की ओर जाते हैं, तो आपका कितनी नई प्रणालियों के साथ परिचय होता है ? शून्य! हाँ, कोणिक अथवा वृत्ताकार गति में प्रत्येक वस्तु रैखिक गति के समस्त मूल नियमों के अनुकूल खास केस है। तीव्रता के लिए कोणिक चाल है; x और y के लिए r, संवेग के लिए कोणिक गति है, शक्ति के लिए उपकेंद्रित बल इत्यादि। जो सबसे आवश्यक चीज आपको समझनी है, वह है कोणिक गति। इसके अलावा कुछ और नहीं है, जो मैकेनिक्स के नियम की रैखिक गति जब उन वस्तुओं पर डाली जाती है, जिनके बारे में आप पहले से ही जानते हैं और जो वृत्ताकार रास्ते पर चल रहे हों।

आप पूछ सकते हैं कि फिर 'यह इतना महत्त्वपूर्ण क्यों है ?' 'चौकोर गति अथवा समलंबी के बारे में क्यों न पढ़ें ?' दुर्भाग्यवश, ईश्वर ने इसी प्रकार का ब्रह्मांड बनाया है। ब्रह्मांड में जो अधिकांश चीजें मायने रखती हैं, वे आकार में गोल अथवा प्राय: गोल होती हैं। जैसी करनी, वैसी भरनी—क्या जीवन के विषय में ऐसा

नहीं कहा जाता? इसीलिए भौतिकी के छात्रों के लिए यह बहुत आवश्यक है कि वे कोणिक आयाम की समस्याओं को हल करने के लिए कोणिक गति के नियमों का पालन करें; वास्तव में कोणिक गति के संबंध में कुछ और विचारों को सीखना आपको छोटा एवं सहज रास्ता सिखा देता है, जिसमें कि आप कोणिक गति की समस्याओं का शीघ्र हल निकाल सकें।

गंभीरता

यदि आप परिक्रमा और पलायन गति को समझते हैं तो आपको पलायन, ग्रह, उपग्रह इत्यादि से संबंधित समस्याओं के विषय में तनिक भी चिंता करने की आवश्यकता नहीं है। केवल मन में स्थिर कर लीजिए कि आप साफतौर पर जानते हैं कि भू-स्थावर (जिओ-स्टेशनरी) परिक्रमा क्या होती है, अपयुग्म अथवा उपभू क्या हैं और पलायन गति क्या है। कई बार 'g' का मूल्य भी काम आ जाता है। इस क्षेत्र में यही कुछेक नए विचार हैं। इसके अलावा, प्रायः बाकी सबकुछ कोणिक गति की समस्याओं को हल करने में है, जो आप पहले से ही बहुत अच्छी प्रकार से जानते हैं। यदि परीक्षक इस क्षेत्र में कोई प्रश्न डाल देते हैं, तो वह प्रायः बहुत आसान होगा और आपको केवल लापरवाही की गलतियाँ करने से बचना होगा।

गुरुत्वाकर्षण के नियम और गुरुत्वाकर्षण क्षेत्र, गति एवं स्थिति और गति ऊर्जा के कुछ खास नियम हैं। इन समस्याओं पर अधिक समय बरबाद न करें।

~•~

41.संवेग और ऊर्जा

मैकेनिक्स में संवेग और ऊर्जा के विषय में कुछ कहने से पहले मैं स्वयं JEE की तैयारी में संवेग और ऊर्जा के विषय में कुछ कहना चाहूँगा। मैंने कई ऐसे छात्र देखे हैं, जो शीघ्रता से सब विषयों को पढ़ लेना चाहते हैं, जैसे कि वे किसी दौड़ में भाग ले रहे हों! वे सदैव इस विषय पर चर्चा करते रहते हैं कि उन्होंने कितना पाठ्यक्रम पढ़ लिया है और किस तरह से ये उम्मीदवार दूसरे उम्मीदवार से व्याप्ति (कवरेज) में कितना आगे हैं! 'स्टूडेंट निंजा के बारे में भयानक कहानियाँ फैलाई जाती हैं कि किस तरह से वह 'ऊर्जा' तक पहुँच गया है, जबकि आम छात्र अभी 'शक्ति' पर ही हैं। बिना समझे, विषयों को समाप्त करने की इस दौड़ में शामिल होने से बचें। भौतिकी में सीखने का वक्र एक-

एक कदम का कार्य है, एक सीधी लकीर नहीं। जो व्यक्ति समय को विषयों के अनुसार विभाजित करते हैं और अपनी सीख के लिए एक सीधा वक्र बनाना चाहते हैं; दिए गए ग्राफ के समान एक सीधी रेखा बना देते हैं। हो सकता है, शुरू में ऐसा प्रतीत हो कि वे तेज चल रहे हैं, परंतु अंत में ऐसा लगता है कि वह JEE को भेदने के लिए आवश्यक गहराई से थोड़ा पीछे रह जाएँ। इसके विपरीत, वे छात्र हैं, जो प्रत्येक विषय को उतना समय देते हैं, जो आवश्यक है और अंत में काफी ऊपर पहुँच जाते हैं।

संवेग और ऊर्जा के विषय में कहने से पहले आपको यह निश्चित करना होगा कि आपने आयाम, समानाधिकरण, ढाँचा, CoG, वेक्टर्स और शक्ति को सही प्रकार से समझ लिया है। इन दोनों के विषय में बात शुरू करने के पहले हमें समस्याओं की उस श्रेणी के विषय में बात करनी होगी, जो वेक्टर्स इत्यादि हल करने में सहायक होती है। ये 'संघट्ट समस्याएँ' हैं।

शक्ति किसी प्रणाली की अवस्था में धीरे-धीरे बदलाव लाती है।

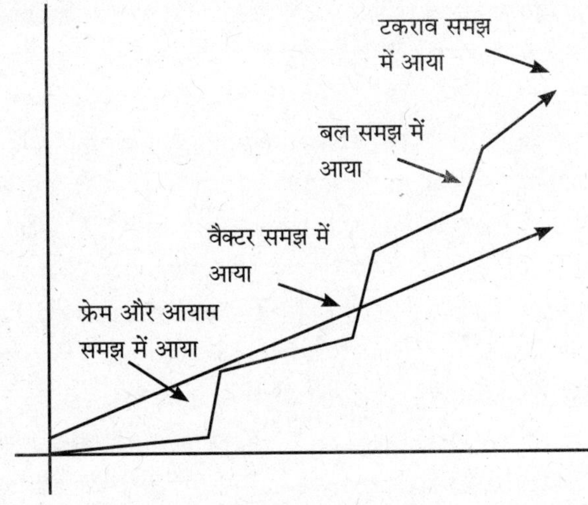

यह प्रणाली में वस्तुओं को तेज अथवा धीरे चला सकती है। दूसरी ओर संघट्ट अचानक बदलाव ले आता है। संघट्ट वे अवसर हैं, जो बहु-वस्तुओं से प्रणाली की अवस्था को अकस्मात् बदल सकते हैं। जब संवेग होता है, तो शक्ति और प्रासंगिक ढाँचा अकेले आपकी सहायता नहीं कर सकते। उस समय आपको गति, ऊर्जा और संरक्षण के नियमों की आवश्यकता होगी। गति और ऊर्जा के

संरक्षण के नियम प्रणाली की विभिन्न अवस्थाओं को, जो संघट्ट से अलग हो गए हैं, जोड़ने में सहायक होते हैं।

आइए, मैं आपको यह विस्तार से समझाता हूँ। पूर्व में दिए गए ठेले, बालटी और गेंदों के उदाहरण में, जब ठेले को शक्ति से धकेला जाता है तो आप उसकी तीव्रता का अनुमान लगा सकते हैं; आप यह भी अनुमान लगा सकते हैं कि दिए गए किसी सामूहिक और घर्षण गुणांक इत्यादि में बालटी कितने कोण में झुकेगी, परंतु यदि ठेला किसी दीवार से टकरा जाए तो? उस संघात और प्रणाली पर इसका जो असर होता है, वह इतना अकस्मात् होता है कि संघात के दौरान, किसी सिद्धांत अथवा संतुलन को लागू करना संभव नहीं है। इस समय 'प्रेरणा' नामक एक धारणा का पाठ्यक्रम में परिचय दिया गया है, जो आपके लिए मददगार हो सकता है, परंतु आप उससे सरल-से-सरल समस्याओं को ही हल कर सकेंगे। जटिल समस्याओं के हल के लिए एक ही विकल्प है और वह है, असर होने के पहले और फिर बाद में, जब सबकुछ स्थिर हो जाए, तो प्रणाली का सर्वेक्षण करना। केवल तब ही हम, दोनों अवस्थाओं को मिलाने के लिए संरक्षण के नियमों का इस्तेमाल कर सकते हैं और किसी नतीजे पर पहुँच सकते हैं।

संवेग और ऊर्जा को हमें निर्माण के लिए सुविधाजनक वस्तुएँ समझना चाहिए, जो आपको JEE की समस्याओं को हल करने में सहायता देंगी। किसी भी वस्तु का संवेग उसकी मात्रा एवं तीव्रता को मिलाता है। आप मात्रा एवं तीव्रता को क्यों मिलाएँगे? क्योंकि तब आप न केवल उस पदार्थ की वर्तमान गति की अवस्था का विवरण दे सकेंगे, बल्कि यह भी बता सकेंगे कि वह अन्य पदार्थों एवं बल को किस प्रकार प्रभावित करेगा और उसकी क्या प्रतिक्रिया होगी! तीव्रता को जैसे आप एक नंबर में दो चीजें कह सकते हैं। यदि आप यह जानना चाहते हैं कि किसी 100 किमी. की रफ्तार से उड़ते कागज के हवाई जहाज और 100 किमी. की रफ्तार से उड़ते असली हवाई जहाज को रोकने में कितना बल लगेगा, तो आपको केवल उनके संवेग को जानने की आवश्यकता है। किसी बस्तु का जितना अधिक संवेग होगा, उसे उसके लिए उतने ही अधिक संवेग की आवश्यकता होगी और जब वह किसी अन्य वस्तु से टकराता है तो उसका असर भी उतना ही बड़ा होगा।

किसी भी वस्तु के लिए ऊर्जा संवेग से अधिक तात्त्विक है। यह मैकेनिक्स में संपूर्ण वेक्टर्स के ऊपर शासन करनेवाला स्केलर है। ऊर्जा शायद भौतिकी में सबसे

अधिक इस्तेमाल किया जानेवाला, परंतु फिर भी सबसे कम समझा जानेवाला परिमाण है। विशिष्ट भौतिक वैज्ञानिक रिचर्ड फेनमैन ने ऊर्जा के विषय में अपनी समाभिनंदित 'फेन्मैन लेक्चर्स' में यह बात कही थी, 'हमें यह समझना बहुत आवश्यक है कि भौतिकी में आज हमें इस बात का ज्ञान नहीं है कि ऊर्जा क्या है… यह बहुत ही अद्‍भुत सत्य है कि हम कुछ संख्याओं की गणना कर सकते हैं और जब हम प्रकृति के दाँव-पेच को देख-समझ लेते हैं और संख्या की एक बार फिर गणना कर लेते हैं, तो वह वही होती है।'[12] संक्षिप्त में कहें तो फिर आप ऊर्जा को असल में समझ ही नहीं सकते। इस तथ्य को मान लीजिए कि यह एक संख्या है, जो विचित्र बात है, परंतु सुरक्षित और स्थिर रहती है और आगे बढ़ती रहती है और उसको तभी इस्तेमाल करना चाहिए, जब समस्याओं को हल करना हो, बिना इस बात की अधिक चिंता किए कि इसका सही अर्थ क्या है? यह तो ठीक है कि आप विभिन्न प्रकार की ऊर्जा और उनके फॉर्मूले सीखेंगे ही, जो कि आपकी तैयारी का हिस्सा है, इसलिए मैं उसमें नहीं जाऊँगा। मैं केवल इस बात पर जोर देना चाहता हूँ कि ऊर्जा एक संख्या है, जिसकी किसी भी पदार्थ अथवा प्रणाली के संबंध में गणना की जा सकती है कि यह संख्या किसी भी पद्धति में स्थिर रहती है और जब आप मैकेनिक्स की समस्या का हल ढूँढ़ रहे हों तो इस संख्या की यह विशेषता बहुत महत्त्वपूर्ण होती है।

अत: आपको इस बात को मन में रखना चाहिए—गति एवं सुरक्षा, दोनों के नियम, आपकी संघट्टन की अवस्था में सहायता करते हैं। भौतिकी में ऊर्जा सबसे अधिक महत्त्वपूर्ण और सबसे कम समझ में आनेवाला विचार है।

42. जड़ता के क्षण

परिक्रमा और घूर्णन के मध्य क्या अंतर है? सौर परिवार की प्रणाली के विषय में सोचिए। इसको देखने के दो नजरिए हैं—या तो यह कि समस्त ग्रह सूर्य के चारों ओर व्यक्तिगत रूप से परिक्रमा करते रहते हैं या सौर मंडल एक इकाई के रूप में अपने गुरुत्वाकर्षण के केंद्र के इर्द-गिर्द घूर्णन करता रहता है। एक बार फिर

12. Richard Feynman, Robert B. Leighton and Mathew Sands, Feynman Lectures on Physics, Vol 1, (California: California Institute of Technology, 1964

यह 'गुरुत्वाकर्षण का केंद्र और प्रसंग के ढाँचे' का विचार है। परिक्रमा और घूर्णन एक प्रकार की वृत्तीय गति के दो दृष्टिकोण हैं। जड़ता का क्षण वह धारणा है, जो आपको घूर्णन की समस्या को परिक्रमा की समस्या में परिवर्तित करने और उसका उलटा करने की अनुमति देती है। तो आप जो करते हैं, वह है, विभिन्न प्रकार की परिक्रमाओं की जटिलताओं को एक अकेली संख्या में पुटित कर देते हैं और फिर उस प्रणाली को एक घूर्णन की प्रक्रिया के रूप में देखते हैं।

यहाँ एक महत्त्वपूर्ण प्रश्न उठता है, जो मुझसे एक बार पूछा गया था, जिसने मुझे जड़ता के क्षण की धारणा को ठीक से समझने में सहायता दी। आपको दो गोल वस्तुएँ दी जाती हैं—एक खोखली और दूसरी ठोस। बाहर से तो वे दोनों बिलकुल एक समान प्रतीत होती हैं और उनका वजन भी एक समान ही होता है। आप कैसे पता करेंगे कि दोनों में से कौन सी खोखली है और कौन सी ठोस? यह एक ऐसी समस्या है, जिसमें किसी सख्त पदार्थ के निजी कण वितरण के समरूप की ओर अभिमुख होते हैं। खोखले क्षेत्र में वह सब सतह के बहुत करीब होते हैं, जबकि ठोस में सतह से केंद्र तक वह सब समान प्रकार से वितरित होते हैं। उन दोनों में अंतर केवल जड़ता के क्षणों का होगा।

~•~

43. हार्मोनिक गति और तरंगें

आपने बचपन में किसी भी स्प्रिंग के साथ खेलने में और लोलक (पेंडुलम) के साथ खेलने में कितना समय बिताया है और आपने कितनी बार किसी तरंग को देखा है? (इसमें आप समुद्री लहरों को शामिल नहीं कर सकते) मैकेनिक्स के इस हिस्से का हमारी रोजमर्रा की जिंदगी में इतनी आसानी से सामना नहीं होता। अत: वे अंतर्दर्शी तौर पर थोड़ा दूर रहती हैं, परंतु मुझ पर विश्वास कीजिए, परीक्षक भी उसी अवस्था में होता है। सुसंगत गति और तरंगों का जो सबसे अच्छा भाग है, वह शीर्षक विस्तार में रैखिक एवं कोणिक गति में इतना सीमित होता है (कम-से-कम JEE के पाठ्यक्रम में) कि इस पर आधारित पूछे प्रश्नों की चतुराई भी सीमित होती है।

सुसंगत गति की अवस्था में किसी प्रकार की एकनिष्ठता होती है, जिसे इलास्टिसिटी कॉन्स्टेंट अथवा यंग कॉन्स्टेंट या ऐसे ही कुछ कहते हैं। यह कॉन्स्टेंट

प्रयोग ही आपको किसी पदार्थ अथवा प्रणाली की खींचने की क्षमता बताता है। कुछ तरीकों में यही वह शक्ति है, जिससे खींचने अथवा सिकुड़ने की प्रणाली में प्रतिक्रिया होती है। यह प्रणाली की एक विशेषता है। इस कॉन्स्टेंट को निश्चित करने का एक ही तरीका है—उसे प्रयोगात्मक ढंग से नापना। अतः जब आप वास्तव में उस इलास्टिक को खींचते और छोड़ते हैं अथवा उसके साथ किसी ठोस वस्तु को जोड़ देते हैं और उसके कंपन को देखते हैं, केवल तभी आप उसके कॉन्स्टेंट को, प्रणाली के ऊपर प्रयोग करके ही निश्चित कर सकते हैं। यह विचार कॉन्स्टेंट भी हो सकता है, अर्थात् वह जिसकी आप अपने मस्तिष्क में कल्पना कर सकते हैं।

एक बार जब आप इस कॉन्स्टेंट की प्रकृति और महत्त्व को समझ लेंगे, बाकी सबकुछ वही बुनियादी हैं—ढाँचा, वेक्टर्स, आयाम एवं फोर्स। आपको केवल एक चीज की आवश्यकता होगी, वह है हार्मोनिक गति समस्याओं को सुलझाने के लिए अच्छे गणित की कुशलता।

~•~

44. तरल मैकेनिक्स

जब हम ठोस की दुनिया में होते हैं तो उस ठोस पदार्थ के छोटे टुकड़े इतना कसकर बँधे होते हैं कि आपको उनके अलग होने की तनिक भी चिंता नहीं करनी होती है, परंतु एक बार जब आप तरलता की दुनिया में आ जाते हैं, तब कण कुछ हद तक स्वयं की इच्छा से कार्य करने के लिए स्वतंत्र हो जाते हैं, जिसके कारण आपकी समस्याएँ और अधिक बढ़ जाती हैं। यह बहुत कुछ छोटे बच्चों के समान हैं—आप उन्हें जितनी स्वतंत्रता देंगे, वे आपकी समस्याएँ भी उतनी ही बढ़ा देंगे!

आइए, हम दबाव का एक उदाहरण लेते हैं। तरल पदार्थों में दबाव इतनी बड़ी चीज क्यों होती है? ठोस चीजें भी एक-दूसरे पर दबाव डालती हैं। आखिरकार, दबाव प्रति इकाई क्षेत्र पर बल (फोर्स) नहीं है? तरल पदार्थों में दबाव एक महत्त्वपूर्ण तत्त्व वस्तु, है, क्योंकि तरल पदार्थों में कण स्वतंत्र होते हैं, अतः कोई भी वस्तु, तरल पदार्थ में स्थान पा सकती है। तरल पदार्थ स्वयं भी किसी भी रास्ते से, किसी भी आकार अथवा रूप में बह सकता है। तरल पदार्थों का कोई आकार अथवा आकृति नहीं होती! अतः व्यक्ति को तरल पदार्थ में दबाव को समझाने के लिए कोई जातिगत फॉर्मूला सोचना पड़ता है और यह सब इस बात से स्वतंत्र होती है कि उसे कहाँ और कैसे नापा गया है! अतः वह

किसी ट्यूब में हो या किसी पाइप से बह रहा हो या किसी गिलास में रखा हो, दबाव को नापने के लिए उस एक फॉर्मूले का ही इस्तेमाल किया जा सकता है।

पास्कल का नियम, उत्प्लावकता एवं सतही तनाव, ये अब ऐसे तथ्य हैं, जो उभरकर आते हैं; क्योंकि तरल पदार्थों में कणों को आपको अलग-अलग देखना होता है, क्योंकि वे बिखरे हुए होते हैं। ठोस पदार्थों में आप हमेंशा उस एक बड़े पदार्थ या उस एक कण के विषय में बात करते हैं, परंतु तरल पदार्थों में आप हमेशा उनके मध्य की पारस्परिक क्रिया और स्वतंत्र कणों के सामूहिक व्यवहार के विषय में बात करते हैं। तरल मैकेनिक्स में सर्वोपरि होने के लिए जिस निपुणता की सबसे अधिक आवश्यकता होती है, वह है तरल पदार्थों के ढीले तौर पर एक साथ बँधे कणों के समूह को स्वीकारना और जब आवश्यकता हो तो उन्हें संघटित करने की क्षमता। अत: जैसे आप पहले सब पदार्थों को अलग-अलग कर रहे थे और उन्हें दूरत्व से गतिवर्धन से तीव्रता से ले जा रहे थे, अब आप सब वस्तुओं को एकत्र कर रहे होंगे, जिसमें कि आप कई कणों के व्यवहार को एक सामान्य व्यवहार से जोड़ रहे होंगे।

ध्यान रहे कि जब आप तरल मैकेनिक्स पढ़ रहे हों, आपकी ऊष्मा गतिका (थर्मोड़ाइनॉमिक्स) और गरमाहट (हीट) की पढ़ाई आरंभ हो चुकी हो। अत: उसको समझने और तरल पदार्थों के स्वभाव को समझने और मूल्यांकन करने के लिए और कणों के एक-दूसरे के साथ मिलान के लिए कुछ समय लगाएँ।

तरल पदार्थ के मध्य से जब कोई वस्तु गुजरती है, उस तकलीफ की नाप वेलोसिटी द्वारा की जाती है, क्योंकि कणों के मध्य आकर्षण होता है। इसे ऐसा समझिए जैसे कि आप भीड़ के मध्य से गुजर रहे हों! टर्मिनल वेलोसिटी एक व्युत्पन्न विचार है, जो उस स्थिर अवस्था का वर्णन करती है, जो हमने तब पाई है, जब गंभीरता और चिपचिपाहट एक-दूसरे को काट देती हैं।

अंतत: बर्नोली के समीकरण और निरंतरता के समीकरण को ऊर्जा के संरक्षण के नियमों के किसी तरल पदार्थ में पूर्ण योग समूह के कणों पर दबाव के तौर पर सोचिए। विश्वास कीजिए, तरल मैकेनिक्स बहुत सरल है! आपको केवल इन सत्रों और समीकरणों को जानने की आवश्यकता है। कुछेक समस्याओं को हल करके और गणना करते समय लापरवाही से दूर रहकर ही इसे किया जा सकता है।

45. तरंगें और ध्वनि

यह मैकेनिक्स का सबसे सरल भाग है; केवल इतना याद रखना है कि आप मूल सत्रों, गणित की परिभाषाओं को बिना लापरवाही किए जानते हैं। किसी भी प्रणाली के कणों के मध्य अन्योन्य क्रिया से तरंगें उत्पन्न होती हैं। यदि आप तालाब में एक पत्थर फेंकते हैं तो आप तालाब की ऊपरी सतह के एक क्षेत्र से टकराते हैं, जिसमें थोड़े-बहुत कण होते हैं। वह उन पर फेंके गए पत्थर के प्रति उत्तर देंगे। आपको इन कणों को पास के कणों के साथ छोटे-छोटे धागों द्वारा जुड़े कणों के रूप में देखना होगा। इन धागों के कारण पड़ोसियों पर इसका असर होगा, फिर उनके···और यही क्रम चलता रहता है। कणों की यह समन्वित और अनुक्रमिक गति जब बाहर से देखी जाती है तो वह तरल से गुजरती हुई एक तरंग के समान लगती है। कभी-कभी तो कण इतने छोटे और दूर-दूर होते हैं कि उन्हें खाली आँखों से देखा नहीं जा सकता, हालाँकि तथ्य फिर भी होता है।

तरंगों के साथ जुड़े मुख्य शब्द हैं; बारंबारता, आयाम और तरंग की लंबाई। तरंगों की समस्या पर कार्य करते समय सदैव लोगों की घनी भीड़ के विषय में सोचिए। भीड़ में लोग एक-दूसरे को हमेशा धक्का देते रहते हैं। जिस जोर से वे एक-दूसरे को धक्का देते हैं, वह उनके आयाम को निर्धारित करता है, अर्थात् प्रत्येक व्यक्ति कितनी जोर से आक्षरिक ढंग से हिलता है। वे एक-दूसरे के साथ किस तरह बँधे और खड़े हैं, यह तरंगों की लंबाई को निर्धारित करता है। अतः यदि वे पास-पास हैं और धक्के को शीघ्रता से अगले व्यक्ति को स्थानांतरित कर देते हैं, उसका असर एक व्यक्ति से दूसरे व्यक्ति तक शीघ्रता से पहुँचता है और तरंग की लंबाई छोटी होती है; यदि वे दूरी पर हैं तो तरंग की लंबाई अधिक होती है।

तरंग के अध्यारोपण को भी इस प्रकार के अंतर्बोध से समझा जा सकता है। मान लेते हैं कि लोगों की एक कतार है और सामने तथा अंत के लोग एक समान जोर से धक्का दे रहे हैं। इससे एक लहर बाईं ओर से शुरू होगी और एक दाहिनी ओर से। ऐसे में, जो व्यक्ति मध्य में होगा, वह तो सीधा ही खड़ा रह जाएगा, क्योंकि उसे तो दोनों ओर से समान धक्का लग रहा है। यदि आप बाहर से यह नजारा देख रहे हैं, तो आप कह सकते हैं कि जो दो समान आयाम और समान लंबाईवाली तरंगें दोनों विपरीत दिशाओं में जा रही हैं, उन्होंने हमेशा की तरह एक-दूसरे को काट दिया है—किसी प्रत्यक्ष बात को कहने का केवल एक काल्पनिक, परंतु ठोस तरीका।

अंततः समझ लीजिए कि ध्वनि और रोशनी केवल दो खास प्रकार की तरंगें हैं, क्योंकि हमारे शरीर उसके प्रति अलग-अलग प्रकार से प्रतिवाद करने के लिए बने हैं। हमारे कान ध्वनि की तरंगों के प्रति प्रतिक्रिया करते हैं, हमारी आँखें रोशनी की ओर। ध्वनि की तरंगों के प्रति प्रतिक्रिया करने के लिए हमारे कान के कुछेक दिलचस्प भौतिक तथ्य हैं--प्रतिध्वनि, स्पंदन और डॉप्लर-प्रभाव। इन विषयों पर बहुत कम प्रश्न हैं और आप किसी सरल पुस्तक से इनमें मास्टरी हासिल कर सकते हैं। रोशनी की तरंगें तो इतनी दिलचस्प होती हैं कि लेंस और आईना (मिरर) आपके पाठ्यक्रम में एक अलग भाग बन जाते हैं; इसलिए हम उस पर बाद में आएँगे।

संक्षिप्त में मैकेनिक्स

अब तक आपको पता चल ही गया होगा कि सभी विषयों में मैकेनिक्स सबसे टेढ़ा विषय है। यह काफी कुछ समस्याओं के समाधान के बारे में है। जो पुस्तकें मुझे बहुत सहायक लगीं, वे थीं—'रेसेनिक्स' और 'हेलिडे' और आइगर इरोदोव द्वारा लिखित समस्याओं की पुस्तक; ये पुस्तकें 'घर पर चेष्टा न करें' की चेतावनी के साथ आती हैं। इनमें लिखी कुछ समस्याएँ आपको घुमा सकती हैं और इनकी जटिलता ऐसी नहीं होतीं कि आप इनके भीतर घुसकर बाहर नहीं निकल सकेंगे। यदि आप इतने चतुर हैं कि आपको पता हो कि आप क्या छोड़ सकते हैं, तो ये पुस्तकें बहुत उपयुक्त हैं।

~•~

ऊष्मीय भौतिकी

मैकेनिक्स संख्या में कम, एक-दूसरे से बहुत दूरी की विशाल वस्तुओं के विषय में बताती है; ऊष्मीय भौतिकी अधिक मात्रा में छोटी-छोटी वस्तुओं के विषय में बताती है, जो एक-दूसरे के बहुत पास-पास होते हैं। मैकेनिक्स में अवलोकन व्यक्तिगत पदार्थों पर होता है, जबकि ऊष्मीय भौतिकी में, अवलोकन हालाँकि व्यक्तिगत पदार्थों पर होता है, परंतु बहुत अधिक संख्या के कणों पर होता है। संख्या कितनी बड़ी होती है ? कई बार तो बहुत अधिक। उदाहरण के लिए किसी वस्तु के एक अणु में ऐसा माना जाता है कि किसी वस्तु का 6.023 x 1023 Pls consult with book कण। दुनिया की कुल जनसंख्या लगभग 7 x 109 Pls consult with book है। ऊष्मीय भौतिकी नियम और सिद्धांत—बहुत अधिक संख्या के, करीबी प्रतिच्छेदित कणों पर लागू होते हैं।

~•~

46. ऊष्मा एवं कार्य

ऊष्मीय भौतिकी पढ़ने में वैज्ञानिकों की इतने विस्तृत तौर पर जो दिलचस्पी है, वह केवल इसलिए है कि वे जान सकें कि किसी कार्य को किस प्रकार ऊष्मा में बदला जाए और पुन: कैसे उसे मूल स्वरूप में लाया जाए? एक बर्फीली ठंडी पानीवाली तेजी से बहती नदी की कल्पना करें, जिसके किनारे के पास एक घर हो और उसमें बिजली न हो। घर के मालिक को यदि नहाने के लिए गरम पानी मिल जाए तो उसे बहुत अच्छा लगेगा, परंतु नदी तो बर्फ के समान ठंडी है और उसके पास बिजली भी नहीं है। वह क्या करेगा? अधिक पानी को गरम करने के लिए उसे गरमाहट की आवश्यकता है, जिसे 'ऊष्मीय ऊर्जा' कहते हैं। नदी में बहुत सी ऊर्जा होती है, परंतु वह 'गतिक ऊर्जा' (काइनेटिक एनर्जी) होती है, क्योंकि नदी बहुत तीव्र गति से बहती है। क्या होता यदि हम नदी की इस काइनेटिक एनर्जी को उसमें भरे पानी को गरम करने के लिए इस्तेमाल कर सकते? भौतिकी इसी काम आती है। यदि आप पानी को एक टर्बाइन में गिरा सकें, जिसमें वह घूर्णन कर सके तो घूर्णन टर्बाइन की मदद से हम चुंबकत्व के जरिए पानी को बिजली में बदल सकते हैं और फिर बिजली को उच्च-प्रतिरोधक शक्ति से गुजार सकते हैं, जो गरम होकर अपनी गरमाहट को पानी में फिर से स्थानांतरित कर देती है। इस तरह आपको गरम पानी मिल जाता है!

धारणा के अनुसार कार्य तभी होता है, जब कोई वस्तु हिलती है।

किसी वस्तु को बनानेवाले कणों में जो उत्तेजना होती है, उसे 'गरमाहट' कहते हैं। कण जितने अधिक उत्तेजित होते हैं, पदार्थ उतना ही अधिक गरम होता है। गरमाहट उच्च तापमान से न्यून तापमान की ओर जाती है। बहुत कुछ पानी के समान, जो ऊँचे स्थान से नीचे की ओर बहता है और हर जगह समतल बनाने की चेष्टा करता है।

गरमाहट और गरमाहट के स्थानांतरण से संबंधित समस्याओं की निम्न प्रकार से संरचना होनी चाहिए—

1. प्रणाली के प्रत्येक पदार्थ को, जिसमें वातावरण और वायु भी सम्मिलित हैं, समझ लेना चाहिए।

2. फिर हर वस्तु के लिए उसकी दो सबसे महत्त्वपूर्ण विशेषताओं को पहचान लेना चाहिए—

(क) उनकी गरमाहट को सँजोकर रखने की क्षमता।

(ख) उनकी गरमाहट को संचारित करने की क्षमता।

3. गरमाहट को सँजोना और संचारित करना, समस्त गरमाहट की समस्याओं में से केवल एक सबसे महत्त्वपूर्ण वस्तु पर निर्भर करती है, वह है उसका तापमान।

इन निर्माण की वस्तुओं का इस्तेमाल करके समस्या को विभिन्न गरमाहट-भंडारण और संचारण के लिए सुलझाना चाहिए। गरमाहट के स्थानांतरण की समस्या मैकेनिकल गति अथवा बिजली परिधि समस्या के समान है। तापमान ऊँचाई अथवा संभावना का किरदार निभाता है। ऊष्मीय चालकता घर्षण अथवा प्रतिरोध की भूमिका निभाती है। गरमाहट की समर्थता अंबार अथवा विद्युतधारिता की भूमिका निभाती है।

कुछ तरीकों में तापमान किसी वस्तु की किसी अन्य वस्तु के लिए अपनी ऊर्जा दे देने की तत्परता को दरशाता है। कुछ हद तक यह बातूनी होने के समान है। कुछ लोग गुप्त बातों को छुपा नहीं सकते। अतः वे सारे वक्त दूसरे व्यक्तियों से लगातार बातें करते रहते हैं। कोई व्यक्ति कितना जानता है, यह इस बात से साबित नहीं होता कि वह कितना बोलता है! यह केवल यह बताता है कि कितनी जानकारी ऐसी है, जो वे अपने तक नहीं रख पा रहे हैं और जो उन्हें दूसरों को देने की आवश्यकता होती है। इसी प्रकार तापमान असल में पदार्थ के अंदर कितनी ऊर्जा है, इसे नहीं नापता। वह केवल यह नापता है कि उस पदार्थ की कितनी गरमाहट बाहर निकलने के लिए तैयार है। अतः दो पदार्थ, जिन्हें एक समान तेजी से, एक समान समय तक गरम किया जाता है, उनका अंत में एक समान तापमान हो, आवश्यक नहीं है। एक कम प्रतिधारण कर सकेगा, अतः वह ऊँचे तापमान पर होगा और दूसरा अधिक आत्मसात् कर लेगा और वह कम तापमान पर होगा।

47. ऊष्मा की क्षमता

जो गरमाहट किसी पदार्थ को भेजी जाती है, उसका क्या होता है? जैसा कि पहले कहा गया है, गरमाहट उत्तेजना के समान है। अतः गरम करने पर उस

पदार्थ के कण, कणों के मध्य और अधिक उत्तेजित हो जाते हैं। अपनी उत्तेजना में वह उछल-कूद करना और नाचना चाहते हैं। यदि उन्हें अपनी उत्तेजना दिखाने की अनुमति नहीं मिलती तो उन्हें तनाव हो जाता है। यदि हम उन्हें आपस में और स्थान बनाने की अनुमति दे देते हैं तो तनाव की सीमा कम हो जाएगी और वे उस अतिरिक्त स्थान पर कब्जा करना शुरू कर देंगे। किसी पदार्थ के कणों में जो स्थान बन जाता है, वह उसका परिमाण होता है। किसी पदार्थ के कणों के मध्य जो तनाव विकसित हो जाता है, वह उसका दबाव है। जिस परिमाण की उछल-कूद ये कण कर रहे हैं, वह तापमान है। ऊष्मीय भौतिकी की गहराइयों में जाने के पहले यह निश्चित कर लीजिए कि आप तनाव, तापमान और परिमाण को अच्छी तरह से समझ लेते हैं।

आप किसी वस्तु की क्षमता तक ही उसके भीतर कुछ संग्रह कर सकते हैं। गरमाहट की क्षमता यह परिभाषित करती है कि आप किसी पदार्थ में कितनी गरमाहट संग्रह कर सकते हैं! जैसा कि पहले समझाया जा चुका है, किसी पदार्थ के भीतर जो गरमाहट बाहर निकलने के लिए तैयार रहती है, क्योंकि उसके कण उसकी उष्णता को अपने भीतर रखने में असमर्थ हैं, उसे 'तापमान' कहते हैं। अतः यदि उष्णता की क्षमता अधिक है, तापमान इतनी जल्दी ऊपर नहीं जाएगा, जितना कि जब उष्णता की क्षमता कम हो।

किसी पदार्थ की उष्णता की क्षमता उसके कणों के समरूप एवं स्वभाव का कार्य है, क्योंकि कणों का समरूप और स्वभाव किसी पदार्थ के आकार के अनुसार नहीं बदलता, इसलिए आकार को समीकरण से बाहर निकाल दें और उष्णता की क्षमता की इकाई अथवा परिमाण की इकाई में परिभाषित करना अधिक सहज होगा। यही खास उष्णता की क्षमता और चर्वण उष्णता क्षमता है। अतः एल्यूमीनियम के एक खंड के लिए आकार के अनुसार खास उष्णता की क्षमता नहीं बदलती, क्योंकि वह केवल इस तथ्य पर निर्भर होती है कि वह एल्यूमीनियम है। केवल उष्णता की क्षमता आकार के अनुसार बदलती है, जबकि खास उष्णता क्षमता वही रहती है।

उष्णता की क्षमता के संदर्भ में एक और महत्त्वपूर्ण बात है—लगातार दबाव और लगातार परिमाण। इसे इस तरह से सोचिए—कम जगह और अधिक दबाव सदैव उत्सुकता को कम कर देते हैं; अतः इतनी उत्सुकता केवल इस बात की नहीं होगी कि आप कौन हैं, वरन् इस बात पर भी निर्भर करेगी कि आपकी कितनी जगह

और कितना दबाव है ? अत: उष्णता की क्षमता हमेशा दबाव एवं परिमाण पर निर्भर करेगी, इसलिए हमें दो प्रकार की उष्णता की क्षमता को, एक लगातार दबाव और एक लगातार परिमाण को परिभाषित करना होगा। इन दोनों का परस्पर संबंध है और पहलेवाले को नापना सहज होता है।

~•~

48. विस्तारण

मान लेते हैं कि हम दो गेंदों को एक-दूसरे से एक मीटर के फासले पर रखते हैं। फिर हम उन्हें और एक मीटर दूर कर देते हैं। क्या इसे 'विस्तारण' कहते हैं ? नहीं, क्योंकि (1) पदार्थों की संख्या पर्याप्त नहीं है; (2) पदार्थों का आकार काफी छोटा नहीं है, और (3) पदार्थों के मध्य का अंतर अधिक छोटा नहीं है। इस विस्तारण के विषय में केवल तभी बात कर सकते हैं, जब छोटे-छोटे कणों की बड़ी संख्या, जो एक-दूसरे के बहुत पास-पास हों और एक-दूसरे से एक समान दूरी पर चली जाए। जब ऐसा होता है, तब ये कण जो पदार्थ बनाते हैं, उसे 'विस्तारण' कहा जाता है।

कभी-कभी विस्तारण चकरा देनेवाला हो सकता है। विभिन्न विस्तारणों के कारण अर्थात् रैखिक, सतही अथवा आयतनी विस्तारण। परीक्षक इसे पता लगाने के लिए आपके लिए कई संकेत डालेंगे। जब भी आप 'नगण्य' अथवा 'बहुत छोटे' जैसे शब्दों को पढ़ते हैं तो याद रखिए कि यह आपके लिए संकेत है कि आप उसके आयाम की उपेक्षा करें। अत: यदि एक छड़ी है, जिसका अनुप्रस्थ-काट क्षेत्र 'नगण्य' है, तो आपको केवल रैखिक विस्तारण के विषय में ही सोचना है।

~•~

49. प्रक्रियाएँ

प्रक्रियाएँ मैकेनिक्स में टकराव का ऊष्मीय समीकरण हैं। हम लोग किसी भी प्रणाली में उसे कुछ प्रेरक प्रदान होने के पहले और बाद की अवस्था में बहुत अधिक दिलचस्पी रखते हैं। हमें हमेशा मन में रखना चाहिए कि मैकेनिकल टकराव में निवेश एक बहुत ही छोटी अवधि में प्राप्त होता है और बदलाव तत्काल होता है; जबकि ऊष्मीय प्रक्रियाओं में निवेश एक लंबे अरसे में प्रदान होता है और बदलाव

अनुक्रमिक होता है। मैकेनिकल टकराव में अधिकांशत: दबाव अथवा बल ही प्रेरणा होता है, जबकि ऊष्मीय प्रणालियों में प्रेरणा दबाव, तापमान अथवा परिमाण, कुछ भी हो सकता है। प्रेरणा के तौर पर परिमाण चकरा देनेवाला लग सकता है। उसे इस प्रकार से सोचिए—किसी भी प्रणाली में आप दिए गए परिमाण को छोटे कणों में बदल सकते हैं और असल में वही प्रेरणा है। यह लक्ष्य करना बहुत अच्छा लगता है कि अंतत: दबाव, तापमान और परिमाण का, जब कणों के स्तर पर व्यवहार किया जाता है, तो वे दबाव में परिवर्तित हो जाते हैं, जो यह सब कण एक-दूसरे पर डालते हैं। ऊष्मीय भौतिकी में हम बहुत अधिक छोटे कणों से संबंध रखते हैं और हमारा ध्येय होता है कि हम संपूर्ण सेट को एक इकाई के तौर पर सुलझाएँ, न कि प्रत्येक कण के विषय में चिंता करें। अत: हम केवल दबाव, तापमान और परिमाण के संदर्भ में ही बात करते हैं, जो कि कणों के एक समूह पर प्रयुक्त धारणाएँ हैं।

अब यहाँ जो सबसे बड़ी समस्या है, वह यह है कि यदि किसी भी प्रणाली में प्रत्येक वस्तु एक साथ बदलती रहती है तो बदलाव पता करना अथवा अंतिम अवस्था की भविष्यवाणी करना बहुत कठिन हो जाता है। दबाव, तापमान, परिमाण एवं उष्णता, प्रत्येक एक-दूसरे पर निर्भर करता हैं और यदि प्रत्येक को बदलने की अनुमति दे दी जाती है तो किसी भी प्रणाली में अंतिम अवस्था निश्चित करना अत्यधिक कठिन हो जाता है। इस कारण हम पहले आदर्श अवस्था के विषय में सोचते हैं, जिसमें इन चार में से तीन एक साथ बदल रही हों और चौथी स्थिर रहे। तब हम एक का अन्य दो के प्रति कैसा व्यवहार है, देखेंगे और जो सबसे अच्छी चीज हम कर सकेंगे, वह है, उन बदलावों को एक कागज पर ग्राफ बनाकर देखना।

प्रक्रियाओं के इन विभिन्न आदर्शीकरणों को इस प्रकार कहा जाता है—

- संभारिक प्रक्रियाएँ, जब दबाव (जिसे ऐतिहासिक तौर पर दंड में नापा जाता है) स्थिर रहता है।
- समतापीय प्रक्रिया, जब तापमान स्थिर होता है।
- आइसोचोरिक (समदाब) प्रक्रियाएँ, जब परिमाण (ग्रीक भाषा में चोरस का अर्थ होता है, स्थान अथवा गुंजाइश) स्थिर होता है।
- आडियाबेटिक प्रक्रिया, जब उष्णता समान रहती है।

इन सब प्रक्रियाओं के अध्ययन में हमारे सामने बहुत सारे समीकरण एवं चार्ट आते ही यह थोड़ा चकरा देनेवाला लगने लगता है। कृपया निम्नलिखित पर ध्यान दें—

- JEE के लिए महत्त्वपूर्ण आरेखों में से यह एक प्रकार का है; जो PV अथवा दबाव के परिमाण का आरेख है।
- PV आरेख इसलिए महत्त्वपूर्ण है, क्योंकि एक आदर्श गैस, जिसे p, अर्थात् दबाव को परिमाण के बदलाव से गुणा करना। जब ऊष्मा-गतिकी प्रक्रिया में दबाव, तापमान और परिमाण विभिन्न तरीकों से बदल जाते हैं, तब कार्य की विभिन्न इकाइयों को जमा-घटा करने में कुछ हद तक जटिलता आ जाती है। उसे आरेख में अंकित करना उसे थोड़ा आसान बना देता है।
- P-V वक्र का क्षेत्र, आपका जो कार्य हो गया है, वह बताता है।

50. ऊष्मा-गतिकी के नियम

मैं पहले ही आपको टिप#36, 'आदर्श दुनिया' में आदर्श धारणाओं की उपयोगिता के विषय में बता चुका हूँ। आदर्श गैस शून्य ताप के कणों के जमाव की एक सैद्धांतिक धारणा है, जो एक-दूसरे के साथ अन्योन्य क्रिया नहीं करते हैं। शाब्दिक रूप में इसका कोई अर्थ नहीं है, परंतु यह बहुत सुंदर तरीके से, कई समीकरणों को सहज बना देता है। आदर्श गैस का नियम, प्रणाली के तीन मूलभूत मानदंडों को एक-दूसरे से जोड़ देता है। उसके दबाव, तापमान और परिमाण—एक बहुत ही सहज समीकरण हैं, जिसका इस्तेमाल आप ऊष्मीय भौतिकी की समस्याओं को हल करने में कर सकते हैं। बहरहाल, आदर्श गैस अनुमान के जितना करीब असली तत्त्व होगा, उतने ही बेहतर उपगमन होंगे।

कुछ खास अवस्थाओं में आदर्श गैस नियम कई व्युत्पन्न समीकरणों एवं सिद्धांतों के लिए प्रारंभिक बिंदु बन जाता है।

ऊष्मागतिकी के पहले नियम को सामान्य भाषा में निम्नलिखित तौर से कहा जा सकता है—जब कोई व्यक्ति हमें पैसे देता है तो हम उसे कुछ खरीदने के लिए अथवा भविष्य में इस्तेमाल करने के लिए अपने बैंक में जमा कर देते हैं। उसी प्रकार जब हम किसी वस्तु को गरम करते हैं तो या तो वह उसका प्रयोग कुछ कार्य करने के लिए करती है या अपने अंदर उसे आंतरिक ऊर्जा के रूप में जमा कर लेती है। असल में, पहला नियम ऊष्मीय ऊर्जा के संरक्षण के नियम को ऊष्मीय शब्दावली में कहने के अलावा कुछ और नहीं है।

पहले नियम के उपयोग के लिए ताप, क्रिया और आंतरिक ऊर्जा की साफ समझ होना आवश्यक है। ताप पैसा है, खर्चा क्रिया और आंतरिक ऊर्जा है, पैसा बचाना। एक आदर्श गैस ताप को कार्य के रूप में कैसे खर्च कर सकती है ? जब कोई गैस फैलती है तो वह उन दबावों के विरुद्ध कार्य करती है, जो उसे बाँधे रखते हैं। प्रतिनिधिक तौर पर ये दबाव पिस्टन द्वारा दिए जाते हैं। अतः जब आप किसी गैस को बंद करनेवाले डिब्बे को गरम करते हैं तो वह डिब्बे की दीवारों के साथ धक्का देगी। यदि वे हिल जाते हैं, तो उसने अपना कार्य पूरा कर लिया। यदि नहीं, तो वह गैस उसके भीतर आंतरिक ऊर्जा के रूप में जमा हो जाती है।

51. विकिरण एवं ब्लैक बॉडीज

किसी भी प्रक्रिया में अतिक्रमण उत्तेजना ताप द्वारा इंगित होती है और हम जानते हैं कि जब उसे कुछ निम्न स्तर की उत्तेजना मिलती है तो वह उस ताप को उस प्रक्रिया में भेज देती है और ऊष्मीय संतुलन प्राप्त करने की चेष्टा करती है। बहरहाल, एक ऐसा रास्ता है, जिससे अधिक उत्तेजना से बिना किसी अन्य पदार्थ से संपर्क करे, मुक्ति प्राप्त की जा सकती है—वह है विकिरण। यहाँ मुख्य संकल्पनाएँ हैं—विकिरण का अवशोषण, उत्सर्जन, प्रतिबिंबन और संचारण। जो नोट करने की पहली कुंजी है, वह है कि अवशोषण और उत्सर्जन एक-दूसरे के विपरीत हैं; अतः उनका अन्य परिमाणों अथवा समीकरणों के साथ संबंध बताने के लिए केवल किसी एक का ही व्यवहार किया जाएगा। किसी समीकरण में ये दोनों एक साथ कभी नजर नहीं आएँगे। दूसरी मुख्य बात है कि किसी भी सतह के लिए अवशोषण, प्रतिबिंबन एवं संचारण का योग है। JEE के परीक्षा-पत्र बनानेवाले अधिकांशतः इन धारणाओं का व्यवहार करते हुए एक गुगली फेंक देते हैं और छात्र विषय को अधिक महत्त्व नहीं देते। नतीजा यह होता है कि छात्र बिना वजह अंक खो देते हैं। मैं आपको आश्वस्त कर सकता हूँ कि JEE के प्रत्येक परीक्षा-पत्र में एक आधा प्रश्न ब्लैक बॉडीज के विकिरण से संबंधित होगा, जहाँ इन नियमों में से एक अथवा उससे अधिक नियम इस्तेमाल होंगे और मैं आपको आश्वासन दे सकता हूँ कि अधिकांशतः 'चतुर' छात्र ही इस प्रश्न को गलत कर देते हैं; केवल इसलिए, क्योंकि उन्होंने इस विषय को पर्याप्त महत्त्व नहीं दिया।

ऊष्मीय भौतिकी का सारांश

जैसे-जैसे यह चलता जाता है, आपको 'ताप महसूस' करना होगा। अभी तक आप थर्मामीटर के जरिए उसे महसूस करते थे; अब आपको उसे माइस्क्रोस्कोप के जरिए महसूस करना है। जो सबसे महत्त्वपूर्ण है कि आप उसे अंतर्निहित कणों की दुनिया और विकिरण को ऐसे योग करें, जिसमें अंततः कोई भी वस्तु ठंडी अथवा गरम हो सकती है। एक बार जब आप उस योग को स्थापित कर लेते हैं और ऊष्मीय भौतिकी को वैचारिकीय तौर पर महत्त्व देना प्रारंभ कर देते हैं, आप उसे मैकेनिक्स से अधिक सहज पाएँगे। यह इसलिए भी है, क्योंकि ऊष्मीय गतिकी में वस्तुओं को अधिक तोड़ा नहीं जा सकता। अगले भाग में चीजें और अधिक जटिल हो जाती हैं।

विद्युत् और चुंबकत्व

मैकेनिक्स में हमने विभिन्न वस्तुओं के बीच सीधे संबंधों के विषय में बात की थी। फिर हम एक सतह और भीतर चले गए और हमने पदार्थों के मध्य के गुणों और अन्योन्य क्रिया के संघटक कणों के विषय में बात करना शुरू किया। अब हम इस विषय पर चर्चा करेंगे कि वस्तुएँ, उनके संघटक कणों के संघटक, जैसे इलेक्ट्रॉन्स, किस प्रकार कार्य करते हैं? अतः हम अंदर, वस्तुओं के विषय में और जानने के लिए, उनके और अंदर घुसते जाते हैं—पदार्थ से कणों और अब इलेक्ट्रॉन्स से प्रोटोन्स तक। कितना मनमोहक है यह सब! अपने आपको प्रोत्साहित करिए, क्योंकि जब हम आधुनिक भौतिकी तक पहुँचेंगे, हम और भी अंदर जा सकते हैं और शायद इलेक्ट्रॉन्स के भी भीतर झाँकना शुरू कर दें!

भौतिकी की इन तीन शाखाओं के मध्य के मूलभूत अंतर को समझना बहुत आवश्यक है।

शुरू करने के पहले यह प्रश्न पूछना बहुत आवश्यक है—हम विद्युत् और चुंबकत्व को एक साथ क्यों पढ़ते हैं, उन्हें अलग-अलग क्यों नहीं पढ़ते? यह इसलिए है, क्योंकि ये एक-दूसरे से पृथक् होकर नहीं रह सकते! जहाँ कहीं भी बिजली होगी, वहाँ चुंबकत्व होगा और दूसरी ओर इसका उलटा।

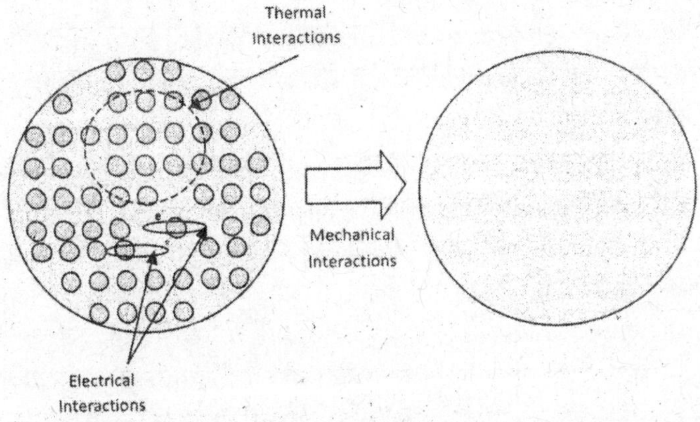

यह तर्क किया जा सकता है कि जब आवेश स्थायी होता है तो वहाँ कोई चुंबकत्व नहीं होता, परंतु हम सब जानते हैं कि भौतिकी में स्थायी नाम की कोई वस्तु नहीं है। यह सब प्रसंग के ढाँचे पर निर्भर करता है। अत: आप समस्याओं को एक ऐसे ढाँचे से देख सकते हैं, जो चार्ज को स्थायी बना दे और फिर वह इलेक्ट्रोस्टेटिक्स की समस्या बन जाती है। जैसे ही प्रभार हिलने लगता है, तभी चुंबकत्व होता है।

~•~

52. कौलोंब का नियम

'कौलोंब नियम' से संबंधित सब समस्याएँ वास्तव में ज्यामिति और मैकेनिक्स की समस्याएँ हैं, जो गुपचुप रूप से इलेक्ट्रोस्टेटिक्स की समस्या का रूप ले लेते हैं। कौलोंब के नियम को इस्तेमाल करके आप जल्दी ही इलेक्ट्रोस्टेटिक्स दबाव जान सकते हैं और फिर संपूर्ण समस्या को हल कर सकते हैं; क्योंकि मैकेनिक्स की समस्या सामान्यत: संतुलन के इर्द-गिर्द घूमती रहती है। इलेक्ट्रोस्टेटिक्स दबाव के दो मुख्य निर्धारक हैं—चार्ज, यानी प्रभार के संकेत और उनके मध्य का अंतर। तो पहले आपको यह याद रखना होगा कि समानता विकर्षित करती है और असमान चार्ज एक-दूसरे को आकर्षित करते हैं। हालाँकि यह बहुत सरल प्रतीत होता है, लेकिन दबाव में आने पर सबकुछ उलट-पुलट हो सकता है। इसके साथ-साथ

ज्यामिति के मूल ज्यामिति नियमों को एक बार अच्छी तरह दोहराएँ। परीक्षक त्रिकोण, चौकोर और वृत्त के भीतर चार्ज रखना बहुत पसंद करते हैं। अतः चार्ज के मध्य में अंतर का परिकलन करने के लिए आपको ज्यामिति और त्रिकोणमिति के नियमों को लगाना होगा।

नेट दबाव अंतिम और सबसे महत्त्वपूर्ण है। दबाव को नापने के लिए कौलोंब के नियम का अनुपालन करने से पहले यह आवश्यक है कि आप सममिति का प्रयोग कर जितने अधिक दबावों को हटा सकें, हटा दें। यह हर चार्ज हुए कण पर इलेक्ट्रोस्टेटिक्स दबाव वेक्टर को आँकने से आसानी से प्राप्त किया जा सकता है। एक बार जब हर आयाम के समस्त संभव दबावों को खत्म कर दिया जाता है तो आपको समीकरणों का इस्तेमाल करने के लिए छोड़ दिया जाता है। हर दबाव को क्षैतिज एवं ऊर्ध्वाधर अंगभूत में विखंडित करिए और समस्या को दो अलग-अलग दिशाओं में सुलझाएँ। ऐसा करते समय दोनों दिशाओं में स्वतंत्र तौर पर समीकरण का इस्तेमाल करें।

~•~

53. क्षेत्र

क्षेत्र, अंतरिक्ष के ज्योतिष चार्ट के समान हैं। वे आपको पहले से ही यह बता देते हैं कि यदि किसी पदार्थ को अंतरिक्ष के किसी भी केंद्र पर रखा जाता है तो क्या होगा! उदाहरण के तौर पर हम सब जानते हैं कि हर वस्तु पृथ्वी की ओर गिरती है। अतः पृथ्वी के केंद्र की ओर इंगित करता हुआ हर तीर, पृथ्वी का चुंबकत्व होगा। ये तीर आपको यह समझाते हैं कि यदि किसी वस्तु को पृथ्वी के किसी भाग में भी रखा जाता है तो उसका क्या असर होगा! इसी प्रकार इलेक्ट्रिक और मैग्नेटिक क्षेत्र आपको पहले से यह बताते हैं कि यदि किसी निर्धारित स्थान पर किसी और इलेक्ट्रिक चार्ज को रखा जाता है तो क्या होगा!

किसी निर्धारित समय पर क्षेत्रों की, चार्ज के कारण, गणना करना JEE में अत्यधिक चुनौतीपूर्ण समस्या हो सकती है, यदि आपने विषय के नियमों को भली-भाँति सीखा न हो! किसी भी क्षेत्रीय समस्या का सबसे महत्त्वपूर्ण गणक उसके अत्याणु चार्ज को पहचानना और संपूर्ण असमान चार्ज का एकीकरण करना है। यहाँ पर समकक्ष सम्मेलन के विषय में थोड़ा बता दूँ—dx, dy और कर्टेसियन समानाधिकरण की धुरियों (एक्सेस) के साथ-साथ अत्यणु दूरी में व्यवहार किया

जाता है, जबकि dr का व्यवहार अरीय दूरी के लिए किया जाता है और ds का व्यवहार गोलाकार समकक्षों की वक्र दूरी नापने के लिए किया जाता है। यदि आप इन प्रथाओं से जुड़े रहेंगे तो आप चकराएँगे नहीं। अधिकांशत: आपको किसी पदार्थ की चार्ज की हुई घनता...में रैखिक घनता नापने के लिए अथवा समतल घनता नापने के लिए...दी जाएगी। मुख्य यह है कि आप समस्या में सममिति खोजें। संपूर्ण स्थान को सममित हिस्सों में बाँट दीजिए, उस बिंदु के चारों ओर, जिसके क्षेत्र को नापना है। प्रत्येक हिस्से में एक समान चार्ज लें और फिर प्रत्येक धुरी के नेट क्षेत्र का हिसाब लगाएँ। एक बार जो रद्द किया जा सकता है, उसे रद्द किया जाता है, आप हर धुरी पर केवल एक नेट फील्ड के साथ ही रह जाएँगे। तब आप क्षेत्र को चार्ज की पूरी लंबाई पर संगठित कर सकते हैं। यहाँ अभ्यास अत्यधिक महत्त्वपूर्ण होता है और आपको चार्ज के जितने अधिक रूप संभव हैं, उनको सुलझा लेना चाहिए।

क्षेत्र की समस्याओं को हल करने में 'गॉस का नियम' अत्यधिक काम में आता है, यदि आप यह जानते हैं कि उसे कब और कहाँ पर इस्तेमाल करना चाहिए! मूल सिद्धांत है—गॉस की सतह को परिभाषित करने की क्षमता। जिन दो बातों का ध्यान रखना होगा, वे हैं—(1) एक गॉस की सतह बंद होती है, और (2) गॉस की सतह आप द्वारा ही चुनी होती है। पिछला भाग महत्त्वपूर्ण है और आपके चुनाव को एक बार फिर समस्या की सममिति पर आधारित होना चाहिए।

~•~

54. धारिता और परिधि

क्षेत्र का अर्थ है—चार्ज की प्रत्येक इकाई पर लगा जोर, जबकि संभाव्य का अर्थ है—प्रति चार्ज पर लगी ऊर्जा। संधारित (कैपेसिटर) अपने टर्मिनलों के मध्य के संभावित अंतर के कारण ऊर्जा एकत्रित करते हैं। तो फिर एक बैटरी और एक संधारित में क्या अंतर है? अंतर यह है कि संधारित का चार्ज जमा रहता है, जबकि बैटरी में संभाव्य अचल रहता है। संधारित में अपने भीतर संभाव्य बनाए रखने का कोई अंतर्निहित जरिया नहीं होता आपको हमेशा बाहरी तौर पर इस संभाव्य को प्रोत्साहित करना होता है। बैटरी में बैटरी के साथ इलेक्ट्रोकेमिकल प्रतिक्रिया उसके संभाव्य को हमेशा बनाए रखती है।

सर्किट्स को तेजी से हल करना एक बहुत महत्त्वपूर्ण कला है, क्योंकि JEE परीक्षा-पत्र में सर्किट से संबंधित एक प्रश्न हमेशा होता है। चुनौती इस बात पर

निर्भर करती है—सर्किट समस्या में कितनी सारी चीजें एक साथ सम्मिलित की जा सकती हैं? अत: उनका एक साथ परीक्षण भी हो सकता है। इन समस्याओं में प्रमुख उपकरण नीचे दिए गए हैं—

- संभाव्य वर्तमान या तत्त्वों के मध्य चार्ज के समीकरण से संबंधित। विरोधकों, संधारित, प्रेरक एवं बैटरी भी (EMF=नियतांक भी एक फॉर्मूला है)
- शृंखला या समानांतर में तत्त्वों के समरूप के नियमों की तुल्यता।
- बाहुपाश सर्किट के मध्य से गुजरती तरंगों से संबंधित नियम एवं पाश।

ऊपर लिखी सब बातों का इस्तेमाल करके आपको विभिन्न सर्किटों की शाखाओं के लिए पहले हल करना चाहिए। एक बार जब आप करंट को पा जाते हैं, फिर आप सर्किट में विभिन्न केंद्रों पर संभाव्य की गणना करें। कई बार बदलाव की गणना करना भी आवश्यक हो जाता है, जो तब तक के समय में एकत्र करंट के अलावा कुछ और नहीं है।

~•~

55. चुंबकत्व को समझना

गतिशील चार्ज से ही चुंबकत्व का जन्म होता है। चुंबकत्व की हर समस्या के लिए तीन आयामों से सोचने की आवश्यकता होती है, क्योंकि शक्ति के चुंबकत्व की रेखाएँ हमेशा चार्ज की गति की दिशा में सतह की लंबाई के समान होती हैं। यहाँ पर दायाँ हाथ घुमानेवाला नियम इन चुंबकत्व की रेखाओं को ढूँढ़ने के काम आता है। आपको चाहिए कि आप किसी भी फॉर्मूले को इस्तेमाल करने से पहले क्षेत्र की दिशा को स्थिर कर लें, साथ ही यह भी याद रखिए कि घुमाव का नियम दाहिने हाथ के लिए ही है। अधिकांशत: छात्र, क्योंकि वे लिखने के लिए दाहिने हाथ का प्रयोग करते हैं, बाएँ हाथ से कार्य करने की भूल कर देते हैं। यह याद रखिए, यदि आप दाहिने हाथ का प्रयोग करते हैं, तो आपको दाएँ हाथ के घुमाव का नियम लगाने के पहले हमेशा अपनी कलम नीचे रखनी पड़ेगी, जब तक कि आप वेक्टर धारणा के संबंध में स्फटिक की भाँति साफ न हों; खासतौर से क्रॉस पदार्थों में, तो मूलत: वस्तुओं को तीन आयामों से देखने की क्षमता रखें और रैखिक रास्तों पर, चुंबकत्व संबंधित समस्याओं का विभिन्न नियमों का व्यवहार करते हुए जैसे बायट-सेवारत और एंपियर जैसे साधारण एकीकरण करना कठिन नहीं होना चाहिए।

जबकि चुंबकत्व गतिशील बदलावों या लहरों, लहरें बदलते चुंबकत्व क्षेत्रों के कारण उपजती हैं। यहाँ पर 'बदलाव' शब्द बहुत महत्त्वपूर्ण है। साधारणत: उन चुंबकत्व क्षेत्रों को, जो किसी फंदे से गुजर रहे हों, को बदलने का सबसे अच्छा तरीका यह है कि आप फंदे को ही चुंबकत्व क्षेत्र के मध्य से निकाल दें; परंतु यह याद रखिए कि यदि चुंबकत्व क्षेत्र समान है तो फंदे को उसके मध्य से निकालना भी क्षेत्र को नहीं बदलता, जब वह पूर्णरूप से चुंबकत्व के भीतर हो। यह केवल तभी होता है, जब वह चुंबकंत्व क्षेत्र के अंदर जा रहा हो अथवा बाहर निकल रहा हो। अत: जो याद रखने की सबसे महत्त्वपूर्ण चीज है, वह यह है कि आप सदैव फंदे की ओर ध्यान दीजिए और चुंबकत्व क्षेत्र को फंदे के भीतर से गुजरते हुए देखिए।

ऐसे सर्किट, जिनमें प्रेरक शामिल हो, को हल करने के लिए ऐसी किसी नई वस्तु की आवश्यकता नहीं है। सर्किट हल करने का तरीका ही यहाँ अपनाया जा सकता है। केवल प्रेरक और संभाव्य को प्रेरक के आगे उसके मध्य से गुजरती हुई तरंगों से जोड़ना ही नई चीजें है। केवल यह ध्यान रखें कि आप कभी भी रंग की दिशा और संभाव्य अंतरों और EMI में चकमा न खा जाएँ। यह केवल अभ्यास से ही आता है। अत: RC, LR और RLC सर्किट की जितनी समस्याओं को हो सके, हल करें।

56. लेंस एवं आईना

लेंस एवं आईना प्रणाली में प्रत्येक लेंस के संघात को अलग-अलग एवं दूसरों के साथ कल्पना करने की व्यक्ति में क्षमता होनी चाहिए। अत: यदि एक उत्तल (कॉन्वेक्स) लेंस और एक अवतल (कॉन्केव) लेंस को एक-दूसरे के पास रखा जाता है तो आपको एक सुस्पष्ट छवि होनी चाहिए कि प्रतिबिंब कहाँ होगा? यदि इनमें से एक भी लेंस अकेला होगा और फिर जब उन दोनों को एक साथ रखा जाएगा तो प्रतिबिंब कहाँ होगा? इनको बिना कागज पर आँके इन प्रणालियों को हल करने की उम्मीद नहीं की जा सकती। आपकी समानांतर एवं लंबी रेखाएँ खींचने की क्षमता और बिना प्रोट्रेक्टर के तीव्रता से एक कोण में रेखा खींचना, इन समस्याओं का हल ढूँढ़ने के लिए बहुत आवश्यक होगा। प्रकाश की प्रतिच्छेदी रेखाओं से प्रतिबिंब बनता है और वास्ताविक प्रतिच्छेदन

से वास्तविक प्रतिबिंब। वास्तविक प्रतिच्छेदन होते क्या हैं? ये वे प्रतिच्छेदन हैं, जो तब होते हैं, जब भौतिक अंतरिक्ष प्रकाश की किरणों को सफर करने से नहीं रोकता। उदाहरण के लिए एक समतल आईने में, यदि उसके सामने रखे किसी पदार्थ से निकलनेवाली किरणें, उसकी सतह से उछलकर उलटी दिशा में फैल जाती हैं। यदि हम यह मानकर चलें कि अंतरिक्ष उस आईने के पीछे है तो ऐसा प्रतीत होगा, जैसे फैलती किरणें आईने के पीछे के स्रोत बिंदु से आ रही हैं! यह है एक वास्तविक प्रतिबिंब! वास्तविक प्रतिबिंब आपके मन द्वारा गढ़ा जाता है, जो यह मानकर चलता है कि हर वस्तु बहुत सहज है और यह नहीं मानता कि लेंस और आईना, जो प्रकाश की किरणों की दिशाओं को विकृत कर देते हैं, वे होते हैं। हमारी आँखें हमेशा यह मानती हैं कि प्रकाश की किरणें सीधी रेखा में चलती हैं; अत: यही अनुमान लगाकर वे वस्तुओं को देखती हैं। वे यह नहीं समझ सकतीं कि जो प्रकाश की सीधी रेखाएँ हमारी आँखों तक पहुँच रही हैं, वे कई बार लेंस और आईने से उछलकर और मुड़कर हमारी आँखों तक पहुँचती हैं।

~•~

57. विद्युत्-वाहक (इलेक्ट्रॉमैग्नेटिक) तरंगें

भौतिकी के पाठ्यक्रम में प्रकाश विज्ञान को मैकेनिक्स, तरंगों, विद्युत् और चुंबकत्व के बाद रखे जाने का एक कारण है। प्रकाश और कुछ नहीं, बल्कि एक तिरछा इलेक्ट्रॉमैग्नेटिक विकिरण है, जो एक खास फ्रीक्वेंसी पर है और जिसके प्रति इनसान की आँखें सबसे अधिक संवेदनशील होती हैं।

जो कुछ भी प्रकाश पर लागू होता है, वह किसी भी इलेक्ट्रॉमैग्नेटिक विकिरण पर भी लागू होता है। इलेक्ट्रॉमैग्नेटिक विकिरण ऊर्जा के बिना किसी माध्यम के सफर करने का स्वाभाविक तरीका है। इलेक्ट्रॉमैग्नेटिक विकिरण में विद्युत् चुंबकत्व को बनाए रखती है और चुंबकत्व बिजली को चलाए रखता है। ये दोनों क्षेत्र एक-दूसरे को धकेलते रहते हैं और ऊर्जा केवल आगे चलती रहती है। बहुत सुंदर! जो याद रखने की मुख्य बात है, वह है कि एक इलेक्ट्रॉमैग्नेटिक विकिरण में यह कंपित विद्युत् एवं चुंबकत्व क्षेत्र एक-दूसरे के समकोण पर हों। इसके अलावा, जिस समतल में यह विद्युत् क्षेत्र होता है, वह विकिरण का प्रासंगिक समतल होता है और यह समतल या तो स्थिर रह सकता है, जब विकिरण आगे जाता है, अथवा यह पहले से निर्धारित तौर पर बदलता रह सकता है। इसे कहते हैं 'ध्रुवण'

(पोलराइजेशन) और ऐसे पदार्थ, जो विकिरण की स्वाभाविक अवस्था को बदल सकते हैं, उन्हें 'ध्रुवक' कहा जाता है।

इसमें हस्तक्षेप तब होता है, जब दो भिन्न तरंगें अथवा इलेक्ट्रॉमैग्नेटिक विकिरण एक आम स्थान पर दखल देने लगते हैं। मैकेनिकल तरंगों में प्रत्येक तरंग माध्यम के प्रत्येक कण पर अपना स्वयं का दबाव डालती है और इन कणों पर पड़ा प्रत्येक दबाव इस हस्तक्षेप का अंतिम सिरा स्थिर करता है। इलेक्ट्रॉमैग्नेटिक विकिरण में कोई अणु नहीं होते, परंतु क्षेत्र होते हैं। इन अतिव्यापी क्षेत्रों के कारण जो परिणामी क्षेत्र होता है, वह इस हस्तक्षेप के नेट परिमाण को परिभाषित करता है। यह मानते हुए कि ये क्षेत्र एक ही दिशा में हैं और एक-दूसरे के संबलिक हैं अथवा विपरीत दिशाओं में हैं और एक-दूसरे को रद्द कर देते हैं, हस्तक्षेप रचनात्मक अथवा विनाशक हो सकता है। जब तक कि आप इलेक्ट्रॉमैग्नेटिज्म विकिरण का असली स्वभाव समझ लेते हैं, हस्तक्षेप और ध्रुवण से संबंधित वैचारिक समस्याओं को संबोधित करना सहज होगा।

~•~

58. आधुनिक भौतिकी

आपने निश्चय ही 'हिग्स बोसन' के विषय में और उन बड़े-बड़े परीक्षणों के विषय में सुना होगा, जो उन्हें खोजने के लिए बनाए गए। 'हिग्स बोसन' शायद हर चीज के सिद्धांत की आखिरी खोई हुई कड़ी है, जो हमारे संपूर्ण ब्रह्मांड को सटीक तौर पर समझा सकेगा, उस क्षण से, जब ब्रह्मांड की सृष्टि हुई और उस समय तक, जब उसका विध्वंस होगा; बल्कि कई लोगों का तो यह मानना है कि यह नई भौतिकी विज्ञान को धर्म से इस प्रकार जोड़ देगी, जिसकी हमने अभी तक कल्पना भी नहीं की है। अतः जो आज प्यार से आधुनिक भौतिकी कही जाती है, वह असल में इक्कीसवीं शताब्दी की असली भौतिकी बनती जा रही है और शीघ्र ही हो सकता है कि कुछ ही वर्षों में मैं सोचता हूँ कि आधुनिक भौतिकी, जिसे हम 'भौतिकी' कहते हैं, वह बन जाएगी और अन्य हर वस्तु 'संस्थापित' अथवा 'पुरानी' भौतिकी बन जाएगी। आधुनिक भौतिकी को हमारे लिए समझना बहुत आवश्यक है, न केवल JEE के एक विषय के रूप में ही, बल्कि समसामयिक विषयों को समझने और सामान्य ज्ञान के लिए भी।

अंततः एक विचारशील JEE प्रतियोगी के लिए आधुनिक भौतिकी और सामान्य भौतिकी—दोनों एक समान आवश्यक हैं। विद्यार्थियों को आधुनिक भौतिकी की इसलिए आवश्यकता होती है, जिससे कि वह कॉलेज में अग्रवर्ती विषयों में घुसने की बुनियाद बना सकें। सामान्य भौतिकी आपको बहुत अधिक सैद्धांतिक होकर कई बहुत अच्छे प्रयोगों को अनदेखा करना सिखा देती है, जो स्वयं भौतिकी की बुनियाद रखते हैं। अतः पाठ्यक्रम के प्रत्येक अनुच्छेद के वहाँ होने का कोई-न-कोई कारण होता है और उस कारण की जानकारी आपकी तैयारी का रास्ता बना देगी।

आधुनिक भौतिकी की जो याद रखने की मुख्य बात है, वह है उसका विषय, जो बहुत विशाल और उलझा हुआ है। अतः JEE के उद्देश्य से उसे सरल एवं सीधा रखना चाहिए। JEE के परिप्रेक्ष्य में इस विषय में अधिकांशतः बुनियादी धारणाओं और फॉर्मूले के इर्द-गिर्द सीधे सवाल होंगे। अतः यह निश्चित कर लीजिए कि आप इस विषय में पूर्ण अंक हासिल कर लेंगे। आपको सिर्फ इतना करना है कि आप पाठ्यक्रम के अनुसार एक के बाद एक पॉइंट पर आ जाएँ, मुख्य धारणाओं एवं फॉर्मूले पर ठोस नोट बनाएँ और परीक्षा से पहले इस सब को भली-भाँति दोहरा लें।

सारांश में भौतिकी

मैकेनिक्स में उष्णता, विद्युत्, चुंबकत्व, प्रकाश विज्ञान और आधुनिक भौतिकी—JEE में आपके लिए एक संपूर्ण नई दुनिया खोल दी जाती है। आपको जो सबसे अधिक चेष्टा करनी होगी, वह है अपने अंतर्ज्ञान की सीमाओं को सुधारना और फैलाना। आपको अपने स्कूल के दिनों की कई सीखी हुई चीजें भूलनी होंगी अथवा उन्हें पूरी तरह भिन्न प्रकार से सीखना होगा। बहुत से छात्र प्रश्न करते हैं कि यदि यह असली विज्ञान है तो उन्हें छोटी कक्षाओं में आधी-अधूरी अथवा गलत चीजें क्यों सिखाई गईं? मुझ पर विश्वास कीजिए, JEE के लिए आप जिस भी भौतिकी को सीख रहे हों, आपको उसे भूलना होगा और जब आप IIT में जाते हैं तो उसे पुनः सीखना पड़ेगा। साल 2003 में आई 'द मेट्रिक्स रिलोडेड' फिल्म में मोर्फस का प्रसिद्ध डायलॉग है, 'कैप्टन नियोब, इस दुनिया में ये कुछ चीजें हैं, जो कभी नहीं बदलेंगी···कुछ चीजें बदलती हैं।' जिस प्रकार से चीजें सिखाई जाती हैं, बदलती रहती हैं; क्योंकि दिमागी परिपक्वता बढ़ती रहती है, प्रकृति का मुख्य नियम, जो भौतिकी हमें सिखाती है, वह तत्त्वतः वही रहता है।

रसायनशास्त्र

अनुभव के अनुसार, IIT में जाने के आकांक्षियों के लिए रसायनशास्त्र सबसे 'होली ग्रेल' (अंतिम भोज में ईसा मसीह द्वारा इस्तेमाल किया प्याला) सिद्ध होता है। यह कोई बहुत आश्चर्यजनक नहीं है, क्योंकि रसायनशास्त्र गणित और भौतिकी से बहुत भिन्न है। रसायनशास्त्र में अंकों और गणितीय समीकरणों के आगे भी बहुत कुछ है। इसमें ध्यान देने के लिए विभिन्न रंग और आकार हैं और एक परिक्रमा से दूसरी परिक्रमा में जानेवाले कई कण हैं, जो पूर्ण रूप से सीधे जाते हैं। रसायनशास्त्र में कुछ हद तक रहस्य होता है। अत: उसकी तैयारी के लिए अन्य दोनों विषयों की तुलना में एक संपूर्ण भिन्न शैली की आवश्यकता होती है। रसायनशास्त्र सृष्टि से संबंधित है। यह तत्त्वों की एक साथ की प्रतिक्रिया और उससे एक संपूर्ण अलग मिश्रण बनाने की कला (और विज्ञान) है। मैं इसे कला इसलिए कह रहा हूँ, क्योंकि इसमें कोई बहुत कम तर्कसंगत भविष्यवाणी कर सकता है। याद करिए, पहले प्रतिक्रियाएँ आई थीं और फिर उन प्रतिक्रियाओं का स्पष्टीकरण।

संक्षेप में कहें तो JEE की नीरस दुनिया में रसायनशास्त्र ही मजेदार है और इसके कारण आपको सर्जनात्मक, काल्पनिक और उदार मति होने की आवश्यकता होती है, क्योंकि रसायनशास्त्र का JEE के एक-तिहाई अंकों पर नियंत्रण है। आप उसकी अनदेखी नहीं कर सकते। मैंने प्राय: छात्रों को इस विषय की अनदेखी करते हुए देखा है, क्योंकि वे सोचते हैं कि वह मिश्रणों के रंग, प्रतिक्रिया मैकेनिज्म, मिश्रण के गुण इत्यादि कंठस्थ नहीं कर सकते। जो बात वे भूल जाते हैं, वह यह है कि रसायनशास्त्र आपका रैंक निर्धारित करता है और ज्यादातर चुने जाने और अच्छी श्रेणी पाने के बीच का अंतर होता है। रसायनशास्त्र के अधिकांश विषय बिलकुल सीधे होते हैं, जबकि भौतिक रसायनशास्त्र उपयोग से संबंधित होता है, अकार्बनिक रसायनशास्त्र स्वभाव से बिलकुल सीधा होता है और इसे अधिक गणना की आवश्यकता नहीं होती। आपको यह योजना बनानी होगी कि इन तीनों विषयों (भौतिक, अकार्बनिक और कार्बनिक) को किस प्रकार प्रस्तावित करना है, क्योंकि एक नाप, जो सबको फिट कर जाए, वाला प्रस्ताव यहाँ काम नहीं करता है। यदि आप रसायनशास्त्र पर पर्याप्त ध्यान नहीं देते तो आप JEE में अच्छी रैंक नहीं पा सकते।

JEE रसायनशास्त्र के तीन उप-अंग हैं : भौतिकी रसायनशास्त्र अधिकांशत:

संख्या चालित होता है और धारणाओं में बहुत कुछ भौतिकी के समान होता है, जबकि बाकी दोनों उप-भाग—अकार्बनिक रसायनशास्त्र और कार्बनिक रसायनशास्त्र—अधिकांशत: विभिन्न अकार्बनिक और कार्बनिक मिश्रण, विभिन्न प्रतिक्रिया मैकेनिज्म से संबंधित हैं। अकार्बनिक और कार्बनिक रसायनशास्त्र में भौतिक रसायनशास्त्र से अधिक कंठस्थ करने की आवश्यकता होती है। अत: मैं इन्हें विषयों के दो सेट समझकर चलता हूँ, तीन नहीं। आगे के पृष्ठों में मैं आपको इन तीनों की अलग-अलग तैयारी कैसे करें, यह बताऊँगा।

59. रसायनशास्त्र को कम करके न आँकें

जिस मुहूर्त आप ग्यारहवीं कक्षा में प्रवेश करते हैं, आप पाएँगे कि सब लोग आपको यह सलाह दे रहे हैं कि आप केवल धारणाओं पर ध्यान केंद्रित रखें और बहुत अधिक प्रश्नों को हल करने के विषय में अधिक चिंता न करें। मैंने भी पिछले पन्नों में यही सलाह दी है, परंतु इसमें एक छल है। मैंने प्राय: देखा है कि छात्र भौतिकी और गणित की धारणाओं को याद करने में इतने मगन हो जाते हैं कि उन्हें रसायनशास्त्र के प्रतिक्रिया मैकेनिज्म को सीखना बहुत कष्टदायी लगता है। वे प्रतिक्रिया के पीछे की धारणा को जानना चाहते हैं और जब उन्हें पता लगता है कि मैकेनिज्म प्रतिक्रिया से प्रतिक्रिया के बीच बदलता है और यह कि अन्य बहुत से अपवाद हैं, तो वे निराश हो जाते हैं। वे भौतिकी एवं गणित को बहुत अधिक समय देते हैं और रसायनशास्त्र को कम (खासतौर से अकार्बनिक और कार्बनिक)। अपनी JEE की तैयारी में इसके साथ सौतेले बच्चे जैसा व्यवहार करते हैं।

रसायनशास्त्र (अकार्बनिक और कार्बनिक) की तैयारी में आपको उन विषयों के अंदर तक घुसने के लिए पर्याप्त समय देना होगा। आप एक ही बार में बैठकर सबकुछ समझकर उससे संबंधित कोई भी प्रश्न हल नहीं कर सकेंगे। आपको कुछेक यंत्र रचनाओं और बहुत सारे अपवादों को आत्मसात् करना पड़ेगा। उससे भी अधिक है कि JEE रसायनशास्त्र की तैयारी के लिए आपको अपनी मनोवृत्ति को बदलना पड़ेगा। आपको समझना पड़ेगा कि यह एक ऐसा विषय है, जो आपकी रैंक तय करता है। आपको उसे केवल पढ़ते रहना है, ताकि सब धारणाएँ आपके दिमाग में बैठ जाएँ। इस विषय के बारे में आप कतई यह मानकर न चलें कि अरे, आखिरी के कुछ दिनों में इसे देख लेंगे! यह JEE के

अंकों का एक-तिहाई हिस्सा है और आपको इसे भौतिकी और गणित के समान ही रखना पड़ेगा।

JEE रसायनशास्त्र के संबंध में एक और महत्त्वपूर्ण बात यह है कि वह विषयपरक प्रश्नों के लिए समय बचानेवाला एक कवच है। रसायनशास्त्र के अधिकांशतः प्रश्न काफी सीधे होते हैं और या तो आप उनका उत्तर जानते हैं या नहीं जानते हैं। इसमें आपको अधिक प्रयोग करने की भी आवश्यकता नहीं होती; तो ज्यादातर आपको रसायनशास्त्र समाप्त करने में एक-तिहाई से भी कम समय लगेगा और आप भौतिकी अथवा गणित के जटिल प्रश्नों के लिए कुछ बहुमूल्य समय बचा सकेंगे।

असल में JEE के रसायनशास्त्र की तैयारी करना जितना मुश्किल लगता है, यह उससे अधिक सरल है। रसायनशास्त्र मूलतः, अभ्यास का खेल है—आप जितना अधिक अभ्यास करेंगे, इसमें आप उतने ही अधिक अच्छे होते जाएँगे।

अकार्बनिक रसायनशास्त्र

अब आप प्रतिक्रियाओं की दुनिया में खो जाने के लिए तैयार हो जाइए। अकार्बनिक रसायनशास्त्र JEE के पाठ्यक्रम का रंगीन हिस्सा है, जिसमें मिश्रित रंग, जिनमें VIBGYOR (इंद्रधनुषी रंग) के स्पेक्ट्रम को पूर्ण तौर पर ढँका जा सकता है। रसायनशास्त्र की यह शाखा रासायनिक मिश्रणों एवं तत्त्वों के गुणों से संबंधित है। इसमें आवश्यकता है कि आप विभिन्न प्रतिक्रियाओं, रंगों और इन प्रतिक्रियाओं से जनमे इन मिश्रणों के नाम को रट लें। यह JEE के संपूर्ण पाठ्यक्रम में सबसे अच्छे अंक लाने का विषय है। अगर आप, जो मिश्रण बनता है, उसके गुण एवं प्रतिक्रियाओं को जानते हैं तो आप केवल तीन सेकंड में किसी प्रश्न का उत्तर दे सकते हैं और यदि आप प्रतिक्रिया नहीं जानते हैं तो आप केवल अँधेरे में तीर चला रहे हैं और उत्तर का अनुमान न ही लगाएँ तो बेहतर होगा। इसी कारण से अकार्बनिक रसायनशास्त्र आपकी समग्र रैंक निश्चित करने में इतनी महत्त्वपूर्ण भूमिका निभाता है। अकार्बनिक रसायनशास्त्र की एक ठोस बुनियाद सामान्यतः एक अच्छी रैंक और एक बेहतरीन रैंक के मध्य का अंतर है।

~•~

60. ग्यारहवीं कक्षा से ही तैयारी शुरू कर दीजिए

अकार्बनिक रसायनशास्त्र एक ऐसा विषय है, जिसमें आप जितना अभ्यास करेंगे, आप उतने ही बेहतर होते जाएँगे। इसमें कुछ हद तक सीखना पड़ता है और प्रतिक्रियाओं, तत्त्वों, मिश्रणों और उनके गुणों को रटना पड़ता है। अत: बेहतर यही होगा कि आप जल्द शुरुआत कर दीजिए ग्यारहवीं कक्षा में ही। मेरे कहने का यह अर्थ नहीं है कि आप पहले दिन से ही अकार्बनिक सीखना शुरू कर दें। आप इसे पढ़ना तब शुरू करें, जब आप JEE की तैयारी के साथ थोड़ा निश्चिंत महसूस करने लगें और आपका एक रुटीन बन जाए तथा आप उस विषय के लिए कुछ समय निकाल सकें। सप्ताह में दो या तीन दिन अथवा सप्ताहांत में कुछ घंटे।

मुझे लगता है कि बारहवीं कक्षा से पहले अकार्बनिक रसायनशास्त्र शुरू न करना बड़ी भूल होगी। छात्र जो नहीं समझते, वह है कि बारहवीं कक्षा में उन्हें संपूर्ण दो वर्षों का पाठ्यक्रम दोहराना होगा और अकार्बनिक रसायनशास्त्र जैसे एक बड़े विषय को अंतिम क्षणों के लिए छोड़ देना केवल उनकी चिंताओं को बढ़ा देगा। वे उस विषय के साथ न्याय नहीं कर पाएँगे। इस खेल में चतुराई यही होगी कि आप जल्दी ही शुरुआत कर दें, जिसमें कि आप बारहवीं कक्षा के पहले ही पाठ्यक्रम को कई बार दोहरा सकें। अकार्बनिक रसायनशास्त्र केवल अभ्यास और प्रतिक्रियाओं और मिश्रणों के रंगों से, जो इन प्रतिक्रियाओं से संबंधित हैं, जानने के विषय में है। आप जितना अधिक पढ़ेंगे, उतना ही यह आपकी स्मरणशक्ति में दर्ज होता जाएगा। आगे के पृष्ठों में मैं आपको इस विषय के लिए एक खास नोटबुक कैसे तैयार करें, बताऊँगा। एक बार जब आप वह नोटबुक तैयार कर लेते हैं, तब आपको केवल इतना ही करना है कि आपको जब समय मिले, उसे पढ़ लें। स्कूल जाते समय या सोने के पहले भी पढ़ें।

~•~

61. रंग सांकेतिक नोटबुक

एक चित्र सौ शब्दों के समान है। यह इसलिए है, क्योंकि मानव मन में हर जानकारी को छवि एवं रेखाचित्र के तौर पर सुरक्षित रखने की क्षमता है। हम सभी को अपनी मनपसंद फिल्म का हर सीन और कुछेक विज्ञापन और पेंटिंग्स की हर बारीकी याद रहती है। इस क्षमता को नए चिह्नों, भाषाओं और हाँ, अकार्बनिक

रसायनशास्त्र को सीखने और याद करने के लिए इस्तेमाल किया जा सकता है। अपने मूल रूप में अकार्बनिक रसायनशास्त्र एक भाषा के समान है। उसकी स्वयं की वर्णमाला (मूलतत्त्व एवं मिश्रण) और नियम (प्रतिक्रिया एवं मैकेनिज्म) हैं। अतः अकार्बनिक रसायनशास्त्र प्रतिक्रियाओं को याद करने के सबसे अच्छे तरीकों में एक है कि आप हरेक प्रतिक्रिया के लिए एक रंग-संकेत सृजन करें।

आप एक प्रतिक्रिया से एक चित्र कैसे बना सकते हैं? बहुत आसान है। आपको केवल एक स्केच पेन की आवश्यकता है और आप तैयार हैं! अपनी नोटबुक में प्रतिक्रिया लिख लें। अब प्रत्येक मिश्रण/मूलतत्त्व के चारों ओर एक छोटा सा डिब्बा बनाएँ और उसमें उस खास मिश्रण/मूलतत्त्व का रंग भर दें। एक नमूने का समीकरण कुछ इस प्रकार दिखेगा—

हो सकता है, यह काम आपको बहुत नीरस लगे और कुछ को तो यह भी लग सकता है कि छोड़ो यार! इस पर इतनी मेहनत करने की भी जरूरत नहीं है। कार्बनिक रसायनशास्त्र के गुणों एवं रंगों के विषय में सीखने के इस तरीके को आजमाना या न आजमाना आपके ऊपर है। मुझे यह खासतौर से बहुत लाभकारी लगा, क्योंकि इससे कुछ चीजें मेरी एकदम पक्की हो जाती थीं, जैसे सही रंगों को ढूँढ़ना, नोटबुक को रंग करना, प्रतिक्रियाओं के ऊष्मीय स्वभाव बताने के लिए स्वयं के चिह्न बनाना... इत्यादि।[13] इस नजरिए ने रासायानिक प्रतिक्रियाओं को याद करने को परंपरागत तरीके से अधिक दिलचस्प बना दिया।

स्केच पेन का एक सेट हमेशा अपने पास रखें और जब भी आप कोई नई प्रतिक्रिया देखें, इसकी रण संहिता को इस नोटबुक में लिख लें। यदि आपको ऐसा लगता है कि लेक्चर के बीच में आप ऐसा करने का समय नहीं निकाल पाएँगे तो आप एक अलग नोटबुक बना सकते हैं, जिसमें आप उन प्रतिक्रियाओं को दोबारा लिख सकते हैं, जो आपने कक्षा में सीखी हैं और उन्हें दोहराने के काम में ला सकते हैं।

---

13. पारस

एक्सोथर्मिक प्रतिक्रियाओं (लपटों), तेज गतिवाली प्रतिक्रियाओं (चिनगारी) इत्यादि के लिए आप स्वयं अपने इफेक्ट्स बना सकते हैं। यह नोटबुक अकार्बनिक रसायनशास्त्र में सफलता के लिए आपके गाइड का काम करेगी। आपको चाहिए कि आप अगले दो साल तक इस नोटबुक में नई प्रतिक्रियाएँ लिखते रहें।

(ध्यान रखिएगा कि यह अच्छी कोटि की नोटबुक हो) यह वही नोटबुक होगी, जिसे आपको बार-बार पढ़ना होगा, जिसमें कि आप किसी प्रतिक्रिया को उसकी छवि से मिला सकें और आसानी से सम्मिलित रसायनों के रंगों एवं गुणों को याद कर सकें। इस नोटबुक को बनाने में पर्याप्त समय लगता है। दो साल खत्म होने तक आपको समझ में आ जाएगा कि मेहनत बेकार नहीं गई। इसलिए स्केच पेनों को निकाल लीजिए और रासायनिक प्रतिक्रियाओं में कुछ रंग भरना शुरू कर दीजिए।

~•~

62. प्रयोगशाला का इस्तेमाल करें

पिछले कुछ सालों में JEE और NCERT के पाठ्यक्रमों को मिलाए जाने के बाद से NCERT की पुस्तक असलियत में JEE रसायनशास्त्र की पुस्तकों में शामिल हो गई है। ऐसा देखा गया है कि जो छात्र JEE की तैयारी में लगे होते हैं, वे स्कूली पाठ्यक्रम पर पर्याप्त ध्यान नहीं देते। उनका केंद्र-बिंदु (फोकस) कोचिंग क्लास रहती है और स्कूल पीछे चला जाता है। कोचिंग क्लास में जाने के लिए छात्र स्कूल से छुट्टी कर लेते हैं, जबकि कुछ क्लासों में अनुपस्थित रहना आपके लिए हानिकारक हो सकता है। इसका नुकसान आपको यह होगा कि आप स्कूल की लैब में नहीं जा पाएँगे। लैब, यानी प्रयोगशाला मस्ती-मजाक के साथ सीखने का एक अद्भुत तरीका है। प्रयोगशाला उन प्रतिक्रियाओं को स्वयं करके देखने का मौका देती है, जिन्हें आपने कक्षा में सीखा होता है। लैब में आप सीखते हैं कि विभिन्न तत्त्वों की क्या प्रतिक्रिया होती है और वे कैसे एक-दूसरे के साथ जुड़कर मिश्रण बनाते हैं। जो प्रैक्टिकल आपने लैब में खुद किया होगा, वह आप कभी भी नहीं भूलेंगे। अकार्बनिक रसायनशास्त्र सीखने का कोई और तरीका इससे बेहतर नहीं है कि आप प्रयोगशाला में यह प्रयोग करें।

कुछेक कोचिंग स्कूल हैं, जो रसायनशास्त्र में विशेषज्ञ हैं। मैंने ऐसी कक्षाओं के विषय में सुना है, जहाँ शिक्षक प्रत्येक उस प्रतिक्रिया को, जिसके विषय में वह

ब्लैकबोर्ड पर लिखता था, उन्हें करके भी दिखाता था। वे पूरी कक्षा को यह दिखाते थे कि विभिन्न अभिकारक किस प्रकार प्रतिक्रिया करते हैं और किस प्रकार नए मिश्रण बनते हैं। यदि आपको कोई ऐसा सेंटर मिलता है, जो आपको प्रतिक्रियाओं का प्रमाण देता है तो मैं आपको यही सलाह दूँगा कि उसे लपक लें, अन्यथा आप अपने शहर में ही कोई प्रयोगशाला ढूँढ़िए, जो आपको यह प्रतिक्रियाएँ करने में सहायता दे सके; चाहे वह आपकी गरमी की छुट्टियों के दौरान ही हो।

यदि आप सोचते हैं कि केमिस्ट्री की प्रयोगशाला में कुछ घंटे बिताना समय का सही उपयोग है तो आप इससे अधिक गलत नहीं हो सकते। प्रयोगशाला में बिताए इस समय को अपने आपको तनावमुक्त करने का और सीखने का एक दिलचस्प तरीका समझिए। रसायन का धुआँ, टेस्ट ट्यूब का फटना, रंगों का बदलना, सबकुछ JEE की परीक्षा में जरूरत के समय काम आएगा।

63. प्रतिक्रिया के कार्ड

आपको WWE के ट्रेडिंग कार्ड याद हैं, द रॉक, स्टोनकोल्ड, द अंडरटेकर? याद है, आपको किस तरह से WWE की बहुत सारी बातें मुँहजबानी याद थीं (जैसे—लंबाई, वजन, जीते हुए खेल इत्यादि)। उन काड्र्स के जरिए आप यह जानते थे कि आपको कब, कौन से कार्ड को खेलना है और आपको कौन सी जानकारी पूछनी है, जिससे कि आप अपने प्रतिद्वंद्वी को मात दे सकें। यह प्रतिस्पर्धा थी और खेल जीतने की इच्छा, जो आपको इन काड्र्स से बहुत सारी जानकारी पाने को प्रेरित करती थी। अब समय है उस ऊर्जा एवं प्रेरणा को अकार्बनिक रसायनशास्त्र के लिए इस्तेमाल किया जाए।

चक्कर खा गए? आप अब भी उन ट्रेडिंग काड्र्स से ही खेलेंगे, केवल नाम बदल जाएँगे। अतिवृद्ध WWE के पात्र के बदले में अब एसिड और क्षरक (बेस) हैं। (जीवन कभी-कभी बहुत निर्दयी होता है)। आप अभिकारकों के रंग एवं रासायनिक फॉर्मूले बताने तथा किसी प्रतिक्रिया में सम्मिलित उप-परिणामों के लिए अपने मित्रों के साथ प्रतिस्पर्धा कर रहे होंगे।

अब आप निश्चय ही यह सोच रहे होंगे कि आप हर प्रतिक्रिया के लिए कार्ड कैसे बनाएँगे? यहाँ पर आपका 'स्टडी ग्रुप' आपके काम आएगा। कुछ दोस्तों के साथ जुड़ जाइए और आपस में ही प्रतिक्रिया कार्ड बनाने की जिम्मेदारी को बाँट

लें, हालाँकि ये कार्ड बाजार में उपलब्ध हो सकते हैं, लेकिन मेरा यही सुझाव है कि आप इन्हें स्वयं बनाएँ। अकार्बनिक रसायनशास्त्र के कार्डों की जानकारी, जो आप अविश्वसनीय स्रोतों से प्राप्त करते हैं, प्रायः गलत होती है, इसलिए अपने स्वयं के कार्ड बनाते समय जानकारी के लिए अच्छे स्रोतों से उन्हें प्राप्त करना बेहतर होगा। ध्यान रखिए कि आप उन्हें कागज अथवा गत्ते से ही बनाएँ, ताकि वे दो साल तक काम आ सकें। (अथवा शायद इन कार्डों को फिर से बनाना बेहतर होगा। अभ्यास करिए!) इन कार्डों को बनाते समय ध्यान रखिए कि निम्नलिखित विवरण हों—उसमें सम्मिलित रसायन, उनके रंग, अवक्षेपण, रासायनिक फॉर्मूले, वैज्ञानिक एवं घरेलू नाम, उनके ऊष्मीय (एंडॉथर्मिक, एक्सोथर्मिक), उनकी प्रतिक्रिया का स्वभाव इत्यादि।

जब आप ये कार्ड बना लेते हैं तो जरूरी है कि आप एक-दूसरे को चुनौती दें कि वे किसी खास प्रतिक्रिया की कितनी अधिक जानकारी दे सकते हैं? जिन रसायनों का प्रयोग हुआ है (मान लीजिए, कॉपर और सल्फ्यूरिक एसिड), जो कार्ड के सामने लिखे गए हैं। अपने मित्र से संपूर्ण प्रतिक्रिया के संबंध में, रंगों एवं अन्य गुणों, विभिन्न बने उत्पाद—

Front	Back
Copper+Sulphuric Acid	$Cu + H_2SO_4 CuSO_4.5\ H_2O$ Color : Blue Household Name : Blue Vitriol Scientific Name: Copper Sulphate Pentahydrate $CuSO_4.5H_2O \xrightarrow{Heat} CuSO_4.H_2O \xrightarrow{Heat} CuSO_4$ (White)

($5H_2O$, $1H_2O$) इत्यादि के विषय में पूछिए।

64. आपको बस, थोड़ी सी मेहनत की जरूरत है

मैं अकार्बनिक रसायनशास्त्र का कभी भी एक बहुत बड़ा प्रशंसक नहीं रहा हूँ;[14] बल्कि सच कहूँ तो मैं उससे डरता था। मुझे किसी और चीज से इतना डर नहीं

---

14. पारस

लगता था, जितना कि इस बात से कि अपनी नोटबुक को रँगना है और निरुद्देश्य समीकरणों को याद रखना है। मेरे लिए तो समीकरणों का कोई अर्थ ही नहीं था; हालाँकि मैं हमेशा कारण ढूँढ़ने की कोशिश किया करता था कि यह मिश्रण नीला क्यों है और दूसरा हरा क्यों है? सौभाग्य से मुझे एक ऐसे शिक्षक मिले, जो यह जानते थे कि मेरी इस विषय में अधिक रुचि नहीं है। उन्होंने मेरे साथ थोड़ी मेहनत की। प्रतिदिन सवेरे जब भी मैं कक्षा में घुसता, वे मुझे एक-न-एक प्रतिक्रिया को पूरा करने को कहते और उस मिश्रण में इस्तेमाल किए गए रंग बताने को कहते। यदि मैं यह बताने में असफल रहता तो मुझे अगले दो घंटे खड़े रहने को कहा जाता और कक्षा के एक कोने से लेक्चर सुनना होता था। अगर मैं स्केच पेन लाना भूल जाता तो फिर भगवान् ही बचाए! उसका मतलब होता था, वापस घर जाना अथवा एक नया सेट खरीदना। शुरू में तो यह बहुत बुरा लगता और मेरा मन करता कि मैं उनकी कक्षा में ही न जाऊँ; परंतु एक सप्ताह ठंड में खड़े रहने के बाद मैंने खुद से कहा, 'कितना मुश्किल होगा यार! बहुत हुआ।' इसलिए मैंने जो समीकरण पिछले दिन सिखाए गए थे, उन्हें पढ़ना शुरू किया। हाँ, मैंने अगले दिन बोर्ड पर लिखे समीकरण के प्रश्नों का उत्तर दिया; परंतु फिर मुझसे पिछले हफ्ते के प्रश्न पूछे गए और फिर वही! मैं एक बार फिर कोने में खड़ा कर दिया गया। बहरहाल, मैंने चोट खा ली थी और मैं समझ गया था कि इन्हें दिमाग में बिठाना इतना मुश्किल भी नहीं था।

मैं जो कहना चाहता हूँ, वह यह है कि कभी-कभी आपको ऐसे इनसान की जरूरत होती है, जो आपको धकेल सके। यदि आप इतने खुशकिस्मत नहीं हैं कि आपको ऐसा शिक्षक मिल जाए, तो आप अपने मित्रों का एक ग्रुप बना लें, जिसमें आप एक-दूसरे को धकेल सकें। पाँच अथवा दस नई प्रतिक्रियाओं को निश्चित कीजिए, जिन्हें आपको हर रोज याद करना है और अगले दिन आप उनमें से किसी एक प्रतिक्रिया पर प्रश्न कर सकते हैं। याद रखिए कि इन पाँच अथवा दस प्रतिक्रियाओं में और जुड़ती रहेंगी और अभ्यास करना सीखना होगा।

~•~

65. याददाश्त बढ़ानेवाले उपाय

स्मरणशक्ति बढ़ाने में कुछ उपाय सहायक होते हैं। ये खेल जानकारी को इस तरह पेश करते हैं, जो मनुष्य के दिमाग को जानकारी को और अधिक समय के

लिए सँजोए रखने में सहायक होते हैं। यह चिह्नों, भाषाओं इत्यादि को याद रखने के बहुत शानदार यंत्र होते हैं। हम सब ने, जो सबसे पहले स्मरणोकारी उपाय सीखा था, वह था, अपनी उँगली की गाँठों का इस्तेमाल करके महीने के दिन याद रखना। प्रत्येक गाँठ का अर्थ था, उस महीने में 31 दिन होते थे और प्रत्येक ड्रोन अथवा नाली (ट्रफ) का अर्थ था 30 (फरवरी में यही 28/29) दिन होते। ऐसे यंत्र आपकी जानकारी को दीर्घ समय की याददाश्त में बदलने और मजबूत कड़ियाँ बनाने में सहायता करते हैं, जिसमें कि आप जब भी आवश्यकता पड़े, उन्हें याद कर सकते हैं। जानकारी को याद रखना, जानकारी के स्टोर से अधिक, कड़ियों पर निर्भर करता है। हमारे दिमाग में यह क्षमता है कि वह बहुत अधिक मात्रा में जानकारी सँजोकर रख सकता है, परंतु यदि इस जानकारी को बहुत समय तक इस्तेमाल नहीं किया जाए तो स्टोर की कड़ियाँ कमजोर पड़ जाती हैं और हम जरूरत पड़ने पर उसे याद नहीं कर पाते। स्मरणोकारी किसी गाने, धुन या किसी कार्य के साथ उसका संबंध बताकर मजबूत कड़ियाँ बनाने में सहायक होते हैं। जब मस्तिष्क उस धुन अथवा कार्य को याद करता है, तब वह स्टोर को आवश्यक जानकारी देने के लिए प्रेरित करता है। इस प्रकार के कई अन्य यंत्र हैं, जैसे छोटी-छोटी कविताएँ, कहानियाँ अथवा छोटे-छोटे यादगार वाक्यांश।

स्मरणोकारी अकार्बनिक रसायनशास्त्र में अच्छा काम करते हैं और इसका कारण है इसकी स्वयं की भाषा, जिसमें स्वयं के चिह्न एवं नियम हैं। उदाहरण के लिए कॉपर को कॉपर क्यों कहा जाता है ? इसका बहुत छोटा सा तर्क है। सोडियम को सोडियम क्यों कहा जाता है, इसके पीछे बहुत बड़ा तर्क अथवा विवेचना है।

जिन विभिन्न प्रतिक्रियाओं को याद रखना आपको कठिन लगता है, उनके लिए छोटे-छोटे स्मरणोकारी बनाएँ। एक छोटी सी कहानी बनाएँ कि किस तरह से एक गरम, बारिश के दिन, ताँबा सड़क पर चला जा रहा था और वह उबलते तरल के गड्ढे के अंदर गिर जाता है, तो पता चलता है कि वह सल्फ्यूरिक एसिड था। कॉपर ने साँस लेने के लिए बहुत हाथ-पैर मारे, परंतु वह बहुत गहराई में डूब गया। अंत में कॉपर (ताँबा) एक बार फिर बाहर आया, परंतु इस बार नीला बनकर और उसके चारों ओर पानी के पाँच गुब्बारे थे।

आवर्ती टेबल के लिए नीचे एक और लाभदायक स्मरणोकारी दिया गया है—(अ) he le be, b(a)K N(a) o हास्यकर, na mug alsiPascl Arkca। शक्ति विकार्मन feCo Niku जान।

66. रिकॉर्डिड टेप

आपने कितनी बार खुद को कोई ऐसी धुन गुनगुनाते हुए पाया है, जो आपने बहुत लंबे समय पहले सुनी थी? जैसे ही आपके रेडियो ने उसे बजाना शुरू किया, तुरंत उसके बोल आपके मन में फिर आ जाते हैं और आप उसको रेडियो के साथ-साथ गाना शुरू कर देते हैं। बहुत बार ऐसा होता है कि जब कोई गलत बोल गा रहा होता है तो आप तुरंत पहचान जाते हैं। भले ही आप खुद भी सही शब्द न जानते हों, परंतु आप गलत शब्द आसानी से बता सकते हैं। ऐसे ही अपने मन की ताकत का उपयोग कर अकार्बनिक रसायनशास्त्र की प्रतिक्रियाओं को याद करिए।

मुझे अपनी अकार्बनिक रसायनशास्त्र की रंग-बिरंगी सांकेतिक नोटबुक ले जाना मुश्किल लगता था (खासतौर से उसके डेढ़ साल के दुरुपयोग के पश्चात्)[15] इसलिए मैंने तय किया कि मैं उन कारणों को ऑडियो-टेप में रिकॉर्ड कर लूँगा और उन्हें अपने वॉकमैन पर सुनूँगा (हाँ, मैं उस जमाने की बात कर रहा हूँ, जब वॉकमैन इस्तेमाल होते थे)। एक रिकॉर्डिंग उपकरण का इस्तेमाल करें (आपको केवल एक माइक्रोफोन और रिकॉर्डिंग सॉफ्टवेयर की आवश्यकता होगी) और अपनी ही आवाज में कारणों को रिकॉर्ड करें। ऐसा करने से आपको तुरंत नोटबुक देखकर रंगों की कल्पना करने में सहायता मिलेगी। आप खुद देखेंगे कि आप कितनी आसानी से प्रासंगिक पृष्ठ और रंगीन नोटबुक के रंगीन डिब्बों को याद कर लेते हैं!

आप iPod अथवा MP3 प्लेयर इस्तेमाल करें और जब भी आपको समय मिले, इन रिकॉर्डिंग को सुनें—बस स्टॉप पर खड़े-खड़े, मेट्रो में सफर करते हुए इत्यादि।

सबसे सही तो यही रहेगा कि आप संगीत और रसायनशास्त्र को बारी-बारी से आजमाते रहें, जिससे कि वह नीरस न हो। जब आप किसी प्रतिक्रिया को सुनते हैं तो उसे दिमाग में रखिए, जिससे कि वह आपके दिमाग में हमेशा-हमेशा के लिए बस जाए। आखिरी इम्तिहान, किसी समस्या को हल करते समय मन-ही-मन प्रतिक्रिया को दोहराएँ। इससे सटीक प्रतिक्रिया आपको याद आ जाएगी और यह आपके कानों को संगीत की तरह सुनाई देगी।

~•~

15. पारस

67. दीवार की ओर घूरिए

मैं आपके बारे में नहीं जानता, परंतु मुझे सबसे सही विचार रेस्ट रूम (शौचालय) के अंदर आते हैं। अगर आप उनमें से एक हैं, जिन्हें मेरी तरह, शौचालय के आराम के बीच में अखबार पढ़ना अच्छा लगता है, तो यह सलाह खासतौर से आपके लिए है। पता नहीं क्यों, परंतु मन, उन दस या पंद्रह मिनटों में सबसे अच्छा काम करता है और व्यक्ति अन्य समय से कहीं अधिक जानकारी सीख सकता है। रासायनिक प्रतिक्रियाओं को अपनी मैमोरी में डाउनलोड करने का यह सटीक समय है। कागज के दो पन्नों में कुछ प्रतिक्रियाएँ लिखिए (स्केच पेन से, बड़े अक्षरों में) और उन कागजों को अपने शौचालय की सीट के सामने की दीवार पर लगा दें। अपनी सवेरे की दिनचर्या करते समय, उन्हें एक बार पढ़ लीजिए। उन पन्नों को हर दसवें दिन बदल दीजिए अथवा उन्हें एक कोने में खिसका दें और मध्य में नई प्रतिक्रियाओं वाले नए पृष्ठ लगा लें।

आप कोई और दीवार भी चुन सकते हैं और इन पृष्ठों को उस पर लगा सकते हैं। महत्त्वपूर्ण बात यह है कि उन प्रतिक्रियाओं को पढ़ने के लिए आप थोड़ा समय जरूर दें। यदि आप सोचते हैं कि प्रतिक्रियाओं को छत पर लिखने से आपका काम होगा, तो जाइए और जाकर उन्हें वहाँ चिपका दीजिए।

भौतिक रसायनशास्त्र

भौतिक रसायनशास्त्र, रसायनशास्त्र का सबसे तर्कसंगत और संख्याचालित क्षेत्र है। यह भौतिकी और गणित से बहुत मिलता-जुलता है, क्योंकि यह कई अच्छे-परिभाषित नियमों एवं समीकरणों का अनुसरण करता है। इसकी कुछ ही धारणाएँ हैं और इसमें आपको किसी प्रतिक्रिया, मैकेनिज्म अथवा विभिन्न रासायनिक मिश्रण के गुणों को याद करने की आवश्यकता नहीं है। अत: यह JEE रसायनशास्त्र के तीन भागों में से सबसे सहज है। यह JEE के अधिकांश सफल उम्मीदवारों के लिए अधिक काम आनेवाला एक विषय है। इसमें बहुत कम धारणाएँ हैं और गिनी-चुनी वर्ग की समस्याएँ। भौतिक रसायनशास्त्र में आप कभी-कभार ऐसी समस्या पाएँगे, जिसमें कल्पना और कामचलाऊ प्रबंध की आवश्यकता होगी। सच में, बहुत आसान है। इस विषय को समझने के लिए कोई खास तकनीक अथवा कोई

महान् सलाह नहीं है। आवश्यकता है तो केवल फॉर्मूले समझने और याद करके, कार्यान्वित करने की, जबकि अकार्बनिक एवं कार्बनिक रसायनशास्त्र पेचीदा है और विभिन्न पुस्तकों से विभिन्न धारणाओं को पढ़ने की आवश्यकता हो सकती है। भौतिक रसायनशास्त्र काफी सरल है और सबसे अच्छा होगा यदि आप कक्षा की पुस्तकों से जुड़े रहें।

68. कैलकुलेटर को छोड़ दीजिए

भौतिक रसायनशास्त्र में आपको तेजी के साथ और सौ फीसदी सही होने की जरूरत होती है। तीन दशमलव तक की संख्याओं से काम होना होगा। मैंने प्रायः देखा है कि इसकी आवश्यकता होगी। आसान रास्ता चुनते हैं। समस्या को हल करने के लिए अपना गणक (कैलकुलेटर) निकाल लेते हैं। असल में भौतिक रसायनशास्त्र की अधिकांश समस्याएँ केवल एक गणक की सहायता से आसानी से सुलझाई जा सकती हैं। (किसी कागज अथवा पेन की आवश्यकता नहीं होती)। बहरहाल, अंतिम परीक्षा के समय आपको किसी प्रकार की मदद नहीं मिलेगी। आपको गणना हाथ से करनी पड़ेगी और यह काम तेजी से सटीकता के साथ करना पड़ेगा। सब गणना हाथ से ही करने की आदत डाल लीजिए और कैलकुलेटर का इस्तेमाल केवल तभी करें, जब आप उसे दोहरा रहे हों।

69. विषय को ग्यारहवीं कक्षा में ही समाप्त कर दीजिए

JEE के लिए भौतिकशास्त्र का पाठ्यक्रम बहुत बड़ा नहीं है और ग्यारहवीं कक्षा में आसानी से पूरा किया जा सकता है। सबसे अच्छा तो यह होगा कि आप संपूर्ण अथवा पाठ्यक्रम का अधिकांश भाग JEE की तैयारी के प्रथम वर्ष में ही समाप्त कर लें, लेकिन आपको यह समझना होगा कि यदि आप अपने स्कूल अथवा कोचिंग क्लास में उस विषय की रफ्तार से संतुष्ट हैं तो कोई जबरदस्ती नहीं है कि आप उस विषय को ग्यारहवीं कक्षा में ही समाप्त करें। यहाँ मूल बात

यह है कि भौतिक रसायनशास्त्र को समाप्त करने का अर्थ यह नहीं है कि आप अन्य विषयों पर ध्यान न दें। अतः ऐसा रास्ता अपनाइए, जिसे आप आराम से कर सकें और यदि आपको ऐसा लगता है कि आप इस विषय को समाप्त करने में अन्य विषयों को उतना समय समर्पित नहीं कर पा रहे हैं तो अपने ऊपर अत्याचार मत कीजिए।

कार्बनिक रसायनशास्त्र

अकार्बनिक रसायनशास्त्र और कार्बनिक रसायनशास्त्र भी—दोनों मुख्य तौर पर प्रतिक्रियाओं और प्रतिक्रिया मैकेनिज्म के विषय में हैं। कार्बनिक, अकार्बनिक से थोड़ा आसान है (मेरी राय में) क्योंकि यहाँ याद करने को कोई रंग नहीं हैं, परंतु जैसा कि हमने देखा है अकार्बनिक रसायनशास्त्र में पहले जटिल कार्बनिक मिश्रण आए और फिर उसके बाद आए प्रतिक्रियाओं के स्पष्टीकरण, जिसके कारण मिश्रण बने। अतः आपको उसे समझने और प्रतिक्रिया मैकेनिज्म को सीखने और उन्हें बार-बार इस्तेमाल करने की प्रक्रिया से एक बार फिर गुजरना होगा।

हालाँकि अकार्बनिक रसायनशास्त्र का कार्यक्षेत्र बहुत विशाल है। JEE के कार्बनिक रसायनशास्त्र के पाठ्यक्रम में बहुत सीमित धारणाएँ हैं। अतः आपको अकार्बनिक रसायनशास्त्र की तैयारी की तुलना में कार्बनिक रसायनशास्त्र बहुत आसान लगेगा।

~•~

70. संपूर्ण नोटबुक को पुनः लिखें

मेरे कार्बनिक के एक शिक्षक का विषय पढ़ाने का एक अद्‌भुत तरीका था।[16] वे प्रतिक्रिया मैकेनिज्म समझा देते थे। कुछ-एक उदाहरण दिखा देते थे और फिर हमें कुछ अभ्यास के सवाल करने को देते थे। अगले दिन का लेक्चर, बोर्ड पर लिखे प्रतिक्रिया के प्रश्नों से शुरू होता और वे किसी को भी उनको हल करने के लिए बुला लेते थे। उम्मीद की जाती थी कि हम उनको, जो थोड़ा निर्धारित समय था, उसमें सही हल कर देंगे। जब तक कि दसों प्रश्न हल नहीं हो जाते थे, लेक्चर

---

16. पारस

आरंभ नहीं होता था। उन लोगों के लिए, जो प्रतिक्रिया को नहीं सुलझा पाते थे, नियम बहुत आसान था। अगली कक्षा तक उन्हें एक नोटबुक देनी पड़ती थी, जिसमें उस समय तक सिखाए गए समस्त प्रतिक्रिया मैकेनिज्म दिए हों। इसका अर्थ था कि उस बदकिस्मत को, जिनमें मैं भी शामिल था, एक वर्ष के अंदर प्रत्येक प्रतिक्रिया को चार बार लिखना पड़ता, परंतु इस प्रक्रिया से मुझे निश्चित रूप से लाभ हुआ। संपूर्ण नोटबुक को चार बार लिखने के लिए आप मुझे निश्चित रूप से बेवकूफ कहेंगे, परंतु मैं इस प्रक्रिया से काफी कुछ सीखने में कामयाब रहा। इससे मैं अपनी गलतियों को सुधार सका, क्योंकि यदि मुझे अपने तरीके के भरोसे छोड़ दिया जाता तो मैं शायद उस पर इतना ध्यान नहीं देता।

ध्यान देनेवाली एक और बात यह है कि कड़ी मेहनत, जिससे मैं पीछे नहीं हटा। मैं आराम से सरल तरीका अपना सकता था, जैसा कि मेरे कुछ सहपाठियों ने किया। वे अगली कुछ क्लास में गए ही नहीं, परंतु इसका अर्थ होता, बिना कोशिश करे हार मान लेना! आपको यह समझना होगा कि आपको कुछ ऐसी चीजें भी सीखनी होंगी, जो आपको दिलचस्प नहीं लगतीं। यदि आप JEE में सफल होना चाहते हैं तो आपको हार मान लेने की आदत से लड़ना होगा। आपने जो अपने लिए लक्ष्य निर्धारित किया है, उसके लिए ईमानदार और सच्चे बने रहें। उसकी ओर अग्रसर रहें।

सारांश में रसायनशास्त्र

रसायनशास्त्र केवल अभ्यास का विषय है। अकार्बनिक एवं कार्बनिक रसायनशास्त्र में आपको प्रतिक्रिया मैकेनिज्म का अभ्यास करना पड़ता है, जबकि भौतिक रसायनशास्त्र में आपको गणना का अभ्यास करना होता है, जिसमें कि आप समस्याओं को तुरंत हल कर सकें। प्रारंभ में कार्बनिक और अकार्बनिक से मुझे बहुत समस्या हुई, परंतु मैंने अपने आपको अंतिम परीक्षा में 'कट ऑफ' को पार करने की याद दिलाई।[17] मैंने अपने शुरुआती महीनों में बहुत कठिन परिश्रम किया, परंतु अंत में मैं विचारधाराओं को JEE की रसायन विज्ञान की परीक्षा देते समय अच्छी तरह समझने लगा। रसायन विज्ञान के लिए अंतिम सलाह यह है—उसमें लगे रहो और आपकी समस्याएँ अपने आप सुलझ जाएँगी।

---

17. पारस

गणित

यहाँ पर थोड़ी तेजी दिखाने के लिए तैयार रहिए। गणित में सिखाने लायक बहुत ज्यादा कुछ भी नहीं है। अधिकांशत: यह स्वयं करके, चीजों के हिसाब अथवा गणना से संबंधित है। साफ शब्दों में कहें तो फॉर्मूले, थ्योरम, प्रमेय इत्यादि। कोई शिक्षक अथवा कोई पुस्तक आपको यह सब समझा सकती है, परंतु उनको समस्याओं में इस्तेमाल करना और यह निश्चित करना कि कौन सा, किस अवस्था में सबसे अधिक महत्त्वपूर्ण होगा, यह इस्तेमाल करनेवाले की कला और उसके ऊपर निर्भर करता है। गणित पढ़ाया नहीं जा सकता; उसे सीखना होता है। शायद यही कारण है कि छात्र इस विषय से इतना डरते हैं। मैं आप लोगों के साथ उन बातों को साझा करूँगा, जो मेरे काम आईं।

~•~

71. अभ्यास

गणित के मामले में पुस्तक नाम की कोई चीज नहीं है, केवल अभ्यास पुस्तिकाएँ हैं। गणित, पेन और कागज को इस्तेमाल करके इसे सीखा जाता है, पढ़कर नहीं। गणित पढ़ने पर लगाया गया हर क्षण समय की बरबादी है। यहाँ नोट्स आपकी सहायता नहीं करेंगे; अत: उनके विषय में चिंता न करें। प्रत्येक नियम, थ्योरम, सिद्धांत और फॉर्मूले को, समस्या में इस्तेमाल करके ही सीखा जाता है। अभ्यास से रफ्तार भी बढ़ जाती है, जो कि JEE के लिए बहुत महत्त्वपूर्ण है। JEE में सरल प्रश्न जैसी कोई चीज है ही नहीं। सबसे सरल प्रश्न को भी कोई उम्मीदवार हल करने में कितना समय लगाता है, इतनी सी बात से ही उसकी रैंक पर बहुत असर पड़ सकता है। अत: गणित का अभ्यास करते रहिए, क्योंकि (1) यही गणित सीखने का एकमात्र तरीका है, (2) ऐसा करने से आपके छोटी-छोटी गलतियाँ करने के मौके कम हो जाते हैं, और (3) यह आपकी समस्या को हल करने की रफ्तार को बढ़ा देता है। गणित के लिए केवल एक ही पते की बात है—अगर आप उसका इस्तेमाल नहीं करेंगे, तो आप उसे खो देंगे।

~•~

72. अभिगम/प्रस्ताव

गणित बहुत टेढ़ा और भयानक भी हो सकता है। समस्याएँ बहुत गूढ़ एवं अमूर्त हो सकती हैं। आपको इन भयानक चीजों से दूर रहना है। JEE इंजीनियरिंग में प्रवेश की परीक्षा है। इंजीनियर ऐसी वस्तुओं का निर्माण करते हैं, जिससे मानव जाति के लिए जीवन आसान हो जाए। अत: उन्हें केवल उतने ही गणित की आवश्यकता है, जो उन्हें चीजें बनाने में सहायता दे सके। उनके उत्तर शीघ्रता से देने की आवश्यकता है। अत: गणित में अत्यधिक कठिन समस्याओं को करते समय बहुत सावधान रहिए। हो सकता है, आपको इतना गहरा जाने की आवश्यकता ही न हो!

यदि आप गणित के ओलंपियाड की तैयारी कर रहे हैं अथवा श्रेष्ठ गणितज्ञ बनना चाहते हैं तो बेशक गहरे में जाइए; परंतु इस विषय में सफलता तभी मिल सकती है, जब आप इसकी गहराई में डूबने की बजाय अपने दिमाग में कुछ नया सोचें। उन धारणाओं से दूर रहिए, जिन्हें आपको JEE के लिए जानने की आवश्यकता नहीं है। गणित बहुत सुविस्तृत विषय है।

~•~

73. लेखा चित्रीय (ग्राफिकल) प्रस्तुति

JEE में गणित में सफल होने के लिए आवश्यक है कि आप समस्याओं को धीरे-धीरे ग्राफ के रूप में प्रस्तुत करना सीख जाएँ। अत: आपको इस कुशलता के लिए बहुत कड़ा परिश्रम करना पड़ेगा। जब भी आप बीजीय (अल्जेब्रिक) समीकरण देखें, आपको चाहिए कि आप उसी समय उनकी लेखा चित्रीय प्रस्तुति (काउंटर पार्ट) बना लें। आपको रैखिक समीकरण, समीक्षकनिक समीकरण, चतुष्कोण समीकरण और असमानताओं की कल्पना कर उन्हें ग्राफिक तरीके से सुलझाना आना चाहिए। यह क्षमता केवल अभ्यास से ही हासिल की जा सकती है।

~•~

74. विकल्प देना (सब्सिटीट्यूशन)

गणित में प्रतिस्थानिक या स्थानापन्न तैयार करने की क्षमता एक और मूल सिद्धांत है। प्रतिस्थानिक में जटिल प्रश्नों को सरल एवं साधारण बनाने की क्षमता है।

इसका विकास विभिन्न प्रकार की समस्याओं का अभ्यास करके ही हो सकता है। प्रस्थानिक के विषय में सोचने का यह एक अच्छा तरीका है। एक ऐसी सीढ़ी की कल्पना कीजिए, जहाँ सीढ़ियों का साइज घटता जाता है। अत: प्रारंभ में सीढ़ियाँ बड़ी होती हैं, फिर वे छोटी होती जाती हैं, जब तक कि वे एक ताले के छेद के बराबर नहीं हो जातीं। यदि रूसी गुड़ियों को इन सीढ़ियों पर चढ़ना होता तो सबसे पहले वे सबसे बड़ी गुड़िया के अंदर बैठ जातीं; फिर जैसे-जैसे सीढ़ी सँकरी होती जाती, एक के बाद एक छोटी गुड़िया उसमें से निकलती, जब तक कि अंतत: उनमें से सबसे छोटी (और शायद सबसे प्यारी) अंतिम सीढ़ियों में से पिचककर उसमें से निकल नहीं आती।

इसी प्रकार, गणित के प्रश्नों को सँकरी होती सीढ़ी के जैसा ही देखा जा सकता है। आप पहले बड़े हिस्सों की अभिव्यक्तियों को जोड़कर एक वेरिएबल बनाकर कम करें। फिर, जब आप अंतिम उपाय पर जाने की कोशिश करते हैं, वेरिएबल्स को विस्तारित करें, जैसे कि आप इन रूसी गुड़ियों को खोल रहे हों!

एक आसान उदाहरण अभिव्यक्ति $x^2 + 2x^2$ ex $+e^2X$ के अंतर को बताना होगा। इसको करने का एक तरीका है, सत्र-दर-सत्र पर जाकर। सत्र 2 के गुणनफल नियम को लागू करने का एक और तरीका है कि यह (x^2+e^x)^2 के अलावा कुछ और नहीं है और फिर आप इसको हल कर सकते हैं, केवल y=x^2+e^x को प्रतिस्थापित करके, अत: अब y बड़ी रूसी गुड़िया बन गई है तो आप बड़ा कदम लेंगे y^2 को 2y में स्थानांतरित करके और बड़ी गुड़िया y को खोलकर अंदर की x^2 +e^x में लेकर।

~•~

75. फॉर्मूले की सूची और कुंजी

कुछ लोगों के लिए गणित, फॉर्मूलों के जंगल से अधिक कुछ नहीं है। इसका यह अर्थ नहीं है कि आप रुककर जंगल की ओर घूरते रहें और उसके अंदर प्रवेश न करें। आपको उसके अंदर जाना पड़ेगा। एक बार जब आप प्रत्येक काँटेदार फॉर्मूले के झाड़-झंखाड़ को काटकर आगे बढ़ेंगे, तभी आप जंगल के मध्य में पहुँचेंगे, जहाँ सुंदर फव्वारे और चमकती धूप है। संक्षेप में कहें तो फॉर्मूला एक आवश्यक बुराई है और एक बार जब आप उससे गुजर जाते हैं तो आप गणित की असली सुंदरता देखते हैं।

आप जंगल से कैसे गुजरें? सूची एवं कुंजी होना इसका सबसे आसान एवं प्रामाणिक तरीका है। उधार लिये हुए या छपे हुए नहीं, बल्कि उन्हीं का प्रयोग करें, जिन्हें आपने अपने हाथों से लिखा हो। केवल आप ही जानते हैं कि आप याद रखना चाहते हैं। किसी और की सूची में हो सकता है, कोई ऐसी चीज न हो, जिसे आप हमेशा भूल जाते हैं और कोई ऐसी चीज हो, जो आपको मुँहजुबानी याद हो।

~•~

76. वैदिक युग 4000 वर्ष पूर्व था

वैदिक गणित हमारे दिल के बहुत करीब था। यह पुरातन भारत का वह ज्ञान है, जो कई युगों से चला आ रहा है। यह पिछले 4000 वर्षों से बदलते समय के बावजूद दुनिया के समस्त विज्ञानों एवं इतिहासकारों को सम्मोहित करता रहा है। एक ऐसे व्यक्ति के तौर पर, जिसे पुरातन इतिहास पसंद हो, मेरे वैदिक गणित में उसकी बहुत इज्जत है और मैं प्रत्येक इंजीनियर और हर छात्र को इसे पढ़ने और इसके विषय में अधिक जानकारी हासिल करने के लिए प्रोत्साहित करूँगा।[18] और मैं यही बात 'अर्थशास्त्र', 'मालविकाग्निमित्र', 'अभिज्ञान शाकुंतलम्', 'प्रिंसिपिया' और 'इंडिका' के विषय में कहूँगा, परंतु क्या इनमें से किसी का भी JEE से दूर-दूर तक कोई संबंध है? नहीं।

वैदिक गणित में सरल चीजें (जैसे गुणा एवं भाग) करने के कई सुगम रास्ते एवं तरीके हैं। निश्चिंत रहिए कि JEE के परीक्षक आपको कभी भी ऐसे

---

18. विवेक

प्रश्न नहीं देंगे, जिनमें आपको नौ अंकोंवाली संख्याओं को गुणा अथवा पंद्रह अंकोंवाली संख्या को ग्यारह अंकोंवाली संख्या से भाग करना पड़े। बहरहाल, यदि आप ओलंपियाड की तैयारी कर रहे हैं, तो आप परेशान न हों, क्योंकि वैदिक गणित JEE पाठ्यक्रम का हिस्सा नहीं है (दोहरा रहा हूँ)। यही बात उसके सामने दोहराइए, जो यह सुझाव देता है कि आप वैदिक गणित के लिए छोटी पुस्तिकाएँ खरीदें अथवा किसी वैदिक गणित के गुरु के साथ शाम की क्लास करें।

77. जटिल अंक

यह समझना कि जटिल संख्याएँ क्या होती हैं और हमें इनकी क्यों आवश्यकता होती है, थोड़ा कठिन है। इंजीनियरिंग की कई शाखाओं में, जटिल अंक समस्याओं को हल करने को बहुत आसान कर देते हैं। जिस तरह की समस्याओं को छात्र स्कूल में हल करते हैं, उनमें जटिल अंकों की आवश्यकता नहीं होती; परंतु जिस तरह की समस्याओं को वे इंजीनियरिंग कॉलेजों में हल करेंगे, उनमें इनकी आवश्यकता होगी। छात्र की हैसियत से आपको यह बात विनम्रता से स्वीकार करनी पड़ेगी कि जटिल अंकों का किस तरह इस्तेमाल किया जाता है! यह आपके इंजीनियरिंग के पेशे में बहुत महत्त्वपूर्ण होगा। यही कारण है कि यह JEE के पाठ्यक्रम का हिस्सा है।

जटिल अंकों के तीन विभिन्न प्रतिरूप हैं—मूल, ज्यामितीय और इयुलर प्रतिरूप। यह जानते हुए कि कौन सा प्रतिरूप किस समस्या को हल करने में सबसे अच्छा होगा और हरेक जटिल संख्या—जैसे जोड़, घटाना, गुणा, भाग और जटिल को परिचालित करने की क्षमता, इनमें से प्रत्येक को दूसरे रूप में परिवर्तित करने की कला में आपको प्रवीण होना पड़ेगा। यहाँ पर अभ्यास काम आता है, क्योंकि अभ्यास से आप समस्या हल करने में समय बरबाद न करके तेजी से समाधान की कल्पना कर सकेंगे। अत: किसी समस्या को हल करने के सबसे बेहतर तरीके का मूल्यांकन, मन में ही उसके कुछेक विकल्प लगाकर कर सकेंगे।

यह आवश्यक है कि आपको किसी जटिल संख्या के असली एवं काल्पनिक भागों को पूरे तौर पर अलग होने को समझना होगा। यह दोनों एक-दूसरे से पूर्णरूप से स्वाधीन हैं। अत: एक सहज जटिल अंक का समीकरण हमेशा दो समीक्षनिक

समीकरण होते हैं—असली एवं काल्पनिक भागों के।

आप में ये चीजें द्रुत गति से करने की क्षमता होनी चाहिए—पहली है 1 और −1 की शक्तियों का परिकलन करना और दूसरा है, प्रत्येक कोण के त्रिकोणमिति अनुपात में, 15 (nपाई12) के गुणज में जानना। संख्या i (पाई और e भी) JEE की सबसे बुनियादी धारणाओं में से एक है और आपको इसे अपनी तैयारी में प्रारंभ से ही समझना और मान लेना चाहिए; हालाँकि आपके पाठ्यक्रम में त्रिकोणमिति काफी बाद में आती है। जटिल संख्याओं में सफलता आपकी बुनियादी त्रिकोणमिति के नियम और उन पर विशेषज्ञता और महत्त्वपूर्ण कोणों पर निर्भर करती है।

78. चतुर्थकोण समीकरण

चतुर्थकोण समीकरणों को पहले सामान्य रूप ax2+bx+c में कम करना होगा, तब ही स्थिरांक को निर्धारित करनेवाले नियम a, b और c को लागू किया जा सकता है। यही तरीका है, जो हमेशा काम करता है। समस्या की जटिलता से घबराएँ नहीं। यह बहुत संभव है कि a, b और c को बहुत जटिल जताया जाए, परंतु उसको जोड़नेवाले सहज नियम जैसे-के-तैसे रहते हैं। प्रतिस्थापन और ग्राफिक प्रतिनिधित्व, दोनों ही चतुर्थकोण समीकरणों को सुलझाने में बहुत महत्त्वपूर्ण हैं। नोट करनेवाली एक और बात है कि क्योंकि चतुर्थकोण समीकरणों के नियम एक समानता के रूप में होते हैं, तो बहुत सारी असमानता की समस्याओं को चतुर्थकोण समीकरण को इस्तेमाल करते हुए बनाया जाता है।

79. श्रृंखला और अनुक्रम

श्रृंखला और अनुक्रम की समस्याओं में आपको इंडाइसेज और उनकी दूरी के विषय में बहुत सावधानी बरतनी होगी। अधिकांशतः इंडाइसेज 0 से प्रारंभ होते हैं, अतः n निबंधनों के लिए वह (n-1) के मूल्य पर समाप्त होते हैं। यह कई लापरवाह गलतियों का स्रोत है।

एक और निपुणता, जो होनी चाहिए, वह यह है कि आप देख सकें कि ऐसे,

जैसे शृंखला अग्रसर होती है, कौन सा अनुक्रम रह जाएगा और कौन सा गिर जाएगा! उदाहरण के लिए, यदि किसी शृंखला में x-n + e-nx है, आपको एकदम से यह देख लेना चाहिए कि जैसे-जैसे शृंखला आगे बढ़ती है और अपरिमित हो जाती है, यह दोनों अनुक्रम ही गिर जाएँगे अथवा 0 बन जाएँगे। यह भी याद रखिए कि अधिक एवं कम की धारणा अर्थहीन हो जाती है, जब हमारा संपर्क अपरिमित से हो जाता है, जबकि 5x >2x, जब x अपरिमित एवं सकारात्मक होता है, तो अपरिमित में दोनों समान हो जाते हैं, क्योंकि x अपरिमित का अभिमुख हो जाता है। शुरू में, इस बात को हजम करना कठिन होता है कि जैसे-जैसे शृंखला बनती जाती है, असमान चीजें, शून्य अथवा अपरिमित में अभिभूत हो जाती हैं। यदि आप इसे इस प्रकार से देखें तो इसको ईश्वरत्व के साथ जोड़ा जा सकता है। अमीर अथवा गरीब, चतुर अथवा मूर्ख, सब या तो स्वर्ग या नरक में जाते हैं। अत: 3n अथवा 4m अथवा x-n+e-nx सब शून्य अथवा अपरिमित में जाएँगे, क्योंकि n और m बड़े होते जाएँगे।

~•~

80. प्रस्ताव एवं संयोजन

इस विषय में इस धारणा के आदी होने में कुछ समय लगता है, परंतु एक बार आप इनके आदी हो जाते हैं, तो इन समस्याओं को सुलझाना अपेक्षाकृत सरल हो जाता है। इस क्षेत्र में दो प्रकार की चुनौतियाँ होती हैं—समस्या का निर्माण और अभिव्यक्ति का लघुकरण।

समस्या के निर्माण में पासे की स्थिति, रंगीन गेंदें, एक टेबल पर बैठे लोग इत्यादि। यह याद रखिए कि परीक्षक आपसे पूछने के लिए एक बिलकुल ही नई समस्या ढूँढ़ लेगा और आपको वैचारिक तौर पर बहुत मजबूत होना पड़ता है, बजाय इसके कि आप आदर्श समस्याओं को याद करने के जाल में न घिर जाएँ! अभ्यास बहुत आवश्यक है, परंतु चाल यह है कि आप जितना अधिक हो सके, सुलझाई हुई समस्याओं को इस्तेमाल करें। अपने आप से ही उन्हें करने की चेष्टा करें, फिर सही हल को देखें और यह जानने की कोशिश करें कि आप कहाँ गलत हुए थे अथवा जो लेखक ने किया है, उससे कितना अलग गए थे! अपने तरीके को धीरे-धीरे सही करना बहुत आवश्यक है।

अभिव्यक्ति कम करनेवाली समस्याओं के लिए, निश्चित कर लीजिए कि आप जितने अधिक हो सकें, उतने छोटे रास्ते कंठस्थ कर लें। प्रस्ताव एवं संयोजन निबंधन के बहुत सारे व्युत्पन्न नतीजे हैं। आप जितना अधिक याद रख सकेंगे, उतनी ही तेजी से आप जटिल समस्याओं को कम कर सकेंगे।

81. मेट्रिसेस

JEE के स्तर में यह शायद सबसे आसान विषयों में से एक है। पूर्व स्नातक एवं स्नातक स्तर पर मेट्रिक्स बहुत अधिक जटिल हो जाती है और इसे प्राय: प्रत्येक संगणना के विषय में इस्तेमाल किया जाता है, परंतु अभी उसकी सहजता का आनंद लीजिए। जैसा कि आसान विषयों में होता है। मूलमंत्र है कि आप बहुत ध्यान दें और कोई भूल न करें। दो मेट्रिक्स को गुणा करने का आपको अभ्यास करना चाहिए, क्योंकि यह भूल संभावित है।

एक और चीज, जो आपको ध्यान में रखनी होगी, वह यह है कि विभिन्न प्रकार के मेट्रिक्स और उनके गुण क्या हैं? कोचिंग की कोई भी अच्छी पुस्तक चलेगी। मेट्रिक्स के इर्द-गिर्द बहुत सारे सरल नियम हैं, जैसे दो त्रिकोण मेट्रिक्स को गुणा करके सदैव एक त्रिकोण मेट्रिक्स होता है; निर्धारक का मूल्य वही है, जब उसे किसी रेखा अथवा स्तंभ में रखा जाता है, इत्यादि-इत्यादि। आप जितने अधिक नियम याद रखेंगे, उतनी ही जल्दी आप अपनी मेट्रिक्स की समस्याओं को हल करेंगे। सही मायनों में उच्च वैज्ञानिक और इंजीनियरी के विषयों में भी ये नियम काम में आते हैं। उदाहरण के लिए, एक मेट्रिक्स को उलटा करने की कोशिश, कभी-कभार थोड़ी कठिन होती है। आप पहले से ही इसके निर्धारक का परिकलन कर सकते हैं और यदि यह शून्य होता है, तो आप सीधे-सीधे जान जाते हैं कि इसको उलटना संभव नहीं है। अत: समय क्यों बरबाद करें? विकर्ण और एकात्म मेट्रिक्स के भी कुछ बहुत सुंदर गुण होते हैं। अत: मेट्रिक्स के प्रश्नों में, लोग सामान्यत: मेट्रिक्स को विकर्ण और एकात्म रूप में कम करने की ओर दौड़ते हैं; क्योंकि फिर वह नियमों को लागू कर सकेंगे और शीघ्रता से निष्कर्ष पर पहुँच सकेंगे।

82. संभाव्यता

आप संभाव्यता में तभी मजबूत हो सकते हैं, यदि आप प्रस्ताव एवं संयोजन में मजबूत हों। केवल संभाव्यता में जो सबसे नई धारणा होगी, वह है प्रतिबंधित संभाव्यता और बयेसकाथीओरेम। यह एक ऐसा विषय है, जिसे आपको समझना और उसके गुणों को पसंद करना होगा। आपको इसे अपनी रोजमर्रा की जिंदगी में इस्तेमाल करना शुरू करना होगा। उदाहरण के लिए, जब भी आप स्कूल के लिए रवाना होते हैं, स्कूल समय पर पहुँचने की संभावना के विषय में सोचें। हाँ, प्राय: हर विषय में संभावना ढूँढ़े जाने का तरीका होता है; अत: किसी भी घटना को लीजिए और उसके होने की संभावना के जरिए उसके विषय में सोचिए। एक और दिलचस्प उदाहरण हो सकता है—इस बात की क्या संभावना है कि आज कक्षा में आप किसी लड़की के साथ बैठेंगे (एक लड़के के साथ बैठने के विपरीत)? संभाव्यता को समझने के लिए एक मजाकिया तरीका विकसित करना बहुत आवश्यक है और कुछ समय बाद यह स्वाभाविक तौर से आ जाता है।

~•~

83. त्रिकोणमिति

त्रिकोणमिति 't' से आरंभ नहीं होती; वह 'pi ' से प्रारंभ होती है। केवल pi को समझ लेते हैं तो आपने आधी त्रिकोणमिति समझ ली है। जब कोई आपसे पूछे कि pi क्या है तो मेहरबानी करके यह मत कहिए कि वह 22/7 होती है। pi एक वृत्त के व्यास का उसकी परिधि से अनुपात है। कोई भी pi का सही मूल्य नहीं बता सकता है। लोगों ने उसकी बहुत सारे दशमलव तक गणना की है, परंतु वह समाप्त होता ही नहीं है। अत: pi को समझने के लिए थोड़ा और समय लीजिए। आपको रेडियस के साथ और अधिक कार्य करना होगा। अत: आप जितनी जल्दी डिग्री इस्तेमाल करने की आदत से बाहर निकल आएँगे, उतना ही आपके लिए अच्छा होगा। एक 30^0 के कोण के स्थान पर अब आपको कहना चाहिए $6/\pi$ रेडियस का। एक बार जब आप pi और रेडियस के साथ सहज हो जाते हैं तो समझिए कि याद करने का समय शुरू हो गया है। हाँ, गणित के लिए अच्छी याददाश्त होना आवश्यक है। मुख्य कोणों के त्रिकोणमितिक अनुपात याद करने होंगे; एक और

चीज जो याद रखनी होगी, वह है, सवालों के लिए जटिल फॉर्मूले और कोणों का अंत और त्रिकोणमितिक अनुपातों के मध्य रिश्ता (सुझाव#25)।

इस स्थान पर उत्कृष्ट पाठ्य-पुस्तक, S.L. Loney की 'प्लेन ट्रिग्नोमेट्री' का नाम न लिया तो यह अनुचित होगा। यह उन्नीसवीं शताब्दी के महान् गणितज्ञ द्वारा लिखी एक पतली सी पुस्तक है, परंतु आज की तारीख तक त्रिकोणमिति के विषय में लिखी सबसे अच्छी पुस्तकों में से एक है। उस पुस्तक का अनुसरण करें और जिस तरह से वह प्रत्येक विषय को समझाती है, उसे देखकर आप अचंभित रह जाएँगे।

84. विश्लेषणात्मक ज्यामिति

यहीं बीजगणित औपचारिक रूप से ज्यामिति से मिलता है। यदि आपको कोई भ्रम था कि आप समीकरणों को बिना वक्र रेखा आँके हल कर सकते हैं, तो अब आपका वह भ्रम दूर हो जाएगा, क्योंकि आपको वक्र रेखाओं को समीकरणों से समझना होगा। यहाँ पर किसी विषय में सोच-विचार करना आवश्यक है—वक्र रेखा असल में क्या है और समीकरण क्या है? यह कुछ नहीं, केवल कृत्रिमता अथवा नियम हैं। अंतरिक्ष खुला हुआ है और इसमें कोई बंदिश नहीं है। यदि कोई नियम न हो तो कोई भी जा सकता है, परंतु ब्रह्मांड के कुछ नियम हैं, इसलिए अंतरिक्ष में कोई भी दिलचस्प क्रिया अथवा संरचना किसी-न-किसी नियम के तहत ही घट रही होगी। यही नियम समीकरण के रूप में लिखे गए हैं और इन्हें वक्रता के रूप में अभिव्यक्ति मिली है। इसके विषय में सोचने पर थोड़ा समय लगाएँ और आपका मन स्वयं इसका उत्तर देगा। मेरे विश्वास में यह गणित के सबसे कठिन हिस्सों में से एक है। इसमें आपकी कल्पनात्मक और विश्लेषणात्मक निपुणता, दोनों की साथ-साथ परीक्षा होती है। जहाँ तक निर्दिष्ट हिस्सों का सवाल है, कोई बहुत आवश्यक सुझाव नहीं है, जो मैं आपको बता सकूँ, सिवाय इसके कि केवल और केवल अभ्यास करते रहिए।

85. विशिष्ट अवकल गणित
(डिफरेंशल कैलकुलस)

जब छात्र कॉलेज के स्तर का गणित चुनते हैं, तब अपने आप अवकल गणित उनका प्रिय विषय होता है। विशिष्ट अथवा अंगभूत अवकल गणित शुरू करने के विषय में सोचने से पहले आपको कार्य की धारणाओं में जाना होगा। कार्यों के विषय में जानने की जो सबसे महत्त्वपूर्ण बात है, वह है, कार्य के मुख्य तरीके और उनके गुण। कार्यों के प्रकार हैं—पोलिनोमिअल, रैशनल, एक्स्पोनेंशिअल, लोगरिद्मिक और ट्रिग्नोमेट्रिक। समझनेवाली एक बहुत महत्त्वपूर्ण धारणा e संख्या की है। जैसा कि जटिल संख्याओं के हिस्से (सुझाव # 77) में पहले से ही बताया गया है, e और i गणित के बुनियादी चिह्न/धारणाएँ हैं और इन्हें ध्यान देकर ठीक से समझना चाहिए। चाहे वह सम संख्या हो अथवा विषम, कार्यों के गुण उनके क्षेत्र, विशिष्टता, झुकाव, अंतराल, व्युत्क्रम इत्यादि हैं।

सबसे पहले इससे संबंधित विभिन्न प्रकार की शब्दावली को समझिए। इसमें एक सप्ताह का भी समय लगे तो कोई बुराई नहीं। ये बुनियादें विशिष्ट कार्यों को जानने से कहीं अधिक महत्त्वपूर्ण हैं।

यह सही है कि एक बार जब आप इससे निपट जाते हैं तो आपको कैलकुलस में जाना होता है, परंतु रुकिए, एक और चीज है और वह है, अत्यंत सूक्ष्म और अनंत की धारणाएँ। कैलकुलस की बहुत सारी व्युत्पत्तियाँ और थिओरम, यहाँ तक कि शायद पूरा कैलकुलस इस एक इकलौती धारणा पर टिका हुआ है; अतः बिना उसका सच्चा मूल्यांकन किए आप आगे नहीं जा सकते। अत्यंत सूक्ष्म हर उस संभव असली अंक से छोटा होता है, जिसके विषय में आप सोच सकते हैं, परंतु फिर भी यह शून्य नहीं होता। मैंने इसके विषय में इस प्रकार सोचा है—मान लीजिए, एक दीवार है और आप उससे कुछ दूरी पर खड़े हैं। हर सेकंड आप दीवार से अपनी दूरी का आधा हिस्सा पार कर लेते हैं। आप दीवार कब छू सकेंगे? प्रवर्तक कहेंगे, प्रायः दो सेकंड, लेकिन जो लोग अनंत की धारणा के विषय में जानते हैं, वे कहेंगे कि आप कभी भी दीवार को नहीं छू सकेंगे! क्योंकि 'आधे' को बाकी बची दूरी के हिसाब से तय किया जाता है। अतः यदि आप एक फीट की दूरी से प्रारंभ करते हैं तो एक सेकंड में आप आधे फीट पर होंगे, दो सेकंड में एक फीट के एक-चौथाई भाग में, इत्यादि-इत्यादि, परंतु दूरी कभी भी शून्य नहीं होगी। अंततः दूरी के लिए जो छोटी-से-छोटी संख्या, जो शून्य

से कम हो, जिसे आप सोच सकते हैं, उससे भी छोटी होगी। यहाँ 'अंततः' का अर्थ है अनंत और इस सबसे छोटी दूरी को 'अत्यंत सूक्ष्म' कहा जाता है।

दो कार्यों के योगफल, गुणनफल और भागफल के विभेदन के नियम एवं प्रतिस्थापन एवं कार्य में अंतर करना शायद एकमात्र यंत्र हैं, जिन्हें आपको दोहराने की आवश्यकता है।

~•~

86. समाकलन गणित

आखिर में हम समाकलन गणित पर आते हैं, जिसे हमेशा विभेदन के विपरीत देखा जाता है। यही छात्र भूल करते हैं। मेरी राय तो यही होगी कि आप शुरू से ही समाकलन को वक्र रेखा के नीचे का क्षेत्र मानें और विभेदन को वक्र की ढलान। JEE में अधिकांश प्रश्नों को समझने से ही हल किया जा सकता है।

आंशिक खंडन एवं प्रतिस्थापन के तरीकों को समझने के लिए गणित के प्रायः सभी विषयों के समान अभ्यास की जरूरत होती है। अभ्यास से पहले कई हल की गई समस्याओं को देखना बहुत लाभकारी हो सकता है। मैंने साफतौर पर गणित में पुस्तकों एवं शिक्षकों की सीमित भूमिका के विषय में बताया है। इस अवस्था में वह आपके साथ विभिन्न समस्याओं को हल करने में आपकी मदद कर सकते हैं। आप जितना अधिक देखेंगे, समझेंगे, उतना ही बेहतर तरीके से समस्याओं को हल करने में सक्षम होंगे।

संपूर्ण कैलकुलस में सबसे महत्त्वपूर्ण प्रवीणता में से एक है—कार्य के भीतर कार्य चुनने की क्षमता। यह उलटा पढ़ सकने के समान है और ऐसी निपुणता है, जिसे विकसित करने में अभ्यास की आवश्यकता होती है। कार्य चुनने का एक मानक है, जिसे LIATE कहते हैं। तो आप लॉगरिद्मिक का L, विपर्शक त्रिकोणमिति (Inverse Trignometry) का I, A का अर्थ है (Algebraa) अर्थात् बीज गणित T का अर्थ है (ट्रिग्नोमेट्री) अर्थात् त्रिकोणमिति और E का अर्थ है (एक्स्पोनेंशिअल) अर्थात् घातांकी¨इसी अनुक्रम में। यह संपूर्ण कैलकुलस के BODMAS के समान है। शुद्धिवादियों के लिए इस अनुक्रम को कंठस्थ करना एक पाप हो सकता है, परंतु हम तो शुद्धिवादी नहीं हैं, हैं क्या? हम तो JEE युद्ध के खिलाड़ी हैं और युद्ध में अपने तरकश में थोड़े-बहुत तीर रखना हमेशा ही फायदेमंद होता है।

~•~

87. वेक्टर

मेट्रिक्स की तरह वेक्टर भी एक इंजीनियर एवं वैज्ञानिक के औजारों का एक अनिवार्य हिस्सा है। वेक्टर्स कोई रॉकेट साइंस नहीं है और ऐसा भी नहीं है कि इसकी वजह से आपकी JEE की सीट दाँव पर लग जाए; क्योंकि JEE में वेक्टर के प्रश्न सरल एवं कम होते हैं और उन्हें सामान्यत: थोड़े अभ्यास से हल किया जा सकता है। बाद में हो सकता है कि आपको यह अहसास हो कि इतने महत्त्वपूर्ण विषय में आपकी बुनियाद बहुत कमजोर है।

वेक्टर्स बहु-विमीय संख्याएँ हैं। भौतिकी के विभाग में हमने देखा था कि आयाम की धारणा पकड़कर रखना कितना महत्त्वपूर्ण है। वेक्टर एवं मेट्रिक्स ऐसे साधन हैं, जिनके जरिए गणित के चरण भौतिकी की बहु-विमीय समस्याओं को हल करने में सहायक होते हैं। हमारी प्रारंभिक शिक्षा संख्या याद करने और उन्हें जमा, घटा, गुणा एवं भाग करने से शुरू होती है। वेक्टर्स नई गणित की जैसे प्रारंभिक शिक्षा हैं, जिन्हें आप इंजीनियरिंग में इस्तेमाल करेंगे। वेक्टर्स के साथ काम करने में सबसे महत्त्वपूर्ण सुझाव यह है कि उनके ज्यामितीय प्रतिनिधित्व सदैव मन में रखिए। आप नीचे, बिंदु और क्रॉस के गुणन के ज्यामितीय प्रतिनिधित्व का उदाहरण देख सकते हैं—

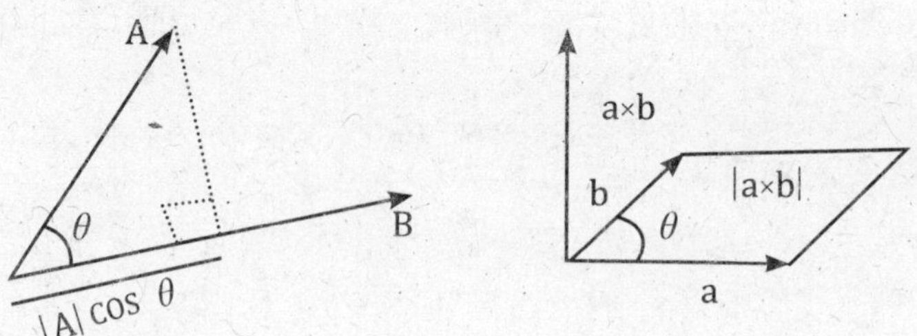

संक्षिप्त में गणित

JEE गणित के बहुत कम चरण हैं। वह तीन विषयों में से सबसे कठिन है और मुझे स्वीकार करना पड़ेगा कि इसमें सफल होने के लिए कुछ हद तक प्राकृतिक क्षमता की आवश्यकता होती है। आजकल छात्र JEE की परीक्षा की तैयारी बहुत पहले से ही आरंभ कर देते हैं—कुछ तो छठी कक्षा से ही। जो जल्दी शुरू कर देते हैं, उनके लिए मेरी सबसे महत्त्वपूर्ण सलाह यही होगी कि आपके

पास जितना फालतू समय हो, उसे गणित में लगाएँ। समस्याओं का पागलों की भाँति अभ्यास करें। पाठ्य-पुस्तकों से जहाँ तक संभव हो, छुटकारा पा लें। गणित में अभ्यास का कोई अन्य विकल्प नहीं है। इसके अलावा दूसरों से जितना संभव हो, सीखें। हो सकता है कि आपको सही उत्तर मिल जाता हो, लेकिन हो सकता है, किसी और को वही उत्तर आपसे कहीं अधिक चतुर तरीके से मिला हो! यदि आपको किसी समस्या का सही उत्तर मिल भी जाता है, फिर भी दिए गए हल पर एक नजर डालें। अपने हल की मान्य हल से तुलना करें और अंकतर को विशुद्ध करें; यही वे बारीकियाँ हैं, जो एक विशेषज्ञ और एक अनाड़ी में फर्क बताती हैं।

गणित से तो आपको दोस्ती गाँठनी ही पड़ेगी, क्योंकि JEE की तैयारी में उसके साथ आपको बहुत समय गुजारना होगा। अगर आप उस तरह के छात्र रहे हैं, जिसे गणित 'अच्छा' नहीं लगता तो मेहरबानी करके रोजी-रोटी का कोई और साधन तलाश लें। यदि आपको गणित पसंद है, लेकिन थोड़ा कठिन लगता है तो इस समस्या को अभ्यास से ठीक किया जा सकता है।

□

सही तरीके से परीक्षा दें

88. एक परीक्षा अनुकूल रणनीति

आपको परीक्षा में जो अंक मिलते हैं, वे इस कारण मिलते हैं कि आप अपने ज्ञान का किस प्रकार प्रदर्शन करते हैं। आपने पूरे एक साल चाहे जितने भी पापड़ बेले हों, चाहे नोट्स बनाने में कितनी भी एड़ियाँ रगड़ी हों, लेकिन यदि आप अच्छी तरह परीक्षा नहीं दे पाए, वह नहीं लिख पाए, जो परीक्षक चाहते हैं तो आपको अच्छे अंक नहीं मिल सकते। इसलिए परीक्षा पर उसी तरह नजर गड़ाए रखिए, जैसे अर्जुन का पूरा ध्यान मछली की आँख पर था।

बहुत से मामलों में ट्यूशन से मदद मिलती है, लेकिन ट्यूशन को अपने पढ़ाई का आधार मत बनाइए। JEE परीक्षा अपने आप में ही बहुत मेहनत का काम है। ऐसे में ट्यूशन का बोझ और न लादें। ट्यूशन को सलाह और चतुराई से प्रश्नों का जवाब देना सीखने के लिए लें, जिससे कि आप परीक्षा में अधिक अंक पा सकें। वे आपसे पैटर्न के विषय में बात करेंगे और आपको सरल टेस्ट देंगे। वे आपको अपनी गलतियों को सुधारने की युद्धकला में पारंगत होना सिखाएँगे। इससे आपको समझ आएगा कि अच्छे अंक किस तरह से लाए जा सकते हैं!

ट्यूशन से दिमागी कसरत काफी हो जाती है। हाँ! याद रखिए, हम आपके परीक्षा में अव्वल आने की बात कर रहे हैं और केवल उसमें अच्छे नंबर लाने की बात नहीं कर रहे हैं। आपके कई प्रतिद्वंद्वी भी ट्यूशन में आते होंगे और इससे आपको उनकी रणनीति को जानने का रास्ता मिल जाएगा। दूसरों के अपनाए गए तरीकों और उनकी गलतियों से सीखने का अच्छा तरीका है, अपनी तैयारी की उनकी तैयारी और परीक्षा के परिणाम के नमूने से तुलना करना। यह बिना ट्यूशन में जाए भी किया जा सकता है, अगर आप इसमें अच्छे हैं या फिर स्टडी ग्रुप के जरिए अथवा अपने प्रतिद्वंद्वियों के साथ अच्छे संबंध रखकर।

यदि आप ट्यूशन नहीं भी जाते हैं तो भी आवश्यक है कि आप अभ्यास के लिए सैंपल टेस्ट करें। अगर आप प्रत्येक विषय के पिछले दस साल के प्रश्नपत्रों

को हल कर देते हैं तो आप खुद ही JEE के प्रश्नपत्र किस प्रकार तैयार होते हैं, इसका पैटर्न देख पाएँगे। कुछ आवश्यक धारणाएँ हैं, जो हर साल परीक्षा में आती हैं। कुछ मानक प्रश्न हैं, जो जब-तब दिखाई दे ही जाते हैं।

तमंचे की नोक पर तैयारी—हममें से अधिकतर परीक्षार्थियों पर वक्त का दबाव बहुत अधिक रहता है। वक्त भागता जाता है और भागते वक्त के साथ हम ऐसे तैयारी में जुटे होते हैं, जैसे हमारी कनपटी पर किसी ने तमंचा सटा रखा हो!

कुछ प्रश्न ऐसे होते हैं, जो यदि आप समय के विषय में न सोचें तो बहुत आसान लगते हैं, परंतु असल में हो सकता है कि उन्हें हल करने में बहुत अधिक समय लें। मेरी राय में प्रत्येक प्रश्न पर दिए गए अंकों का और उन्हें करने में कितना समय लगता है, इसका कोई सीधा संबंध नहीं है। आश्चर्यचकित मत होइए। हो सकता है कि कोई दो अंक का प्रश्न चार अंकों के प्रश्न से अधिक समय ले (क्योंकि सामान्यतः इसे हल करने में किसी चतुराई की जरूरत होती है, जो हो सकता है, आपके दिमाग में तुरंत न आए)। कुछेक सैंपल पेपरों को यह जानने के लिए हल कीजिए कि विभिन्न प्रश्नों को दिए गए अंकों के अनुसार हल करने में लिए आपको लगभग कितना समय लगता है। उदाहरण के लिए, मैं तो सबसे पहले उन प्रश्नों की ओर जाता था, जो मेरे लिए कम-से-कम समय में अधिक-से-अधिक अंक जोड़ सकते थे।[19] अगर मुझे कोई प्रश्न, पहली बार पढ़ने में कठिन लगा, मैं उसे शीघ्रता से पुनरुक्ति के लिए अलग रख देता था। हाँ, मैं और अधिकांशतः सफल छात्र, जिन्हें मैं जानता हूँ, परीक्षा-पत्र को पारस्परिक क्रिया से करते हैं। उनमें से अधिकांश परीक्षा के समय उस एक प्रश्नपत्र को ही दो या तीन बार घुमा-घुमाकर किया करते थे। आसान सवालों को पहले पुनरावृत्ति के लिए चुनकर, फिर उससे थोड़े कठिन वाले और अंत में सबसे कठिन।

दोहराना—जैसे-जैसे परीक्षा पास आती है, रिवीजन, यानी दोहराना बहुत महत्त्वपूर्ण हो जाता है। यदि आपको परीक्षा में अच्छी रैंक हासिल करनी है तो आप पूरी पुस्तक अथवा संपूर्ण नोट्स को बार-बार दोहराने में समय बरबाद नहीं कर सकते। अपने मन पर भरोसा कीजिए। आप परीक्षा में सबसे अव्वल आने की योजना बना रहे हैं। इसके लिए यह मानना शुरू कर देना चाहिए कि आप पहले से ही कुछ मूल बातें जानते हैं, बजाय इसके कि आप इसे दोहराते रहें। यहाँ पर आपके नोट्स काम आते हैं। जैसे-जैसे परीक्षा पास आती है, आपको चाहिए कि आप

19. *विवेक*

केवल नोट्स को दोहराएँ, फिर नोट्स के नोट्स और फिर अंत में केवल रूपरेखा को दोहराएँ। अंत में मेरे कुछ घनिष्ठ मित्रों और मेरे पास कुछ ही पन्ने बचे थे, जिन्हें हमें JEE परीक्षा के दस दिन पहले तक बार-बार दोहराने की आवश्यकता थी।[20] उनमें से पहला पन्ना था पूर्ण पाठ्यक्रम का, दूसरे पन्ने में धारणाएँ थीं, जिनमें मेरी गलती करने की संभावना बहुत थी और अंतिम पन्ना एक गुप्त पृष्ठ था, जिसके विषय में मैं बाद में बताऊँगा।

पिछले सालों में JEE ने परीक्षा के अनेक प्रारूपों का अनुभव किया है— विषयपरक (स्क्रीनिंग) और आत्मपरक (मेन्स) में से, केवल दो विषयपरक पेपरों से 2013 के (विषयपरक) और अग्रवर्ती (विषयपरक)। प्रारूप चाहे कुछ भी हो, विषयपरक प्रश्न हमेशा ही JEE परीक्षा का हिस्सा रहे हैं। जहाँ तक वैचारिक स्तर पर दोनों—विषयपरक और आत्मपरक एक समान हैं, विषयपरक प्रश्न आपकी रफ्तार, परिशुद्धता और सही प्रश्न चुनने की क्षमता का भी परीक्षण करते हैं। यह अध्याय आपको विषयपरक भाग से संबंधित कुछ सलाह एवं निर्देश देगा।

~•~

89. अपवर्जन ही कुंजी है

अन्य पिताओं के समान मेरे पिता भी मेरी पढ़ाई अथवा पढ़ाई करने के तरीके में कभी दखलअंदाजी नहीं करते थे (मुझे लगता है कि अधिकांश पिताओं को केवल परिणाम से मतलब होता है)।[21] लेकिन उस दिन, जब स्क्रीनिंग परीक्षा (विषयपरक) होनी थी, परीक्षा कक्ष के बाहर खड़े हुए वे मुझे कुछ सलाह देने से खुद को रोक नहीं पाए। मुझे पहले से ही पता था कि परीक्षा में क्या करना है, परंतु उनके आने ने उसे कुछ खास बना दिया। मेरे पिता, जो एक डॉक्टर थे, जिन्हें डॉक्टरी के पाठ्यक्रम के बाहर का कोई अंदेशा नहीं था, उनका सुझाव बहुत सरल था—यह एक विषयपरक (ऑब्जेक्टिव) परीक्षा है। इस बात का ध्यान रखना।

मुझे मालूम था। मैं आपको भी बताना चाहूँगा कि जो प्रश्न आसानी से हल नहीं हो रहे हों, उन्हें छोड़ दीजिए और जब आप किसी प्रश्न का हल निकाल रहे हों तो उन विकल्पों को छोड़ दीजिए, जिन्हें आप निश्चित तौर पर जानते हैं कि ये गलत हैं। आपको प्रत्येक प्रश्न को हल करने की आवश्यकता नहीं है। यह केवल एक स्क्रीनिंग

20. विवेक

21. पारस

परीक्षा है; कोई फर्क नहीं पड़ता कि आप कौन सी रैंक में आते हैं; अत: इस बात से चिंतित न हों कि आप कितने प्रश्न करते हैं···केवल विशेषता पर ध्यान दीजिए।

मैं केवल एक विचार लेकर परीक्षा कक्ष में गया—मुझे सब प्रश्नों को नहीं करना है। मैं अपनी मरजी के अनुसार प्रश्न छोड़ता रहा और अंत में मैंने सारे प्रश्न प्राय: दो घंटे और 15 मिनट में समाप्त कर लिये थे। मैंने अगले 30 मिनट उन प्रश्नों को करने में लगाए, जिन्हें मैंने छोड़ दिया था। इस पूरे समय मैं यह देखता रहा कि मैंने कौन से प्रश्न पहली बार में किए थे और कितने दूसरी बार में। जिन प्रश्नों को मैंने पहली बार में किया था, उन पर मुझे पूरा आत्मविश्वास था और उन प्रश्नों के विषय में, जिन्हें मैंने दूसरी बार में किया था, उनमें भी मुझे काफी आत्मविश्वास था। जितने प्रश्न मैंने किए थे, उनकी संख्या से मैं काफी संतुष्ट था। अत: मैंने पिछले 15 मिनट में कोई नए प्रश्न करने की चेष्टा भी नहीं की और केवल उन प्रश्नों को, जो भी मैंने कर लिये थे, उन्हें एक बार जल्दी से फिर दोहरा लिया।

मैं आत्मविश्वास के साथ बाहर निकला और मुझे पता था कि मैं मुख्य परीक्षा तक पहुँच जाऊँगा। अपने इस रवैए से मैंने कभी भी परीक्षा के बोझ को अपने पर हावी नहीं होने दिया। जो मैं नहीं जानता था, उसकी अनदेखी करके, जो मेरे पक्के विषय थे, उन पर ध्यान दिया। ऐसा करके मैंने सही स्थान पर ध्यान लगाकर परीक्षा दी। मैंने निश्चय कर लिया था कि मुझे मुख्य परीक्षा तक पहुँचना है और स्क्रीनिंग के समय अपनी रैंक के विषय में चिंता नहीं करनी है। स्क्रीनिंग के समय ऊपर से अंतिम 1.5 लाख तक सब रैंक एक जैसी होती हैं। मेरे सोचने के इस तरीके से यह निश्चित हो गया कि परीक्षा के समय मैं शांत रहूँ और कभी भी अपना आपा न खोऊँ, भले ही मैं कुछ प्रश्नों के उत्तर नहीं दे पाऊँ।

जो पाठ यहाँ सीखा, वह यह था कि आप किसके लिए परीक्षा दे रहे हैं और आपको क्या हासिल करने की आवश्यकता है? यदि वह स्क्रीनिंग है तो आपका ध्यान उसमें सफल होने पर होना चाहिए (कोई बात नहीं कि आप किस रैंक में आते हैं), लेकिन यदि यह अंतिम परीक्षा है (मुख्य अथवा कोई और जो आपकी रैंक निर्धारित करेगी) तो आपका ध्यान सर्वप्रथम वह करने पर होना चाहिए, जो आप सबसे अच्छा जानते हों, जिसमें कि आप अधिकतम अंकों के साथ कोई-न-कोई श्रेणी प्राप्त कर सकें। फिर आप धीरे-धीरे अपने दूसरे अच्छे विषय पर जा सकते हैं और अपनी रैंक को बेहतर बनाने की चेष्टा कर सकते हैं।

~•~

90. अपने लक्षित अंक तय करें

किसी भी विषयपरक परीक्षा में बैठने से पहले पिछले वर्षों की कटऑफ को देखें कि वह कहाँ तक गई थी और आपको अपने चयन के लिए कितने नंबरों की जरूरत होगी! अपने लिए विषयवार (भौतिकी/रसायनशास्त्र/गणित) और व्यापक लक्ष्य निर्धारित करें। यह देखें कि आपको अंतिम सूची में जाने के लिए कितने सही उत्तर देने होंगे? ऐसा करने के बाद आपको अपनी रैंक बेहतर करने के लिए कार्य करना होगा। एक बार जब आप अपने लक्ष्य तक पहुँचने के लिए पर्याप्त प्रश्नों के उत्तर दे देते हैं तो स्वाभाविक है कि आपका आत्मविश्वास बढ़ जाएगा। इससे आपके कठिन प्रश्नों को हल करने के मौके बढ़ जाएँगे।

ध्यान रखिए कि आप विषयवार कटऑफ से अवगत हों, क्योंकि JEE में आपको तीनों विषयों की कटऑफ को अलग-अलग पार करने की आवश्यकता होती है। सबसे पहले आपको विषयवार कटऑफ को प्राप्त करना चाहिए; अपने सबसे बेहतर विषय पर जाएँ, जिससे कि आप समग्र कटऑफ को पार कर सकें और अपनी रैंक बना सकें। अपने सबसे बेहतर विषय से शुरू करना अच्छा विचार है और फिर जल्दी से कुछ ऐसे प्रश्न करें, जो आपको अपनी दूसरी कटऑफ को पार करने में सहायक होंगे और फिर दूसरे विषयों पर चले जाइए। लक्ष्य साधने से आपको साफ-साफ नजर आएगा कि आपको क्या हासिल करने की आवश्यकता है और इस तरह से आप अपने लक्ष्य को हासिल करने की बेहतर योजना बना सकते हैं।

91. कुछ क्षण विराम लेने से कुछ नहीं बिगड़ेगा

समय इतना कम होता है कि कुछ लोग एक ही साँस में पूरा प्रश्नपत्र हल करने की कोशिश करते हैं। मैं ऐसे लोगों को जानता हूँ, जो JEE की परीक्षा देते समय बेहोश हो गए थे। मेहरबानी करके इस बात को समझिए कि यह तीन घंटों का आपके दिमाग पर संभवत: अब तक के जीवन का सबसे अधिक दबाव है।

दो से लेकर चार साल में आपने अभी तक जो भी पढ़ा था, जो भी सीखा था, उस सब को तीन घंटों में कागज पर उतार देना है। समय वाकई बेहद कम है, लेकिन मेरा यकीन मानिए, खुद को आधा मिनट का आराम दीजिए। शायद यह आधे मिनट का विराम आपकी काफी मदद कर सकता है।

इससे मुझे काफी मदद मिली थी। JEE से लेकर CAT, GATE और GMAT, जो-जो भी परीक्षा मैंने दी हैं और जिसमें मैं सफल भी रहा हूँ, उनमें मैंने हमेशा बीच-बीच में झपकी अर्थात् दो-तीन मिनट का अवकाश लिया है।[22] मैं पेन नीचे रख देता था। आँखें बंद करता था और कुछ क्षण बाद फिर आँखें खोलकर दाहिने और बाएँ देखता था। यह ऐसा अनुभव होता था, मानो शरीर से बाहर निकलकर मैं उस कमरे में अपने आप को और अपनी मेहनत को देख रहा था! आखिर के उस एक घंटे को सही तरह से बिताना शायद मेरे जीवन का सबसे महत्त्वपूर्ण काम था।

मैं परीक्षा के बीच में उस एक क्षण के अवकाश के पक्ष में हूँ, जो आपको तरोताजा कर देता है। परीक्षा का बाकी बचा हुआ समय फिर एक नई परीक्षा के समान बिलकुल नए सिरे से शुरू हो जाता है।

~•~

92. विकल्पों को हटाना

ऑब्जेक्टिव, यानी विषयपरक परीक्षाओं में समय की बहुत सख्त पाबंदी होती है, इसलिए आपको प्रश्नों को तेजी से हल करने के लिए थोड़ा सृजनात्मक तरीके से सोचने की जरूरत होती है। इन विषयपरक समस्याओं को शीघ्रता से कैसे हल किया जाता है, इसके बारे में आप अगले दो वर्षों में अन्य कई चालें सीख लेंगे। तब तक नीचे उन चालों की सूची दी गई है, जिन्हें मैंने भी अपनाया था—

1. विकल्पों के आयाम/इकाइयों का निरीक्षण करें। दबाव की न्यूटन/ Kgm/s^2 इत्यादि की इकाई होती है। उन विकल्पों को खोजिए, जिनकी गलत इकाइयाँ होती हैं, जैसे $kg,m/s^2$ इत्यादि और जल्दी से उनके सामने x का निशान लगा दीजिए।
2. समाधान का समस्या के समीकरण में प्रतिस्थापन करें। यदि आपको (x,y) के समीकरण को सुलझाने को कहा जाता है, कई बार (x,y) के लिए दिए गए विकल्पों के प्रतिस्थापन को समीकरण में परिवर्तित करके, अवस्था जाँची जा सकती है (अधिक अथवा कम की समानता), लागू होती है।

---

22. *विवेक। GATE अर्थात् Graduate Aptitude Test in Engineering और GMAT अर्थात् Graduate Management Admission Test.*

3. त्रिकोणमितिक समीकरण में कोण को स्थानांतरित करिए। उन प्रश्नों के लिए, जो आपसे यह पूछते हैं कि समकोण/न्यूनकोण/अधिक कोणवाले त्रिकोण, त्रिकोणमिति समीकरण के किसी खास समीकरण को संतुष्ट करेंगे, विभिन्न सामान्य कोणों, जैसे 30, 60, 90, 120 इत्यादि साइन/ कोस/टेन इत्यादि के मूल्यों का स्थानांतरण करें। न्यून कोण/ समकोण/ एवं अधिक कोण, त्रिकोणों के सेट और उनके अनुरूप साइन/ कोस/ टेन को, ऐसे प्रश्नों को हल करने के लिए बचाकर रखिए।
4. विभिन्न शृंखलाओं के संकलन के लिए $n=3$ रखिए और जल्दी से यह देखिए कि कौन सा विकल्प आपको सही उत्तर देता है! संपूर्ण शृंखला को हल करके योगफल पता करने का कोई लाभ नहीं है।
5. सीमा (बाउंड्री) पर खेलिए। सीमा की अवस्थाओं का विभिन्न समीकरणों के लिए परीक्षण करें। उनका दिए गए विकल्पों की सीमाओं पर परीक्षण करें और देखें कि अवस्थाएँ परिपूर्ण होती हैं कि नहीं!

~•~

93. प्रश्नों की संख्याओं पर नजर रखें

प्राय: प्रत्येक विषयपरक परीक्षा में आपको एक OMR परचे (बबल शीट) में HB पेंसिल का इस्तेमाल करते हुए उत्तर भरने को कहा जाएगा। इस बबल शीट के साथ मुश्किल यह है कि यह परीक्षा-पत्र से अलग होती है और आपको प्रत्येक उत्तर इस शीट पर ही भरना पड़ता है। इसका अर्थ है कि आपको शीट पर ही प्रत्येक प्रश्न को हल करके एक अन्य शीट में उत्तर भरने पड़ते हैं। जीवन तब तक सरल है, जब तक आप प्रश्नों को क्रमानुसार हल करने की कोशिश करते हैं और फिर उन्हें OMR शीट में भर देते हैं, परंतु एक बार, कुछ प्रश्न छोड़ देते हैं तो बबल शीट में गलत उत्तर भरने की शंकाएँ काफी बढ़ जाती हैं (जैसे प्रश्न-24 के स्थान पर प्रश्न-23 भरना, क्योंकि आपने प्रश्न 20 से 25 तक छोड़ दिए थे)। एक बार यदि एक बबल गलत हो गया तो संभावना है कि जो अगले पाँच उत्तर आप भरेंगे, वे काफी गलत होंगे। एक बार यदि आपका एक बबल गलत हो जाता है, संभावना है कि आगे आप जो भरेंगे, वे भी गलत होंगे। अत: उत्तर बबल भरते समय अधिक-सें-अधिक ध्यान रखिए। एक बार जब आप किसी समस्या का हल ढूँढ़ लेते हैं तो उसके प्रश्न की संख्या देखें और फिर ध्यान रखें कि आप OMR शीट में

सही रेखा में लिखें। इसके अलावा यह एक बार फिर देख लें कि आपने उस उत्तर को ही चिह्नित किया है, जिसे आप करना चाहते थे।

एक और सामान्य गलती जो छात्र करते हैं, वह यह है कि जिस समय वे प्रश्न हल कर लेते हैं, उसी क्षण OMR शीट नहीं भरते। वे इस कार्य को अंतिम दस मिनटों के लिए छोड़ देते हैं। यह आत्महत्या के समान है। अंतिम दस मिनटों में आप आतंकित होंगे और OMR भरते समय कोई-न-कोई गलती अवश्य कर देंगे। इसके अलावा इस तरीके से हो सकता है कि आप उन सब प्रश्नों के OMR न भर सकें, जो आपने किए हैं। अत: यह तरीका न केवल भूल संभावित है, बल्कि इसके कारण हो सकता है कि आपसे वे प्रश्न ही छूट जाएँ, जो आपने सही तरीके से हल किए हैं। OMR शीट भरना बाद के लिए न छोड़ें। सही स्थिति तो यही है कि आप इसे हर प्रश्न के बाद भरें। बहरहाल, अगर आप चाहें तो आप हर दस मिनट के बाद भी बबल भर सकते हैं। परीक्षा के अंतिम 15 मिनट में आप हर प्रश्न हल करने के बाद तत्काल OMR अंकित कर दें।

~•~

94. पेन अथवा पेंसिल

प्रत्येक काम के लिए पेंसिल का ही इस्तेमाल करें, क्योंकि प्रश्नों को हल करने के लिए पेन (प्रश्नों को हल करने में इस्तेमाल करके) और पेंसिल (OMR भरने के लिए) के बीच में बहुत अधिक समय और ऊर्जा बरबाद होती है और साथ ही ध्यान भी भटकता है। इसका अर्थ है कि एक छोटी सी टेबल पर बहुत अधिक चीजों से निपटना पड़ता है; अत: झंझट को दूर रखिए और पेंसिल को अपनाइए। OMR बबल को गलती से पेन से भरने के खतरे को भी इससे टाला जा सकता है।

~•~

95. संख्याओं को पूर्ण करें

यदि विकल्प बहुत समीप न हों, आप संख्याओं को राउंड ऑफ (पूर्ण) कर सकते हैं और फिर शीघ्रता से गणना कर सकते हैं। इससे आपका बहुत समय भी बच जाएगा, परंतु जो प्रश्नों के उत्तर विकल्प एक-दूसरे के बहुत करीब होते हैं, आपको यह तरीका इस्तेमाल करते समय बहुत सावधानी बरतनी होगी। यदि कोई

पूर्ण संख्या न की जाए, वह सामान्यत: सबसे अच्छी नीति होती है, परंतु आपको इसे एक-एक के आधार पर लेना होगा। इसके अलावा आपको यह निर्धारित करना होगा कि आप गणक अथवा हर को राउंड ऑफ करते समय उस उत्तर को कम महत्त्व दे रहे हैं कि अनावश्यक महत्त्व।

किला फतह करना ही होगा!

मैं नहीं जानता कि दो साल की कड़ी मेहनत और परिश्रम का एक दिन में परीक्षण करना सही होगा; परंतु JEE ऐसे ही काम करता है। आप इसी दिन का इंतजार कर रहे थे, जिसमें कि आपने विज्ञान के एल्फा, बीटा और गामा JEE पाठ्यक्रम के लिए जो-जो सीखा है, उस ज्ञान की आखिरी बार परीक्षा ले लें। स्कूल की परीक्षा जैसा JEE में कोई निश्चित नियम नहीं है; परंतु यहाँ कुछ सुझाव दिए गए हैं, जो आपको लाभदायक लग सकते हैं।

~•~

96. JEE के परिवेश का अनुकरण करें

अधिकांश परीक्षाओं के समान JEE की परीक्षा भी लगभग 8 अथवा 9 बजे आरंभ होती है और प्राय: शाम के 5 बजे तक चलती है। इसका अर्थ है कि आपको लगभग 5 बजे सवेरे उठना होगा और परीक्षा सेंटर के लिए लगभग 7 बजे निकलना होगा। यह भी काफी जल्दी है। इस अग्निपरीक्षा के लिए स्वयं को इसके अनुकूल तैयार करें। हो सकता है, आप यह सोचें कि अब कुछ भी आपके रास्ते में नहीं आएगा, आप चाहे जितने भी समय उठें और आपको कितनी दूर जाना हो! यह सच है कि अचानक रुटीन बदलने से आपके शरीर में अलग तरह की प्रतिक्रिया होगी, लेकिन आपकी कोशिश तो यही रहेगी कि रुटीन में किसी भी प्रकार के बदलाव का आपकी परीक्षा पर असर न पड़े। अत: सबसे अच्छा यही होगा कि आप अपने रुटीन में बदलाव को आखिरी दिन के लिए न छोड़ें, क्योंकि उस दिन बहुत कुछ सँभालने को होगा।

अत: उस छात्र के लिए, जो रात को पढ़ना पसंद करता हो, यह आवश्यक है कि वह कम-से-कम एक महीने पहले अपने रुटीन को बदले। इससे आपके दिमाग

और शरीर को आपस में तालमेल कायम करने में सुविधा होगी। अगर रुटीन गड़बड़ रहा तो फिर आपको परीक्षा में या तो नींद आ रही होगी या आप परीक्षा पर पूरा ध्यान नहीं लगा पाएँगे। यह निश्चित कर लीजिए कि आप सवेरे जल्दी उठेंगे, अपने नित्य कर्मों को सात बजे तक समाप्त करेंगे और 9 बजे तक अपनी पढ़ाई आरंभ कर देंगे।

छात्रों को अकसर इतने सवेरे कुछ भी खाना कठिन लगता है। आवश्यकता है कि आप चुनौतियों का सामना करें; या तो अपनी दैनिक क्रिया में बदलाव लाकर अथवा कामचलाऊ तौर पर (अपने हाथ के पास कुछ चॉकलेट इत्यादि रखकर)। JEE के समान प्रतिस्पर्धा वाली परीक्षाओं के लिए यह आवश्यक है कि परीक्षा के समय आपकी ऊर्जा चरम पर हो। एक तरीका यह भी है कि आप घर पर ही छद्म परीक्षा देकर देखें। इसके लिए तय कर लीजिए कि आप कम-से-कम तीन घंटे लगातार बैठेंगे और अपने आपको परीक्षा के लिए तैयार कर लेंगे। परीक्षा के कमरे की कल्पना करें—याद रखिए, एयर कंडीशनर का इस्तेमाल न करें (शायद पंखे का भी नहीं, क्योंकि यह विद्युत् बोर्ड की मरजी पर ही चलेगा), कोई जलपान नहीं, कोई विराम नहीं और न ही पृष्ठभूमि में कोई संगीत। आपके सामने केवल आपका प्रश्नपत्र और उत्तर पुस्तिका रहेगी, बाकी सब चीजें गौण हो जाएँगी।

~•~

97. आराम से रहिए

'हो गई तैयारी?' मैं निश्चित तौर से यह कह सकता हूँ कि आप और आपके मित्रों ने हर परीक्षा के पहले आपस में यह प्रश्न किया है। अब मैं शर्त लगाकर कह सकता हूँ कि हर बार जवाब 'नहीं' रहा होगा। मुझे आज तक कोई ऐसा व्यक्ति नहीं मिला, जो पूर्ण विश्वास के साथ यह कह सके कि उसने परीक्षा के लिए पर्याप्त तैयारी कर ली है। हमेशा ही अंतिम क्षणों की वह बेचैनी रहेगी ही, जिसमें ऐसा लगता है कि 'यह' पढ़ो तो 'वह' भूल जाता है और 'वह' पढ़ो तो 'यह' भूल जाता है। परीक्षा की तैयारी कभी न खत्म होनेवाली यात्रा है।

बहरहाल, स्कूली परीक्षा और JEE की परीक्षा के मध्य थोड़ा सा अंतर है, जिसके लिए आपने अभी तक तैयारी की है। जहाँ स्कूल की परीक्षा आपका एक समय में एक विषय में परीक्षण करती है और केवल एक वर्ष के पाठ्यक्रम विषय को ही लेती है, JEE आपका तीन विषयों में परीक्षण करता है और उसका पाठ्यक्रम

दो वर्षों का होता है। इसके अलावा स्कूली परीक्षा के जैसे, JEE की परीक्षा का कोई पैटर्न नहीं है। अतः एक निश्चित स्तर के आगे आप यह भविष्यवाणी नहीं कर सकते कि प्रश्न क्या-क्या होंगे! आपको JEE को लंबी रेस की तरह देखना है, तेज दौड़ के समान नहीं, जैसे स्कूल की परीक्षाएँ होती हैं। लंबी दौड़ के लिए आवश्यकता है, अनुकूल प्रशिक्षण और धीरे-धीरे अपनी सहनशीलता की शक्ति को बढ़ाने की, ताकि आप संपूर्ण दूरी पार कर सकें। तेज दौड़ने से हो सकता है कि आप 200 मीटर तक चले जाएँ, लेकिन उसके बाद औंधे मुँह गिर जाएँगे और आपकी दौड़ शुरू होने के पहले ही समाप्त हो जाएगी। JEE के लिए एक लंबी दौड़ की तैयारी करनी होती है। इसके लिए जरूरी है कि आप उस कयामत के दिन से एक रोज पहले घर पर आराम फरमाएँ।

अतः अंतिम सप्ताह में आराम से रहिए। सप्ताह में कुछ हलकी-फुलकी पुस्तकें पढ़िए और परीक्षा से एक दिन पहले तो बिलकुल मत पढ़िए। पाठ्यक्रम पूरा करने के लिए बहुत अधिक चीजें हैं और आप जितना अधिक पढ़ेंगे, उतना ही अधिक आप अपनी तैयारी पर संदेह करेंगे। इस कयामत के दिन का सामना करने के लिए आपके दिमाग ने मशीन की तरह मेहनत की है। हो सकता है कि वह थोड़ा थक गया हो। अतः उसे थोड़ा अवकाश दीजिए और मुख्य परीक्षा से एक दिन पहले उस पर ज्ञान का बोझ मत डालिए। अपने मन को शांत होने दीजिए। स्वयं पर और पिछले दो वर्ष की कड़ी मेहनत पर भरोसा कीजिए। स्वयं पर और अपनी तैयारी पर विश्वास कीजिए। आपने वह सब पढ़ा है, जो पढ़ने को था और एक दिन से कोई फर्क नहीं पड़ेगा (हो सकता है कि यह आपको और अधिक चिंतित कर दे)। अतः परीक्षा से एक दिन पहले की शाम अपने परिवार के साथ बैठिए या कोई सिनेमा देखिए, संगीत सुनिए, इत्यादि। कहने का मतलब यह है कि शरीर और दिमाग को आराम दें। अपने प्रवेश-पत्र, पेंसिल बॉक्स और बाकी की चीजों को ठीक स्थान पर रखें और टाइम से सो जाएँ।

~•~

98. अब कोई नए विषय नहीं

जैसा कि मैंने कहा है, JEE की तैयारी करना लंबी दौड़ के समान है। आप एक नियम का अनुसरण करें और धीरे-धीरे अपनी सहनशक्ति को विकसित करें। आप तब परीक्षण करें, जब आप तैयारी शुरू करें, परंतु दौड़ के पास वाले दिनों में

अनेक चीजों को करने की चेष्टा न करें। आप अपनी दिनचर्या का पालन करके सबसे अच्छा करेंगे। अंतिम कुछ सप्ताह जी.सी. नए विषय को उठाने का सबसे बुरा समय है (जब तक कि वह कोई बहुत छोटा विषय न हो और आप उसे समझने में पूरी तरह विश्वास रखते हों)। यदि आप अंतिम महीने में नए विषय चुनते भी हैं तो आप उसमें खोज नहीं कर पाएँगे और न ही इस धारणा के पर्याप्त परिवर्तनों का अभ्यास ही कर पाएँगे। उस विषय में आपका ज्ञान एवं भरोसा हद-से-हद साधारण होगा और संभावना यह होगी कि सामान्य ज्ञान आपको JEE परीक्षा में रैंक प्राप्त करने में सहायक नहीं होगा।

इस समय आपको जानी हुई धारणाओं को दोहराने और दो वर्ष की पढ़ाई के संपूर्ण पाठ्यक्रम की रूपरेखा पर फोकस करना चाहिए। यह वह समय है, जब आप सब धारणाओं पर एक बार नजर डाल लेते हैं, प्रत्येक विषय में से कुछेक प्रश्नों को देख लेते हैं और अपनी स्मरणशक्ति को नियम और नीतियों के आधार पर पढ़कर ताजा कर लेते हैं। यदि आप अंतिम सप्ताह में कोई नया विषय प्रारंभ करते हैं तो आप अन्य विषयों को दोहराने में चूक जाएँगे, जहाँ केवल दोहराने मात्र से आपका 100 प्रतिशत सही जवाब दे पाना पाना निश्चित होगा।

उस विषय को, जिसकी आपने पिछले दो वर्षों से उपेक्षा की है, उसे छोड़ दीजिए और इस तथ्य से समझौता कर लीजिए कि यदि अंतिम परीक्षा में उनसे संबंधित प्रश्न आ जाते हैं तो आपके लिए उन्हें छोड़ना ही बेहतर होगा। अंतिम कुछ हफ्तों में अपने आराम के दायरे में खेलना बेहतर होगा और औरों से बेहतर खेलने का प्रयत्न करें। इससे बड़ा प्रश्न यह है कि क्या आपको किसी विषय की उपेक्षा करके उसे अंतिम महीने के लिए छोड़ देना चाहिए? आदर्श उत्तर होगा, कदाचित् नहीं; परंतु JEE, उसकी प्रतिस्पर्धा और विराट् पाठ्यक्रम आपको उस विषय के साथ खेलने का कुछ समय देता है, जिसकी आप उपेक्षा करना चाहते हैं और फिर भी IIT में भरती होने के विषय में विश्वस्त हैं।

~•~

99. जो नहीं जानते, उसे नजरअंदाज करें

JEE एक लंबी परीक्षा है और इसमें बहुत सारे प्रश्न होते हैं। बहरहाल, कटऑफ पर एक नजर डालने से आपको यह पता चलेगा कि यह परीक्षा ऐसी नहीं

है, जहाँ आपको प्रत्येक प्रश्न को हल करना होगा। कई छात्र सीमित प्रश्नों को हल करके भी IIT में पहुँच जाते हैं। एक नियम, जो आपको याद रखना है, वह है कि JEE को पास करने का मतलब हर प्रश्न को हल करना नहीं है; वह उन प्रश्नों को पहचानने का है, जिनके विषय में आपको विश्वास है कि आप सही तरीके से हल कर लेंगे। कई बार ऐसा होता है कि आप किसी ऐसे प्रश्न में उलझ जाते हैं, जिसे आप समझते हैं कि आप हल कर सकते हैं और उस पर बहुत अधिक समय नष्ट कर देते हैं। व्यावहारिक नियम है कि आप आगे बढ़ते रहें। आप किसी भी सवाल पर जरूरत से अधिक समय बरबाद करना तो कतई नहीं चाहेंगे। अगर आप एक सवाल पर ही अटके रह जाएँगे तो बाकी सभी प्रश्नों को हल करने के लिए आपके पास समय कम रह जाएगा और यह आपकी बेचैनी को बढ़ा देगा। ऐसी अवस्था में आप अपना आपा खोना शुरू कर देते हैं और गलती करने की संभावनाएँ बढ़ा लेते हैं। शुरू से ही प्रश्नों के विषय में चयनात्मक रवैया अपनाकर चलें। इससे आप आसानी से प्रश्नों को हल कर पाएँगे, आपके आत्मविश्वास को बढ़ावा मिलेगा और आप बाकी परीक्षा के समय शांत एवं स्थिर चित्त रह पाएँगे।

आप उन प्रश्नों पर निशान लगा सकते हैं, जिन्हें आप दूसरी कोशिश में हल करना चाहते हैं। एक और उपाय है कि आप प्रश्न पर उसकी कठिनता अथवा अपनी सहूलियत के हिसाब से निशान लगा सकते हैं। आप एक स्टार-मार्किंग प्रणाली अथवा उससे तेज एक रेखा, दो रेखा और x प्रणाली (उन प्रश्नों के लिए, जिन्हें आप अंत तक न करने की सोच रहे हैं) का इस्तेमाल कर सकते हैं। मैं तो यह सलाह दूँगा कि आप अपने आराम और तैयारी के अनुक्रम के अनुसार प्रश्नों को करें।

मैंने बहुत से छात्रों को कहते हुए सुना है कि वे गणित पर 180 मिनट में से 90 मिनट बिताएँगे और अंत में 30 मिनट रसायनशास्त्र में, क्योंकि गणित सख्त है और उसमें अधिक समय की आवश्यकता होती है। यदि आपको इस बात पर इतना विश्वास है कि आप एक खास विषय को जल्दी से खत्म कर सकते हैं, तो उसे सबसे पहले करें। इससे अगले विषय पर जाने पर आपका आत्मविश्वास बढ़ेगा। सदैव समय का ख्याल रखें और किसी एक प्रश्न में बहुत देर तक मगन न हो जाएँ।

~•~

100. बीच में परीक्षा के विषय पर विचार-विमर्श न करें

अपने अंतिम चरण में JEE परीक्षा के तीन घंटों के दो भाग होते हैं। इन दो परीक्षाओं के बीच में दो घंटे का अवकाश होता है। आप पहला भाग समाप्त करके परीक्षा केंद्र को छोड़ने, बाहर जाने और खाने इत्यादि के लिए स्वतंत्र हैं। यह अवकाश आपकी अपनी बैटरी रीचार्ज करने के लिए; थोड़ा विश्राम करने के लिए और अपना फोकस वापस लाने के लिए अच्छा है। यह समय अपनी अंतिम पारी खेलने का है। आपको यह निश्चित करना होगा कि आप इस अवकाश के समय का परीक्षा के अगले भाग की तैयारी करने के लिए इस्तेमाल करें।

अवकाश के इस समय में हलकी-फुलकी बातें ही करें। परीक्षा केंद्र के बाहर बहुत अधिक हलचल होगी, खासतौर से जब माता-पिता अपने बच्चों से पूछते हैं कि उनकी परीक्षा कैसी हुई? निरुद्देश्य लोग आपसे पूछेंगे; क्या प्रश्नपत्र कठिन था? यह स्वाभाविक है कि माता-पिता और अन्य छात्रों के मन में बहुत चिंताएँ होंगी, लेकिन आपको ऐसा कुछ नहीं करना है। किसी के साथ भी परीक्षा के विषय पर तर्क-वितर्क न करें। अपने दोस्तों को ढूँढ़कर यह न पूछें कि उनकी परीक्षा कैसी हुई? किसी खास प्रश्न का उत्तर मत पूछिए। किसी भी अनजान व्यक्ति को, परीक्षा सरल थी या कठिन अथवा कोई भाग युक्तिपूर्ण था कि नहीं, उत्तर मत दीजिए। अपने माता-पिता से भी कहिए कि वे ऐसे सवालों से आपको परेशान न करें। किसी सवाल का जवाब गलत भी हो गया है तो उस पर चर्चा न करें। इससे जो हो गया, वह तो ठीक होने से रहा, उलटा आप अगले सत्र में उसे लेकर परेशान जरूर रहेंगे। कहने का अर्थ है कि बीत चुके पर कोई चर्चा करना समझदारी नहीं है।

यह जानकर कि आपने एक गलती कर दी है अथवा यह कि आपका उत्तर आपके मित्र के उत्तर से मेल नहीं खाता, कुछ अच्छा तो हासिल नहीं होगा। यदि आपके कुछ उत्तर मेल नहीं खाते, आपको ऐसा लगेगा, जैसे खेल समाप्त हो गया है! आपका मन इधर-उधर भटकने लगेगा। सबसे अच्छा होगा कि आप यह मान लें कि जो भी आपने किया है, वह सही है और केवल अगले भाग पर फोकस करें।

केवल याद रखिए, आपने अंदर जो भी किया है, वह आपने अपनी क्षमता एवं ज्ञान के अनुसार सबसे अच्छा किया है। अतः तुलना क्यों करें, खासतौर पर जब कुछेक घंटों में एक और परीक्षा शुरू होनेवाली है? जिस समय आप परीक्षा के

कमरे से बाहर निकलते हैं, पहले भाग के विषय में भूल जाइए। परीक्षा के कमरे के बाहर की चहल-पहल में भागीदार न बनें। अपने माता-पिता के पास जाइए, किसी शांत स्थान पर बैठिए, आराम करें और थोड़ा जूस पिएँ। इस अवकाश को अपनी मानसिक ऊर्जा वापस लेने के लिए इस्तेमाल करें और अगले परचे पर फोकस करें। ध्यान रखें कि आप इस समय कुछ खा लें (जो बहुत भारी न हो)। अगर आप उन छात्रों में से हैं, जो इस समय में थोड़ा सो सकते हैं तो यकीन मानिए कि अगली परीक्षा की यही सबसे बेहतर तैयारी है।

□

जिंदगी और IIT

अगर ऐसा हुआ तो?

JEE के अधिकांश प्रार्थियों के मन में जो सबसे बड़ा भय है, वह है, 'यदि मैं न चुना गया तो?' ऐसी स्थिति में हर किसी की कोई-न-कोई योजना होती है। जो सबसे सामान्य तरीका है, वह है कि इंजीनियरिंग कॉलेजों के विकल्पों पर विचार करना और उनकी परीक्षाओं की तैयारी में जुट जाना, जैसे ऑल इंडिया इंजीनियरिंग एंट्रेंस एग्जामिनेशन (AIEEE) विभिन्न राज्य के इंजीनियरिंग संस्थान, जैसे 'देहली कॉलेज ऑफ इंजीनियरिंग' और कुछ निजी कॉलेज, जैसे 'बिड़ला इंस्टीट्यूट ऑफ टेक्नोलॉजी एंड साइंस' में प्रवेश परीक्षा देना। यह तरीका खराब नहीं है; यदि आप IIT से इंजीनियर नहीं बने तो कम-से-कम इंजीनियर तो बन ही जाएँगे। बहरहाल, आपको यह स्पष्ट रूप से निश्चित करना होगा कि आपको क्या चाहिए? कुछ छात्र तो इन कॉलेजों में अपनी कम रैंक के साथ भी दाखिला लेने चले जाते हैं, जिसमें IIT भी शामिल है और फिर अगले साल या उससे दो वर्ष बाद फिर दूसरी बार JEE की परीक्षा देने की तैयारी करते हैं, हालाँकि यह बहुत अच्छा तरीका नहीं है, लेकिन आप अपने बारे में फैसला लेने के लिए स्वतंत्र हैं। मेरा सवाल है कि यदि आपको IIT में प्रवेश के लिए इतना पसीना बहाना पड़ता है तो क्या आई.आई.टी. जैसा संस्थान सच में इसके लायक है? मुझे गलत मत समझिए, परंतु आपको अपनी सोच को बदलना होगा और रोजगार के अन्य विकल्पों का भी मूल्यांकन करना होगा। विज्ञान में कुछ बहुत अच्छे कोर्स हैं। डिजाइन के संस्थान हैं और विदेश में डिग्री के भी विकल्प हैं। इन विकल्पों पर किसी कॅरियर कंसल्टेंट की सलाह लेना सही रहेगा। IIT-JEE ही कोई पूरी दुनिया नहीं है। स्वर्ग तक जाने के लिए केवल यही एक सीढ़ी नहीं है। वहाँ तक और भी बहुत से रास्ते जाते हैं।

सच्चाई...और आनंद का एक क्षण

आप अपनी संभावनाओं को बढ़ाने के लिए इन सौ सुझावों और शायद अपने

एक हजार और सुझावों को जरूर आजमाएँगे और फिर परमात्मा की दुनिया तो अभी बची है। उदाहरण के लिए, अगर छात्र हिंदू है तो वह एक भी मंगलवार नहीं चूकेगा और हर मंगलवार हनुमानजी के चरणों में जाकर बैठेगा या कुछ छात्र तो ऐसे होते हैं कि अपने हाथ के पिछले हिस्से पर टूटी पलक रखकर कोई भी इच्छा माँगना नहीं छोड़ते। पुल के ऊपर से ट्रेन गुजर रही है तो पुल के नीचे खड़े होकर मनोकामना पूरी होने की इच्छा करते हैं। उन्हें लगता है कि मुसीबत की इस घड़ी में पता नहीं कौन महान् आत्मा उनकी मुँहमाँगी मुराद पूरी कर दे!

इसके बाद सगे-संबंधियों की बारी आती है। आपकी सबसे ज्यादा चिंता तो आपकी माँ को होती है, जो हर रात और हर पल परमात्मा से आपकी सफलता के लिए मन्नतें माँगती रहती है। सफलता का वह क्षण आसानी से नहीं आता, लेकिन जब यह आता है तो यह आपको पागल कर देता है। जिस मानसिक दशा की बात हमने पहले की थी, वह यहाँ पर बहुत महत्त्वपूर्ण हो जाती है।

जब मेरे हाथ में मेरा पास आया तो मेरे पाँव जमीन पर नहीं थे।[23] छोटे शहर में बड़े होने की अच्छी बात यह है कि सपने छोटे होते हैं, आशाएँ कम होती हैं; इसलिए खुशियाँ उतनी ही बड़ी लगती हैं। मैंने कभी यह सोचने की कोशिश नहीं की कि मेरी कौन सी रैंक आएगी या मैंने इसके लिए कितनी जान लगाकर मेहनत की थी।

एक दोस्त के बारे में एक छोटी सी बात—मेरा यह दोस्त मुझे यह बताने का कोई मौका नहीं चूकता था कि फलाँ-फलाँ ने कितनी मेहनत की है और उसकी कौन सी रैंक आने की संभावना है। सारा समाचार सुनाने के बाद आखिर में वह मेरा दिल रखने के लिए मुझसे भी कहता था, 'चिंता मत कर, टॉप 500 में तेरा भी नाम जरूर आएगा।' मैं उसकी बातें सुनकर शरमा जाता, लेकिन अगले ही क्षण मुझे रैंक की चिंता सताने लगती और सच कहूँ तो उसकी बातें सुन-सुनकर मुझे अपने बाकी दोस्तों और सहपाठियों से डर लगने लगा था।

मैं सपने देखनेवालों में से नहीं हूँ, लेकिन इस परीक्षा के परिणाम को लेकर तरह-तरह के खयाल दिमाग में आते रहते थे। दोस्त बीच-बीच में आकर बताता रहता कि परीक्षा देनेवाले इलाहाबाद के किस-किस छात्र की कौन सी रैंक आनेवाली है। इसका परिणाम यह हुआ कि मैं भी अपनी रैंक को लेकर हिसाब-किताब लगाने लगा और लगने लगा था कि टॉप 500 में तो बात बन ही जाएगी।

---

23. विवेक

दिमाग में खयाली पुलाव पक रहे थे और सपनों की उड़ान काफी ऊँची थी। कई बार बुरे-बुरे खयाल भी आते। यही कारण था कि जब रिजल्ट आया तो मैं खुशी से पागल ही हो गया था।

तैयारी के दिनों के मेरे एक साथी ने मुझे फोन करके बताया कि एक कोचिंग सेंटर के पास रिजल्ट आ गए थे। हम लोग साइकिल से वहाँ पहुँचे। रास्ते भर हमारे दिल में हुड़क-सी मचती रही। जब मैं वहाँ पहुँचा तो मुझे याद है, कोई मेरा नाम पुकार रहा था। वह सबको बता रहा था कि मैं आ गया हूँ। सबको सूचित करते हुए कि मैं आ गया था। मुझे एक छोटे अँधेरे कमरे में, जहाँ एक आदमी बैठा था, ले जाया गया। उसके सामने टेबल पर दो टेलीफोन थे। एक पर वह बात कर रहा था। वह शायद कोचिंग सेंटर का मालिक था। मुझे बताया गया कि उस साल शहर से केवल मेरा चयन हुआ था और मुझे सबसे श्रेष्ठ रैंक मिली थी। पीठ पर थपकियाँ, चारों ओर से बधाई, बिलकुल सपनों के जैसा! मैं बाहर सड़क के बीचोबीच जाकर बैठ गया और उस पल को अपने भीतर सोखता रहा। मैं जल्दी से घर गया और अपने परिवार को यह खबर सुनाई। तब बारिश हो रही थी। मैं तेजी से छत पर गया और खुद को बारिश में तर-ब-तर कर लिया। मैं खुश था—कम-से-कम उस क्षण।

सपने और सच्चाई

फिर दूसरा भाग आया—वह भाग, जिसमें चाँद पर जानेवाली खुशी होती है, जब सृजनात्मक, सरलता और सुंदरता की बात आती है तो सपने अधिकतर असलियत को हरा देते हैं। मेरे दिमाग ने एक 'जो जीता वही सिकंदर' और 'शोला और शबनम' जैसा ही IIT अहाते का मॉडल बना लिया था। इन दोनों फिल्मों में ही कॉलेज की पृष्ठभूमि थी और प्रायः उसी समय आई थीं, जब मैं JEE की तैयारी कर रहा था। मैं बहुत सारी साइकिलें, बहुत सारे रंगीन कपड़े, एक बहुत सुंदर और महकता परिसर, जिसमें बहुत सारे छात्र घूम रहे हैं और पेड़ों के नीचे बातचीत कर रहे हों, ऐसी कल्पना करता था। जब मैं कानपुर कैंपस में आया तो जाना कि सिर्फ पेड़ ही मेरी इस कल्पना के जैसे थे।

काउंसिलिंग : मुख्य (मेजर्स) बनाम कैंपस

यदि आप नहीं जानते तो यहाँ पर 'मुख्य' का अर्थ है IIT में जिस विशिष्ट

विषय में आप जाना चाहते हैं; अर्थात् मैकेनिकल अथवा कंप्यूटर अथवा टेक्सटाइल इत्यादि। 'परिसर' का अर्थ है IIT का वह खास कैंपस, जिसमें आप जाना चाहते हैं। अतः विवाद इस बात का है कि आपका निर्णय इस बात पर आधारित होना चाहिए कि आप कौन सी विशेषज्ञता चाहते हैं अथवा आप कौन सी IIT में जाना चाहते हैं?

परामर्श एक यथार्थ है; केवल IIT में ही नहीं, बल्कि सामान्यतः भारत की अधिकांश प्रतियोगिता परीक्षाओं में भी। ये काउंसिलिंग की जगह मध्य युग के मछली बाजार से बहुत भिन्न नहीं होती हैं, जहाँ आप अपनी जेब में अपने 'माल' के अच्छे दाम की उम्मीद लेकर जाते हैं। विभिन्न कॉलेजों के बीच विभिन्न विभागों की संबंधित रैंक पहले से ही तय होती है और एक छात्र को शायद, अपना स्थान पाने से पहले ही अपने सगे-संबंधियों और मित्रों से काफी काउंसिलिंग मिल चुकी होती है। कई मायनों में काउंसिलिंग स्थल स्टॉक एक्सचेंज के भीतर जैसा होता है। वहाँ बड़े-बड़े विज्ञापन होर्डिंग होते हैं, जो हर काउंसिलिंग समाप्त होने के बाद किसी खास विभाग की रैंक बतलाते हैं। छात्र बहुत उत्सुकता से इस पर नजर रखते हैं।

यह बहुत अजीब बात है कि हम कैसे अपने रोजगार और जीवन के सिलसिले में काउंसिलिंग के संबंध में सोच सकते हैं? जिस समय मैं अपने प्रथम तीन मनपसंद विषय, जो मैं लेना चाहता था, भर रहा था, तब पहली बार मुझे ऐसा एहसास हुआ कि मैंने पिछले दो वर्षों में इसके बारे में कितना कम सोचा था। मैंने एक परीक्षा के बारे में दो वर्ष सोचा था और अपने जीवन के विषय में सोचना भूल गया था। काउंसिलिंग, जैसा भारत में कहा जाता है, एक मजाक है। यह एक नीलामी के अलावा और कुछ नहीं है और यदि मैं निष्पक्ष होऊँ तो जहाँ इतने सारे लोग इतनी कम सीटों के लिए लड़ रहे हों, मुझे नहीं लगता कि संस्थानों के पास इतने साधन हैं कि वे इन काउंसिलिंग सेशन को बेहतर कर सकें। अतः दायित्व आप पर है कि आप जितना हो सके, काउंसिलिंग ले लें, इससे पहले कि आपको IIT-JEE की औपचारिक काउंसिलिंग के लिए बुलाया जाए।

अठारह साल की आयु में अधिकांश छात्र यह नहीं जानते कि वे कौन सा कोर्स लेना चाहते हैं और वे कौन सा IIT चुनें? साफतौर पर कहें तो जब आपने अपने विद्यार्थी जीवन के पिछले पंद्रह साल गणित और विज्ञान पढ़ा है, टेक्नोलॉजी, विद्युत् इजीनियरिंग, कंप्यूटर इत्यादि हर प्रकार के कोर्स अनजाने प्रतीत होते हैं और आप यह निर्णय नहीं ले सकते कि आपको कौन सा अच्छा लगेगा और आपको कौन सा कोर्स करने में मजा आएगा? जब मैं काउंसिलिंग के लिए गया तो मेरी

बाकी लोगों जैसी कोई धारणा नहीं थी। मैंने अपने बड़े भाई-बहनों से बात की थी और अपने वरिष्ठ लोगों से विकल्पों की सलाह ली थी, परंतु अंत में यह मेरे ऊपर छोड़ दिया गया था। जो समस्या को और जटिल बना देता है, वह यह तथ्य है कि आपको न केवल मुख्य विषय चुनना है, आपको अपने मनपसंद IIT का भी चयन करना है। दस साल पहले प्राय: सभी IIT एक ही स्तर के थे। जो नए IIT बने हैं, उन्होंने यह फैलाया है कि अधिक प्रतिष्ठित और पुराने IIT, नए IIT से बेहतर होंगे।

एक तरीके से काउंसिलिंग शायद आपका पहला मौका है, जब आप कोई बड़ा निर्णय लेंगे, जिसका इसके साथ परस्पर संबंध हो कि आप अपने जीवन के बड़े हिस्से में किस प्रकार का कार्य करेंगे! अत: समय लीजिए; अपने वरिष्ठ लोगों के साथ जितनी हो सके, बातचीत कीजिए। उन्हें यह बताइए कि आपको क्या पसंद है और क्या नापसंद। उन्हें यह बताइए कि आप अपनी नौकरी से क्या आशा करते हैं (एक हलका सा विचार भी काफी है); उनसे पूछिए कि उनके अनुसार उन्होंने सही चुनाव किया है कि नहीं और यदि उन्हें एक बार फिर निर्णय लेना होता तो वे क्या सोचते?

निर्णय लेते समय आपको किन-किन बातों को नहीं देखना चाहिए—

1. **आपके घर से दूरी**—घर के पास के IIT में होना बहुत अच्छा है, लेकिन यह ऐसा कारण नहीं है, जिससे आपका चुनाव तय हो। सब माता-पिता जैसे आपके माता-पिता भी शायद चाहते हों कि आप उनके समीप रहें, लेकिन सत्र के बीच में घर आने की संभावनाएँ कम हैं। पहले साल के बाद आप शायद घर न भी जाना चाहें, बल्कि अपने मित्रों के साथ घूमने की कोई योजना बनाना पसंद करें।
2. **आपके पड़ोसी के रिश्तेदार ने शाखा x ली थी और अब वह बहुत अच्छा कर रहा है**—इस पर मत जाइए। सलाह लेना बहुत अच्छा है, परंतु सही लोगों से। सिर्फ इसलिए कि कोई अनजान व्यक्ति किसी खास IIT में गया था और किसी खास शाखा में, इसका मतलब यह नहीं है कि वह आपके लिए भी सही विकल्प हो। ऐसी सलाह को अनसुना कर दें।
3. **शाखा x ही भविष्य है**—भविष्य के विषय में केवल इतना ही बताया जा सकता है। जब लोग कहते हैं कि भविष्य इस क्षेत्र अथवा उस विषय का होगा, तो उस पर ध्यान न दीजिए। अपना मुख्य विषय इसलिए

मत चुनिए, क्योंकि कोई मानता है कि वह अगले दस वर्षों अथवा आनेवाले समय में सबसे बड़ी चीज होगी। एक छात्र को इस प्रकार की भविष्यवाणी पर आधारित प्रोफेशन का चुनाव नहीं करना चाहिए।

याद रखिए, आप जिस भी IIT और जिस भी कोर्स को चुनेंगे, आप कभी भी 100 प्रतिशत निश्चित नहीं होंगे कि आपने सही चुनाव किया था। फिर भी आप निश्चिंत रहिए कि यह आपके व्यावसायिक जीवन का सर्वस्व है। संभव है कि जो काम आप अंत में कर रहे हों, उसका, जो कोर्स आपने IIT में किया है, उससे बहुत कम संपर्क हो। अत: मैं फिर एक बार कहूँगा, समय लगाइए, यह सोचें कि आपको किस बात की आवश्यकता है, अपनी रुचि के अनुसार अपने विषय का चुनाव स्वयं करें। क्या आप तैयार हैं ?

एक मिनट के लिए मान लीजिए कि आप ग्यारहवीं अथवा बारहवीं कक्षा के छात्र नहीं हैं।

मैं चाहता हूँ कि आप यह सोचें कि आपको अभी से ही IIT के लिए चुन लिया गया है और यह कि आपको ऐसी रैंक मिली है, जो आपकी सबसे अच्छी हो। आप कौन सा कोर्स और कौन सी IIT चुनेंगे ? वह IIT दिल्ली से टेक्सटाइल इंजीनियरिंग, IIT मद्रास से इलेक्ट्रिकल इंजीनियरिंग अथवा IIT कानपुर से कंप्यूटर इंजीनियरिंग ? एक बार जब आप चुनाव कर लेते हैं, तो अपने आप से पूछिए, 'मैंने ऐसा चुनाव क्यों किया ?' क्या आप जानते हैं कि आपको पहले वर्ष में क्या सिखाया जाएगा, क्या आप इनमें से प्रत्येक कोर्स के तर्क-वितर्क जानते हैं, क्या आप एक कंप्यूटर इंजीनियर बनाम टेक्सटाइल इंजीनियर के भविष्य के विषय में जानते हैं, इससे भी अधिक बड़ा प्रश्न है—क्या आपका इस विषय से कोई संबंध है ?

मैं यह अपने अनुभव से कह सकता हूँ।[24] जैसे ही मेरा चुनाव हो गया, मेरे पिताजी मुझे हमारे स्थानीय इंजीनियरिंग कॉलेज के एक वरिष्ठ प्रोफेसर के पास ले गए। यह सलाह लेने के लिए कि मुझे कौन सी शाखा लेनी चाहिए ? प्रोफेसर ने सोचने में एक क्षण भी नहीं लगाया और मेरे लिए इलेक्ट्रिकल इंजीनियरिंग की सलाह दी। फिर उन्होंने इस धारा की खूबियाँ बताईं और यह तथ्य भी बताया कि इलेक्ट्रिकल इंजीनियर आखिर में कंप्यूटर इंजीनियरिंग में चले जाते हैं, परंतु इसका उलटा नहीं होता। उनकी बातों का मेरे ऊपर कोई असर नहीं पड़ा, क्योंकि वह मुझसे अधिक खुद को उसकी खूबियाँ गिना रहे थे, लेकिन इससे मुझे यह विश्वास

---

24. विवेक

हो गया कि मेरा भविष्य इलेक्ट्रिकल इंजीनियरिंग में ही था। तीन दिन तक मैं इसके बारे में सोचता रहा और उसके बाद काउंसिलिंग के लिए गया।

मैं अपनी बहन और जीजाजी के साथ काउंसिलिंग सेंटर पर गया। जब मैं अंदर फॉर्म भर रहा था और अपने होनेवाले सहपाठियों के साथ बातचीत कर रहा था, एक अनजान व्यक्ति ने मेरे जीजाजी को समझाना शुरू कर दिया कि 69 रैंक के साथ कंप्यूटर साइंस छोड़ देना बेवकूफी होगी। उसके तर्क में निश्चय ही कोई दम होगा, क्योंकि मुझे तुरंत ही कमरे से बाहर बुलाया गया और नई जानकारी से अवगत कराया गया। तमाम समझाने-बुझाने का असर यह हुआ कि मैंने अपना फैसला बदल लिया और कंप्यूटर साइंस लेने का फैसला किया।

इसने निश्चित तौर पर मेरी जिंदगी में थोड़ा ड्रामा पैदा कर दिया। खुशकिस्मती से मेरी रैंक मजबूत थी, परंतु मैंने देखा है कि किस तरह एक महत्त्वपूर्ण निर्णय इतनी जल्दबाजी के बीच लिया जाता है। मेरी आपको यही सलाह होगी कि आप काउंसिलिंग को बहुत गंभीरता से लें, पहले से तैयारी करें।

अपने लिए सोचें

इस अफरा-तफरी को टालने के लिए मेरा एक नुस्खा है—अनुभवी लोगों से बात करें। मैं जानता हूँ कि बहुत सारी प्रेरणादायक पुस्तकें, जीवन को समझने में मदद का दावा करनेवाली किताबें उपलब्ध हैं, जो बहुत लोग पढ़ते हैं। मेरे स्वयं के पिताजी स्वामी विवेकानंद के बहुत बड़े भक्त थे और मुझे उनकी पुस्तकें पढ़ने के लिए प्रेरित किया करते थे।[25] उनको खुश करने के लिए मैंने उनकी जीवनी और स्वामीजी का एक बड़ा पोस्टर खरीदा और उसे अपने कमरे में टाँग दिया। मेरे पिताजी मुसकरा उठे! क्या मैं स्वामी विवेकानंद पर श्रद्धा करता और उनसे प्रेरित होता था? निश्चय ही! क्या विवेकानंद से मुझे मेरी जीवन-वृत्ति के संबंध में कोई व्यावहारिक सलाह मिली? नहीं! क्योंकि विवेकानंद, आइंस्टाइन, एडिसन और रामानुजन एक अलग समय में हुए थे। जो उन्होंने किया और कहा, उसे समझकर हमारी रोजमर्रा की जिंदगी के अनुसार उसे ढालना होगा, लेकिन इससे भी अधिक फायदेमंद उन लोगों को देखना होगा, जिन्होंने हाल-फिलहाल में अपने जीवन में लड़ाई लड़ी हो, आपके जैसे कोई व्यक्ति, जिसने असली में IIT दिल्ली से इंजीनियरिंग पढ़ी हो, उससे बात करना अधिक मूल्यवान् होगा। धीरे-धीरे आपको

---

25. विवेक

सब साफ दिखने लगेगा। मेरी बात का यकीन कीजिए, जितने लोग IIT में जाना चाहते हैं, उनमें से 99 प्रतिशत वहाँ नहीं गए हैं। जो बदला है, वह सिर्फ यह है कि 1992 में आमिर खान ने हमें यह विश्वास दिला दिया कि प्रत्येक कॉलेज उस तरीके का होता है, जैसा कि 'जो जीता वही सिकंदर' में था। 2009 में उन्होंने हमें विश्वास दिलाया कि वह 'थ्री इडियट्स' के जैसा होता है। दूसरों की सलाह पर अपना जीवन दाँव पर लगाने से पहले यह समझ लें कि IIT में सीट आपके लिए क्या मायने रखती है!

योजना की तैयारी

JEE के जैसे ही IIT की भी एक योजना बनाने की जरूरत है। एक बार जब आपका चयन हो जाता है तो आपको बहुत अधिक समय नहीं मिलता। अतः पहले से ही योजना मन में बना लें तो बेहतर रहेगा। मैं तो डिग्री के लिए चार वर्षों की योजना की रूपरेखा पहले ही तैयार कर देता था।

व्यक्तित्व विकास का प्रोग्राम

पर्सनैलिटी डेवलपमेंट प्रोग्राम (PDP) के बारे में कुछ शब्द यहाँ आवश्यक हैं। यह करीब एक माह चलता है, परंतु जो यादें यह छोड़ जाता है, वे पूरे जीवन रहती हैं। विश्वास कीजिए, PDP आपके व्यक्तित्व की सबसे बड़ी परीक्षाओं में से एक और दोस्त बनाने का सबसे अच्छा मौका होगा। यह इस बात को जानने का सबसे अच्छा मौका है कि आप कितने मजबूत हैं! IIT और उसके बाद के जीवन से गुजरने के लिए PDP व्यक्तित्व परीक्षा में शामिल होना बहुत जरूरी है।

अच्छा या बुरा

मुझे तो काउंसिलिंग वाले दिन ही PDP की झलक मिल गई थी।[26] मुझे याद नहीं किस कारण से, मैं एक हॉस्टल की ओर घूमने चला गया। मेरे सीनियर छात्रों का एक ग्रुप मेरे लिए रुका था। अब इसके बारे में सोचिए—काउंसिलिंग तो गरमी में होती है, जो छात्रों के लिए अवकाश का समय होता है। तो फिर ये छात्र हॉस्टल में क्या कर रहे थे? इन विस्तृत विवरणों के विषय में सोचने के लिए मेरे पास समय नहीं था। कुछ ही मिनटों में मेरे सीनियर मेरे ऊपर थे। PDP की दिलचस्प बात यह है कि आप अपने जीवन में केवल एक बार ही इसका सामना करते हैं

26. विवेक

और बाकी तीन बार आपके हाथों में इसकी कमान रहती है। इसी कारण हममें से अधिकांश PDP को मौन रूप से समर्थन देने लगते हैं, परंतु उस छात्र से पूछिए, जिसका सामना इससे पहली बार हो रहा हो—इसमें कभी भी कोई मजा नहीं होता। कहीं से भी आए अनजान लोग आपके मूल्यों के साथ, आपकी पृष्ठभूमि के साथ और आपकी मान-मर्यादा के साथ खिलवाड़ करते हैं। वे चाहे जितना भी सभ्य और मैत्रीपूर्ण दिखने की चेष्टा करें, यह कभी भी आनंददायक नहीं हो सकता। मैं स्वीकार करता हूँ कि मेरे स्वयं के PDP के समय में कुछ अच्छे क्षण थे, जिनमें कुछ दिलचस्प और मजाकिया सीनियर थे, परंतु पूर्ण रूप से देखें तो यह एक बेकार अनुभव था। अत: अपने ही PDP सेशन में, मैं बहुत डरा हुआ था। ऐसा लग रहा था, जैसे कि उन सीनियर्स में इतनी शक्ति है कि वे कुछ भी कर सकते हैं।

मुझे अभी भी याद है कि उनके साथ एक पूर्वी एशियाई नैन-नक्शवाला छात्र भी था, जिसे वह 'बोडो' बताते थे और कहते थे कि वह अपनी पैंट में हमेशा एक खुखरी रखता था। कुछ समय बाद बोडो मेरा मित्र बन गया और हम अपनी पहली नौकरी के लिए एक साथ गए थे और वे सब सीनियर्स, जो उस दिन मेरा PDP कर रहे थे, वे भी मेरे बहुत अच्छे मित्र बन गए थे; परंतु उस दिन तो उन्होंने मुझे विश्वास दिला दिया था कि बोडो की पैंट में खुखरी थी। जब वे मुझे IIT के पीछे हॉल संख्या-3 (जो आज बहुत चहल-पहलवाली जगह हो गई है) के उन सूखे, सुनसान इलाके में घुमाने ले जाते थे तो मुझे आज भी अच्छी तरह याद है, जब मुझे सच में यह डर लग गया था कि खुखरी सच में बाहर निकलकर मेरी पसलियों में घुस जाएगी। हाँ, PDP भयानक होती है और आपके मानस पर इसका खराब असर होता है। (आज मैं इस बात पर हँसता हूँ कि उन दिनों में मैं कितना भोला-भाला और बेवकूफ था कि मैं उन लोगों से डरता था)।

PDP में टिके रहना

इससे पार पाने का यही एक रास्ता है कि आप बिलकुल शांत रहें। आपको कोई मार नहीं डालेगा। जहाँ इतने सख्त नियम हैं, वहाँ वे कुछ भी गंभीर करने से उतना ही डरते हैं, जितना आप। धमकियों से मत डरिए। वह ऐसा सिर्फ आपको परेशान करने के लिए कह रहे हैं; उनका ऐसा कोई मकसद नहीं है। यह आपकी चीजों को इतनी सूक्ष्मता से न देखने की क्षमता की परीक्षा है। निजी मजाक गंभीर मानसिक क्षति का सबसे सामान्य कारण है। यदि ऐसा कुछ होता है, तब आप गुस्सा

हो सकते हैं, परंतु पूरे तौर पर गुस्सा मत होइए। मेरी पहली प्रतिक्रिया केवल हँस देना होती थी, परंतु गंभीर रूप से यह बताने के लिए कि 'श्रीमान्, ऐसी बातें मत कहिए'। विश्वास कीजिए, उन्हें संकेत मिल गया कि मैं इसे मजाक के तौर पर नहीं ले रहा। वे आपके दुश्मन नहीं हैं, परंतु उन्हें आपके मजाक सह लेने के स्वभाव का भी तो पता नहीं है। अतः अगर आप परेशान हो रहे हों, तो उन्हें बताते रहिए और हलके-फुलके मजाक के माहौल को बनाए रखिए। मैंने दो प्रकार के व्यक्तियों को ही देखा है, जो आराम से PDP से प्रसन्नता से गुजर जाते हैं। जो खूबियाँ सबसे अच्छा काम करती हैं, वे हैं—गाना गाना और नकल उतारना, इसलिए काउंसिलिंग की तैयारी के दौरान कुछ गाना-बजाना सीखना और थोड़े-बहुत चुटकुले याद कर लेना अच्छा रहता है।

पहला साल

इस वर्ष आपका मंत्र होना चाहिए—एड़ी-चोटी का परिश्रम करना। पहले साल में तो आपकी बैंड ही बजने वाली है; अतः यदि आपने कड़ी मेहनत नहीं की तो आप इस आँधी में उड़ जाएँगे। आप में से अधिकांश लोगों के लिए यह एक नया अनुभव होगा। हॉस्टल का अनुभव, देर रात की मैगी, रोज सवेरे समय पर कक्षा में पहुँचने की जल्दी, कभी-कभार होनेवाली सारी रात की पढ़ाई और मस्ती तो होगी ही। टिके रहने, अपने पहले वर्ष से अधिक-से-अधिक पाने के लिए और अगले तीन वर्षों के लिए एक मजबूत बुनियाद डालने के लिए आपको दो पहलुओं—रिश्ते एवं पढ़ाई का संतुलन बनाए रखना है।

रिश्तों को प्राथमिकता के अनुसार, मजबूत बनाना है—समकक्ष, वरिष्ठ और फैकल्टी। अपने परिवार के संबंध में भूल जाइए; वे तो साथ में होंगे नहीं। यदि आप महीने में चार बार भी घर जाते हैं तो उससे कोई फायदा नहीं होगा, क्योंकि जैसे ही सोमवार को सवेरे सात बजेंगे, आपकी सहायता करने के लिए आपके परिवार का कोई नहीं होगा। केवल आपके सहपाठी ही अगले चार सालों के लिए आपके मित्र और परिवार होंगे। आपके मित्र ही आपके साथ मस्ती करेंगे, आपका मजाक उड़ाएँगे, आपसे लड़ेंगे, आपके लिए लड़ेंगे, जब चीजें गलत हो जाएँगी अथवा खराब समय चल रहा होगा, तब यही आपके पास खड़े होंगे। ये आपको बेवकूफ बनाने के लिए आपको अकेला छोड़कर नहीं जाएँगे।

मैं रिश्तों के संबंध में कोई गुरु नहीं हूँ (असली में बिलकुल इसके विपरीत),

परंतु मैं आपको एक मंत्र बता सकता हूँ, जो हमउम्र लोगों के साथ रिश्ते निभाने में बहुत काम आता है, 'इज्जत दो और इज्जत लो।' इज्जत एक दोतरफा रास्ता है और यदि आप इज्जत नहीं देते हैं तो आपको इज्जत पाने की भी कोई उम्मीद नहीं करनी चाहिए। आपका हर सहपाठी आपके जैसा ही चुस्त है और यदि आप उसको इज्जत नहीं देते तो वह खुश नहीं होगा। इसका अर्थ यह नहीं है कि आप अपने सहपाठियों के साथ मजाक अथवा छेड़खानी नहीं कर सकते, परंतु आपको मजाक और दूसरों को दुःख पहुँचाने के बीच की सूक्ष्म रेखा का सम्मान करना सीखना होगा। IIT एक बहुत ही खूबसूरत जगह है और यहाँ आपको ऐसे रिश्ते बनाने में मदद मिलती है, जिनकी मिठास जिंदगी भर आपके साथ रहेगी। यहाँ आपको अपने में ही सिमटकर नहीं रहना है; ऐसा इनसान नहीं बनना है, जो कुछ ज्यादा ही प्रतियोगी दिमाग का हो, नोट्स और महत्त्वपूर्ण जानकारी को दूसरों के साथ न बाँटें। ऐसा करने से हो सकता है, आपको अधिक अंक मिल जाएँ, परंतु आपको अपने सहपाठियों से कोई इज्जत नहीं मिलेगी। आपकी रैंक आपको यहाँ तक ले जरूर आई है, लेकिन इसके बाद आपको अपनी पर्सनैलिटी का विकास स्वयं करना है। अत: अपने मित्रों की सहायता कीजिए और उनकी जीत में खुश होना सीखिए।

एक साथ काम करने का अर्थ यह नहीं है कि आप मदिरापान करें, सिगरेट पिएँ और LAN में सिनेमा देखें—मिलकर काम करने का मतलब केवल यही नहीं होता। एक साथ काम करने का अर्थ यह भी है कि आप खेल-कूद और सांस्कृतिक चीजों में भाग लें, दौड़ें और जिम जाएँ, यहाँ तक कि लाइब्रेरी भी जाएँ। इसके अलावा कोशिश कीजिए कि आपका दोस्तों का दायरा जितना संभव हो, बड़ा हो। निश्चित तौर पर आपके कुछ घनिष्ठ मित्र होंगे, परंतु इसका यह मतलब नहीं है कि आप औरों के साथ न मिलें। IIT के सीनियर्स अन्य अधिकांश कॉलेजों से भिन्न कार्य करते हैं। केवल 'सर-सर' कहना और दोहरे हो जाने से कुछ नहीं होता। एक ' हँसने-बोलनेवाला व्यक्तित्व' होना बेहतर होगा। हॉस्टल अथवा प्रतिष्ठान के कार्यक्रमों में आप जितने अधिक सक्रिय होंगे, उतने ही अच्छे सीनियर्स से आपके संबंध होंगे।

अंतत: आवश्यकता है कि आप IIT में अपने प्रोफेसरों के साथ अपने रिश्तों को कैसे निभाते हैं—उन्हें पहले वर्ष में छात्रों में जो सबसे अच्छा लगता है, वह है, अनुशासन। असल में देखा जाए तो अनुशासन ही शिक्षकों से आपके रिश्ते बनाए रखता है; साथ ही यह पढ़ाई में भी आपके काम आता है। सहज रहिए; कक्षा में

समय पर जाइए, ध्यान दीजिए और अपने प्रोजेक्ट्स को समय से दें। करने से ज्यादा आसान बोलना होता है। IIT के किसी भी छात्र से पूछिए और वह आपको बताएगा कि किसी भी कक्षा में 5 प्रतिशत से अधिक छात्र, पहले दो स्तरों तक इसका अनुपालन नहीं कर पाते। रैंक के विषय में तो भूल ही जाइए। यदि आप कक्षा में समय पर पहुँचने के लिए पर्याप्त अनुशासित हैं और पाठों को ध्यान से सुन पाते हैं तो रैंक अपने आप आ जाएगी।

सबसे महत्त्वपूर्ण है कि आप रिश्तों और पढ़ाई का समीकरण संतुलित रखें। जिस समय यह संतुलन असंतुलित हो जाएगा, आप IIT ग्रिड से नीचे गिर जाएँगे। एक सहज व्यावहारिक चीज है कि आपके अंतिम ग्रेड प्रथम वर्ष के पश्चात् आए ग्रेड के पास होने चाहिए। ग्रेडिंग में यह देखने में आता है कि धीरे-धीरे कठिन होते जाते हैं अथवा जैसे-जैसे सत्र बढ़ता जाता है, आपकी रैंक घटती जाती है।

दूसरा वर्ष

IIT का शायद यह सबसे उत्साही साल होता है, क्योंकि अब तक आप सिस्टम में अच्छी तरह घुल-मिल गए होते हैं और प्रारंभ में जो कोई भी दुविधा रही होती है, वह अब तक चली गई होगी। माहौल आपके लिए कूल हो चुका है और अपनी बात कहने में पहले जैसी झिझक या शर्म महसूस नहीं करते हैं। सामान्यत: इस वर्ष में छात्र आराम करते हैं और उनका फोकस नई चीजों (टेनिस, नृत्य, स्पिक मैके इत्यादि) पर होता है।

जहाँ यह साल आपको मस्त रहना सिखाता है तो यही वह साल भी है, जब ज्यादातर लोग रास्ता भूल जाते हैं। आपने जरूर वे डरावनी कहानियाँ सुनी होंगी, जिसमें छात्र शराबी बन जाते हैं, पूरे साल फेल होते हैं, सत्र से ही उन्हें बाहर कर दिया जाता है। सामान्यत: इस साल से यह सब शुरू हो जाता है, इसलिए इस सब मस्ती के बीच में आपको थोड़ा-बहुत समय पढ़ाई के लिए जरूर निकालना है।

मैं इस पर इतना जोर इसलिए दे रहा हूँ, क्योंकि दूसरे वर्ष के अंत में ही आपको पता लगता है कि आपके पैरों के नीचे तो जमीन ही नहीं है! आपकी यह सोचकर हवा खराब हो जाती है कि सी.जी.पी.ए. में कैसे इज्जत बचाई जाए? न ही आपने सांस्कृतिक गतिविधियों में कोई कमाल दिखाया होता है। यदि आपका दूसरा वर्ष IIT के औसत दूसरे वर्ष के अनुसार होता है (कहने का मतलब है—सबकुछ, सिवाय पढ़ाई के), तो मैं पक्का कह सकता हूँ कि चौथे सत्र के बाद आप खुद

को चौराहे पर खड़ा महसूस करेंगे। दूसरे वर्ष में यह पता करने के लिए या फिर कम-से-कम यह सोचना तो शुरू कर दीजिए कि आपको अपने IIT के अनुभव से क्या आशा है और IIT के बाद क्या करना है ? मैं ऐसा इसलिए कह रहा हूँ, क्योंकि वर्ष के अंत तक यदि आपने निश्चय नहीं किया (या कम-से-कम इसके विषय में सोचना शुरू नहीं किया) कि आप बाद में क्या करना चाहते हैं, तो आपको लगेगा कि आप भीड़ में गुम हो रहे हैं और आपके आत्मविश्वास को ठेस पहुँचेगी।

इसलिए दूसरा वर्ष एक साफ ध्येय के साथ शुरू करें, जिसमें कि इस वर्ष के अंत तक आपको यह तय कर लेना होगा कि IIT के बाद आप कहाँ होना चाहते हैं और शायद यह भी कि जब आप पैंतीस साल के होंगे तो आप कहाँ होना चाहेंगे ? आपके पास विकल्प हैं—शैक्षिक, लोक सेवा, निजी सेवा अथवा अपना कोई उद्यम। इन विकल्पों में से, जिसे भी आप चुनें, उसमें जी-जान लगा देनी होगी; क्योंकि दूसरे वर्ष के बाद आप सारे विकल्प खुले नहीं रख सकते।

अब एक वर्ष में आप इस सब को कैसे सुलझाएँगे ? अच्छी खबर यह है कि आपने अपने प्रथम वर्ष में उचित सलाह मानी है और आपके कुछ अद्भुत सीनियर्स एवं प्रोफेसर हैं, जिनके साथ आप इस सब के विषय में विचार-विमर्श कर सकते हैं और जब सबकुछ नाकामयाब हो जाता है, तब गूगल है ! असल में अब से जब भी मैं सीनियर्स कहूँगा, उसमें गूगल को भी शामिल कर लीजिएगा। अपने अंतिम वर्ष के सीनियर्स से बातचीत करें। यदि संभव हो तो उनके साथ कैंटीन अथवा लाइब्रेरी में कुछ वक्त गुजारिए और धीरज धरे रखिए। मूल प्रश्न पूछ-पूछकर उनका दिमाग खराब न करें। अगर आप चौकस होकर सीखने में यकीन रखते हैं तो सीनियर्स के पास इतना ज्ञान होता है कि आपसे सँभाले नहीं सँभलेगा। कुछ ही वर्षों में जिनका आप स्थान लेना चाहते हैं, उनके विषय में सबकुछ जानने की कोशिश करें। उनसे पूछिए कि IIT के पश्चात् क्या-क्या विकल्प हैं, प्रत्येक के क्या तर्क-वितर्क हैं और आपको किस प्रकार इन विकल्पों के लिए तैयारी करनी चाहिए ?

चार विकल्पों के संबंध में मैं आपको संक्षेप में जानकारी देता हूँ—

शिक्षा का अर्थ है—अनुसंधान और पढ़ाना। असल में एक IIT के छात्र के लिए अनुसंधान, शिक्षण से बहुत अधिक मायने रखता है। IIT से निकलने के पश्चात् आपको कम-से-कम और छह साल का कैंपस जीवन बिताना पड़ेगा। किसी को यह बात कड़वी लग सकती है और किसी को मीठी। इसका अर्थ यह भी है कि आपको यह जानना होगा कि ये छह वर्ष बिताने की सबसे अच्छी

जगहें कौन सी हैं। ये जगहें बहुत चुनिंदा किस्म की होती हैं—एक प्रयोगशाला अथवा अनुसंधान करनेवाला ग्रुप। सीनियर्स और प्रोफेसर्स आपको बता सकते हैं कि मशीन की जानकारी की प्रणाली का अनुसंधान सबसे अच्छा उल्बाना-शैंपेन इलिओनोय यूनिवर्सिटी में होता है अथवा कोम्प्यूटेशनल रसायनशास्त्र का अन्वेषण जॉन होपकिंस में होता है, इत्यादि। अभी आप रत्ती भर भी नहीं समझ पाएँगे; परंतु धैर्य रखिए और इसके विषय में सोचते रहिए। धीरे-धीरे आप वह पा जाएँगे, जो आप चाहते हैं।

लोक सेवा का अर्थ केवल IAS नहीं है। यह भी आवश्यक नहीं है कि वह सरकारी नौकरी ही हो। लोक सेवा का अर्थ है, वह श्रेणी, जहाँ सामान्य व्यक्ति और उनकी रोजमर्रा की समस्याएँ, आपकी अपनी समस्याएँ हो जाती हैं। अत: यह कोई NGO भी हो सकता है और एक NGO संयुक्त राष्ट्र (UNO) जितना बड़ा भी हो सकता है! उन व्यक्तियों के लिए, जो पुस्तकों और दफ्तरों की दुनिया से अधिक बाहरी दुनिया में दिलचस्पी रखते हों, उन्हें यह संगीत जैसा लगता है। बहुत से लोग होते हैं, जो जरा भी अन्याय बरदाश्त नहीं कर पाते। लोगों पर जुल्म होते देख उनकी आँखों में लहू उतर आता है, लेकिन कुछ ऐसे भी होते हैं, जिन्हें कोई फर्क नहीं पड़ता और वे आँखें फेरकर निकल जाते हैं। यह आपको तय करना है कि आप इन दोनों में से किस श्रेणी से ताल्लुक रखते हैं!

एक बार जब आप लोक सेवा के संबंध में यह निश्चित कर लेते हैं तो 99 प्रतिशत संभावना है कि आप IAS के विषय में सोच रहे हैं। इसमें कोई बुराई नहीं है; भारत में यह आज भी एक प्रतिष्ठित नौकरी मानी जाती है। सीनियर्स और इंटरनेट पर जाकर यह जानने की कोशिश करें कि इसकी तैयारी किस प्रकार करनी चाहिए? सामान्यत: यह दो अथवा तीन वर्षों की लंबी दौड़ है, न कि छह महीने की तेज दौड़ (CAT/GRE/GMAT से भिन्न)। क्या आप इसके लिए तैयार हैं? आप IAS की परीक्षा के लिए कौन-कौन से विषय चुनेंगे? आप जितना इन चीजों के विषय में स्पष्ट होंगे, उतना ही आपका दूसरा वर्ष सफल होगा।

गैर-सरकारी कार्य न केवल सबसे सहज विकल्प है, बल्कि सबसे अस्पष्ट भी। इस काम को चार आयामों में परिभाषित किया जाता है—उद्योग, भूमिका, श्रेणी और आय। उद्योग स्वचालित हो सकता है। IT, BFSI (बैंकिंग, वित्तीय सेवा और बीमा) इत्यादि। आपके लिए क्या सही होगा, यह इस बात पर निर्भर करेगा कि आपने विषय क्या चुना है, उसमें आपने अंक कितने प्राप्त किए हैं? अगर आपने

बहुत अच्छे अंक हासिल किए हैं तो तकनीक और वित्त उद्योग IIT के किसी भी विभाग के स्नातकों का बाँहें फैलाकर स्वागत करता है। अन्य उद्योग थोड़े और रूढ़िवादी हैं। आपकी भूमिका वहाँ एक तकनीकी विशेषज्ञ, एक सौम्य मैनेजर की, एक चतुर चालाक विक्रयकर्ता की, एक प्रभावशाली विक्रेता की अथवा एक वित्त विश्लेषक की हो सकती है। श्रेणी शुरुआती स्तर से लेकर मध्य मैनेजमेंट से मुख्य एग्जिक्यूटिव तक, कुछ भी हो सकती है। मुझे आपको वेतन के विषय में बताने की आवश्यकता नहीं होनी चाहिए। एक गैर-सरकारी कार्य में, जो समझनेवाली सबसे महत्त्वपूर्ण बात है, वह यह कि इसमें ऊपर चढ़ने के लिए कोई सीधी सीढ़ी नहीं होती है।

इस विषय में आपके सीनियर्स और दुनिया आपको बहुत ज्ञान देगी, पर मैं केवल इतना कहूँगा कि आपका IIT का बैज सदाबहार है, लेकिन उसकी चमक भी समय के साथ धुँधली पड़नी शुरू हो जाती है। अतः एक ऐसी जीविका अथवा भूमिका चुनिए, जिसमें आप स्वाभाविक तौर पर अपना विकास कर सकें और आपको आगे जाने के लिए अपने बैज पर निर्भर नहीं करना पड़े। एक उच्च कोटि के व्यावसायिक स्कूल का बैज एक IIT के छात्र के लिए कम महत्त्वपूर्ण है, क्योंकि वह ऐसे व्यवसाय में है, जहाँ वह श्रेष्ठ करेगा ही। अतः CAT की तैयारी में कूदने के पहले यह निश्चित कर लीजिए कि आपने कम-से-कम तीन या चार अच्छी-अच्छी नौकरियों के विकल्प सोच लिये हैं।

प्रत्येक एंटरप्रेन्योरशिप आजकल सबसे अच्छा विकल्प है और शायद IIT के छात्रों के लिए सबसे सही भी। यदि आप एंटरप्रेन्योर बनना चाहते हैं तो कम-से-कम एक ऐसी चीज है, जो आपको निश्चित तौर पर नहीं करनी चाहिए और वह है— हर रोज अपने कारोबार के बारे में सौ से अधिक आइडिया सोचना और उन्हें अपने सीनियर्स और सहपाठियों को बताना। इससे या तो आप उन्हें परेशान कर देंगे अथवा वे आपको प्रोत्साहित नहीं करेंगे। दोनों तरफ से ही आपके निजी संबंधों में दरार पड़ जाएगी। एंटरप्रेन्योरशिप जीविका उनके लिए सही है, जो कुछ और करने का सोच ही नहीं सकते अथवा जो अपने इस विचार में विश्वास रखते हों। यह DNA है, यह उत्पत्तिमूलक है। एंटरप्रेन्योर बनने के लिए केवल इसलिए न सोचें कि वह सुनने में बहुत रोमांचक लगता है। यह समझने के लिए कि यह क्या है, सफल एंटरप्रेन्योर, जैसे स्टीव जॉब्स, बिल गेट्स, जे.आर.डी टाटा और कप्तान जी. आर गोपीनाथ की जीवनियाँ पढ़िए। प्रेरणा ही इसकी कुंजी है।

तीसरा साल

आपका तीसरा वर्ष उन फैसलों को क्रियान्वित करने का है, जो आपने दूसरे वर्ष में लिये हैं। मैं एक बार फिर दोहराऊँगा, श्रेणी के विषय में चिंता न करें। केवल अनुशासन में रहें। जिस मुहूर्त आप दूसरों की CPA में टाँग अड़ाने लगें और स्वयं के लिए एक लक्ष्य बाँधने लगेंगे, आंप तनाव पाल बैठेंगे; क्योंकि आप उम्मीदों और असलियत के बीच में खाई बना देंगे और आपके अनुशासन का क्रम टूट जाएगा। केवल कक्षा में जाइए, ध्यान दीजिए और अपने कार्यों को समय पर करिए। रैंक तो अपने आप ही आ जाएगी।

प्रोजेक्ट और इंटर्नशिप तीसरे वर्ष के सबसे महत्त्वपूर्ण पहलू हैं। यह दीर्घकालीन रिश्ते बनाने का सुयोग है। विदेशी इंटर्नशिप आपको नए अनुभव करने का और कुछ महान् शोध प्रयोगशालाओं में काम करने का अवसर देती है। मैंने अकसर पाया है कि छात्र विदेशी इंटर्नशिप पाने के विषय में, क्योंकि उसके साथ प्रतिष्ठा जुड़ी होती है, तो वे इस बात की फिक्र नहीं करते कि वह रुचि के अनुसार है कि नहीं। किसी भी इंटर्नशिप को केवल करने के लिए न करें। उन इंटर्नशिप के लिए चेष्टा कीजिए, जो आपके कॅरियर को और मजबूती देंगी। आप में से जो लोग अन्वेषण को जीविका बनाना चाहते हैं, उनको अपनी रुचि के ऐसे क्षेत्र में विभिन्न प्रयोगशालाओं के विषय में अधिक जानकारी एकत्र करनी चाहिए और प्रोफेसरों से बात करनी चाहिए कि आपको किस प्रयोगशाला को इंटर्नशिप के लिए सोचना चाहिए। यदि आप किसी खास उद्योग में नौकरी के ऊपर फोकस रहेंगे, तो औद्योगिक इंटर्नशिप के लिए जाइए। अपनी रुचि के आस-पास इंटर्नशिप लेने से आपको यह भी साफ हो जाएगा कि आपको IIT से क्या उम्मीदें हैं?

अपने शैक्षिक सदस्यों और प्रोजेक्ट गाइड को अपना संरक्षक समझिए और अपनी नौकरी के लक्ष्यों के विषय में उनसे विचार-विमर्श कीजिए। मेरा पूरा विश्वास है कि IIT में जितने भी संसाधन हैं, उनमें छात्र, सबसे ज्यादा शिक्षकों की अवहेलना करते हैं। अधिकांश छात्र शिक्षकों से दूर ही रहते हैं, क्योंकि उन्हें डर लगा रहता है कि उन्हें क्लास में न होने के लिए अथवा और किसी बदमाशी के लिए डाँट पड़ सकती है। आप पहले नहीं हैं, जिसे आपके प्रोफेसरों ने पढ़ाया है। आपके शिक्षक, आप जितने तरीके की हरकतें सोच सकते हैं, उनसे वाकिफ हैं। उन्होंने यह सब देखा है, परंतु वे फिर भी आपकी सहायता करने के लिए उत्सुक हैं, लेकिन यह मदद आप तभी पा सकते हैं, जब आप उनकी इज्जत करेंगे। आपके

प्रोफेसर सबसे अधिक ज्ञानवान् और आपके सबसे बड़े हितैषी हैं, इसलिए उनसे दूर मत भागिए। उनके जितना पास रहेंगे, जितना उनसे सीखेंगे, उतना ही यह आपकी जिंदगी में काम आएगा।

तीसरे वर्ष में जो अगली सबसे महत्त्वपूर्ण बात है, वह है, अगली परीक्षा के सेट, जिनके लिए आपको तैयारी करनी है—CAT, GMATT, GRE, (ग्रेजुएट रिकॉर्ड एग्जामिनेशन), TOEFL (टेस्ट ऑफ इंग्लिश एज ए फोरन लैंगुएज) और IAS। इसके अलावा और भी कई भरती परीक्षाएँ होती हैं, जैसे सेल (स्टील अथोरिटी ऑफ इंडिया), ONGC (ऑयल एंड नेचुरल गैस कॉरपोरेशन), HAL (हिंदुस्तान एरोनोटिक्स लिमिटेड), BHEL (भारत हैवी इलेक्ट्रिकल्स) इत्यादि। इन प्रतियोगी परीक्षाओं की कुंजी है, अपनी तैयारी के कौशल को सूत्रबद्ध करना और उसको कार्यान्वित करने के लिए समय निकालना। पहला भाग तो आप स्वयं ढूँढ़ लेंगे, जब समय आएगा, परंतु दूसरा भाग, समय खोजना थोड़ा पेचीदा है। तीसरे वर्ष में पढ़ाई का बोझ थकाऊ होता है। प्रोजेक्ट थोक में आते हैं, सांस्कृतिक घटनाएँ आपसे अधिक समय और जिम्मेदारी की माँग करती हैं। अपने आप को इन सबसे मुक्त कर लें। यदि आपका ऐसा कोई प्रोजेक्ट पार्टनर है, जो आपसे दोनों जनों का कार्य करा रहा है और खुद खेल रहा है तो उसका तो आपको बैंड बजाना ही पड़ेगा। अगर उसकी सेहत पर इसका कोई असर नहीं पड़ता है तो अथोरिटी से उसकी शिकायत करिए और अपना पार्टनर बदलने को कहिए। यदि आपका पार्टनर ऐसा बेवकूफ है, जो हर रात सिनेमा दिखाकर और खेलकर अपना और आपका भी भविष्य नष्ट कर रहा है तो उससे नाता तोड़ दीजिए। आपसे इतनी मैच्योरिटी की उम्मीद तो की ही जा सकती है कि आप अपना भला-बुरा समझते होंगे।

अंतिम वर्ष

मैं आपकी धड़कनों की रफ्तार महसूस कर सकता हूँ। गहरी-गहरी साँसें सुन सकता हूँ। अलविदा कहने का साल आ चुका है। लड़ाई करने के लिए अब कुछ नहीं बचा है, लेकिन यही वह समय है, जब आप जिंदगी के एक-एक लम्हे से जिंदगी को निचोड़कर जी लेना चाहते हैं। चौथे वर्ष में लोग इतना बूढ़ा महसूस करने लगते हैं कि वे स्वीकार नहीं कर पाते कि उनका जीवन अब शुरू हो रहा है। मेरे हिसाब से चौथा वर्ष जिंदगी को समेट लेने का है, ताकि आगे का सफर शुरू किया जा सके। यही समय है, जब दोस्ती के रिश्तों की मिठास को डिबिया में बंद करके

रख लें और कड़वे रिश्तों की कड़वाहट को चाय की चुस्की के साथ पी जाएँ। यदि आपका कोई पछतावे का बोझ हो, तो उसे उतार दीजिए। जब आप जाएँगे तो उस अच्छाई के बारे में सोचिए, जो आपके साथ रहेगी और यदि कोई ऐसी बुराई हो, जो आपने अनायास ही उठाई हो, उसे कपड़ों पर लगी रेत की तरह झाड़ दीजिए। एकदम हवा के झोंके की तरह हलके हो जाएँ, क्योंकि अब जिंदगी की एक नई जिम्मेदारी का बोझ कंधों पर उठाना है।

एक बहुत गंभीर बात कहूँ; इस आखिरी पड़ाव पर अपने दिमाग का संतुलन बनाए रखें। मैंने लोगों को टूटते हुए देखा है और मैं उसी से आपको आगाह कर रहा हूँ। आपको ईश्वर का धन्यवाद करना चाहिए कि आप इतनी दूर आ गए और अब इसे पूरा करने के लिए थोड़े जिम्मेदार बन जाइए।

नौकरी (प्लेसमेंट)

प्लेसमेंट उस चिड़िया का नाम है, जिसमें छात्रों को उपयुक्त नौकरियों में भरती किया जाता है। यह भरती से भिन्न होता है, क्योंकि भरती का अर्थ है, किसी कार्य के लिए सही उम्मीदवार ढूँढ़ना, जबकि प्लेसमेंट का अर्थ है—किसी प्रार्थी के लिए सही नौकरी ढूँढ़ना। यह भेद समझना बहुत आवश्यक है।

आजकल कॉलेजों में प्लेसमेंट के जरिए छात्र स्वच्छंद, पूँजीवादी नौकरियों की ओर आकर्षित हो रहे हैं। सबसे अच्छे अंकोंवाले छात्र अधिकांशतः सबसे अच्छी नौकरियाँ पा जाते हैं। सबसे कम अंकोंवाले छात्रों को सदैव अच्छी नौकरियाँ नहीं मिलतीं। यह उत्कृष्ट माँग और आपूर्ति अवस्था है और बाजार की गति की मोटे तौर पर गेल-शापली दशमलव प्रणाली (जिसके कारण शापली को 2012 के अर्थशास्त्र के लिए नोबेल प्राइज मिला था) की रूपरेखा का अनुसरण करती है। विभिन्न IIT में अनेक प्रकार के नियम माने जाते हैं, जिससे कि प्लेसमेंट प्रणाली उचित हो सके। प्रतिवर्ष एक नया नियम बनाया जाता है।

कंपनियों अथवा प्रणाली को गलत मत समझिए। हम सब जानते हैं कि कभी-कभार ग्रेड (श्रेणी) से सही क्षमता नहीं पता चलती। बहरहाल, इस बाजार में एक बाहर से आए प्रवेशक (अर्थात् कंपनियों) के लिए यह एकमात्र मापदंड है, जो उपलब्ध है, अतः उन्हें इन पर ही निर्भर करना पड़ता है। यहाँ यदि आप अनुशासन से चलें तो फायदा उठा सकते हैं। मैंने पहले बहुत साफ शब्दों में कहा है कि आप रैंक के पीछे मत भागिए, परंतु इसका यह अर्थ नहीं है कि आप उसे पूरी तरह ही

अनदेखा करें। आप केवल नियमित रहिए और आगे चलते रहिए, जिससे कि आप वह रैंक पा सकें, जिसके आप योग्य हैं।

आपकी श्रेणी को ध्यान में रखते हुए, एक स्वाभाविक चुनाव प्रक्रिया होगी, जिसके अंतर्गत कंपनियाँ आपका नाम अपनी छोटी सूची में लिख लेती हैं। समीकरण में यह आपका 'दिया हुआ' है; आप इसको बदल नहीं सकते, अतः इसके विषय में चिंता न करें। जो आपके नियंत्रण में है, वह है, कंपनियों द्वारा आयोजित परीक्षाएँ, सामूहिक तर्क-वितर्क और इंटरव्यू। आइए, हम पहले प्रत्येक के उद्देश्य के संबंध में चर्चा करें।

कंपनियों द्वारा आयोजित लिखित परीक्षाओं में आप तभी अच्छा प्रदर्शन कर सकते हैं, जब आपकी श्रेणी अच्छी हो, परंतु यदि वह अच्छी नहीं होती, तो ये टेस्ट आपको अपने शैक्षिक रिकॉर्ड के ऊपर जाने का मौका देते हैं। सामूहिक वाद-विवाद ऐसे प्रार्थियों से अलग करने के लिए आयोजित किए जाते हैं, जो तेज नहीं होते। सामूहिक विवादों में अपनी परिपक्वता का परिचय दें। अपनी सोचने की क्षमता का प्रदर्शन कीजिए, न कि अपने गले की ताकत अथवा अपने अंग्रेजी के उच्चारण की क्षमता का। यह निश्चित कर लीजिए कि लोगों के मन में जो आपकी छवि आए, वह हो एक ऐसे व्यक्ति की, जो अपनी आयु से बहुत आगे हो। आप शांत रहकर, ध्यान से, भाव से सुनें, तो आपको निश्चय ही बोलने का मौका मिलेगा (अतः इसके विषय में अधीर मत होइए) और जब आपका मौका आए, निश्चित करिए कि आप कोई तत्त्व की बात करें। कोई तत्त्व की बात करना महज एक वाक्य बोलने से बहुत अलग है। शांत, साफ और सुसंगत रहें। अंततः, इंटरव्यू केवल अपने व्यक्तित्व को दिखाने के अलावा और कुछ नहीं है। जो आप नहीं हैं, वह बनने की कोशिश मत कीजिए। मैंने स्वयं कई कैंपस के इंटरव्यू लिये हैं और छात्रों को यह नहीं समझ में आता कि वे कितने पारदर्शी हैं! आपके आचरण एवं व्यवहार से इंटरव्यू लेनेवाला जल्दी ही समझ जाता है कि आप असल में क्या हैं? आईने के सामने अभ्यास करना ही इंटरव्यू की सबसे अच्छी तैयारी है। यह निश्चित कर लीजिए कि आप हमेशा आगे ही रहेंगे और एक शांत और आश्वस्त व्यक्ति के रूप में ही सामने आएँ। यह बात कि आप बहुत बुद्धिमान और चुस्त हैं, पहले से ही सिद्ध हो चुकी है; क्योंकि आप IIT में हैं और आप पहले ही सामूहिक तर्क-वितर्क और इस परीक्षा से गुजर चुके हैं। अतः यदि आप इंटरव्यू में कुछ प्रश्नों के सही उत्तर नहीं दे सकते हैं, एक चतुर इंटरव्यू लेनेवाला उसकी अनदेखी कर देगा। बहरहाल,

यदि आप ऐसा दिखाते हैं कि आप तनाव में हैं, अपना आपा खो देते हैं, असभ्य हो जाते हैं अथवा बातचीत में हकलाने लग जाते हैं, तभी इंटरव्यू गड़बड़ाता है।

यदि आपने सही तरीके से प्लेसमेंट की प्रक्रिया का सामना नहीं किया तो यह आपका तनाव बढ़ा देगी। ऐसा माना जाता है कि कैंपस के इन चार वर्षों में आप पहले ही एक ऐसे व्यक्ति के रूप में उभर आए हैं, जो अपने समय और ऊर्जा को भली-भाँति सँभाल सकेगा। यदि नहीं, तो तनाव आपके दरवाजे पर दस्तक देने के लिए इंतजार कर रहा है। अपने बैग में थोड़ी-बहुत खाने की चीजें रख लें, क्योंकि कार्यक्रम में अचानक बदलाव आते हैं और हो सकता है, आप कुछ समय के लिए इंटरव्यू के लिए रुके हों अथवा आपको अचानक सामूहिक तर्क-वितर्क के एक और सत्र के लिए जाना होता है। ऐसे में यदि भूख के कारण आप अपनी एकाग्रता से भटक जाते हैं तो इससे आपके प्रदर्शन पर असर पड़ सकता है।

कई छात्र एवं शिक्षकगण सभी छात्रों को नौकरी दिलाने के लिए बहुत कड़ा परिश्रम कर रहे हैं। उनकी चेष्टाओं की इज्जत कीजिए और जितना हो सकता है, उसमें योगदान देने की कोशिश करें। यदि आप कुछ नहीं कर सकते, या कम-से-कम आप उनसे मिलते हैं तो उनकी कोशिशों को सराहें, उनको धन्यवाद दें और उन्हें कुछ खिलाने-पिलाने के लिए कैंटीन ले जाएँ। सबसे अच्छी बात तो यही होगी कि आप सीधे प्लेसमेंट समिति का हिस्सा बनें। इसका लाभ यह होगा कि आप इस प्रक्रिया को बेहतर समझ सकेंगे और कंपनी के प्रतिनिधियों के साथ सीधे संवाद कायम कर सकेंगे; परंतु यह साफ-साफ समझ लीजिए कि इससे आपके प्लेसमेंट में कोई भी सहायता नहीं होगी। एक और अनुभव की बात कर रहा हूँ, प्लेसमेंट को जरूरत से अधिक महत्त्व न दीजिए। जब छात्रों का अपनी आशा के अनुसार प्लेसमेंट नहीं होता है तो मैंने छात्रों को अपने मित्रों के साथ झगड़ते हुए, हार मानते हुए, डिप्रेशन में जाते हुए अथवा कोई और तरीका अपनाते हुए देखा है। याद रखिए, यह केवल एक नौकरी है। आपके मित्र, जिन्हें कैंपस में अधिकांश इच्छा के अनुरूप नौकरियाँ मिल जाती हैं, उन्हें वे अठारह महीने के भीतर छोड़ देते हैं। सच कहूँ तो अधिकांशत: पहली नौकरियाँ थोड़े ही समय तक चलती हैं। आपको इस तरह की भेड़चाल में नहीं पड़ना चाहिए। अपने पहले के छात्रों से बात कीजिए, पिछले चार वर्षों में जो संबंध आपने बनाए हैं, उनसे बातचीत करके किसी खास नौकरी के विषय में जानिए कि वह कैसी है और यह कि वह आपकी आशाओं से मेल खाती है या नहीं। मन में हमेशा यह मानकर रखिए कि नौकरी, नौकरी ही है।

अतः बहुत अधिक तनाव न लीजिए। ऐसी जगह ढूँढ़ने की चेष्टा में लगे रहिए, जहाँ आपको सवेरे उठने की उत्सुकता हो और आप जहाँ कोई असर भी दिखा सकें। कुछ शुरुआत (सौभाग्य से भारत में सीन पहले से बहुत बेहतर हो गया है) के विषय में सोचिए अथवा किसी रॉक बैंड के सदस्य अथवा लेखक बनने के विषय में भी सोचिए।

सारांश में

सक्रिय सोच बहुत महत्त्वपूर्ण है। मैं IIT में योजना और परियोजना बनाने का समर्थन नहीं करता। बहाव के साथ जाने और थोड़ा-बहुत जोखिम लेना ही किशोरावस्था के लक्षण हैं, परंतु आपकी सोच का किसी प्रकार का ढाँचा होना चाहिए। मैंने ऊपर जो कहा है, वह केवल एक रूपरेखा है और निश्चित तौर पर मेरी राय। क्या मैंने इस पर अमल किया है ? बिलकुल नहीं। यदि किसी के IIT में अस्त-व्यस्त चार वर्ष थे, तो वह मैं था।[27] परंतु मैंने इस प्रकार की पुस्तक कभी पढ़ी नहीं थी। आप तबाही से बच सकते हैं, यदि आप सक्रिय भाव से सोचते हैं और परिस्थितियों को हावी नहीं होने देते हैं।

□

---

27. विवेक

IIT के बाद का जीवन

एक बार जब आप IIT से निकल जाते हैं और जिसे हम असली दुनिया कहते हैं, उसमें चले जाते हैं, आप कुछ बहुत बड़े बदलाव पाएँगे। आप देखेंगे कि IIT के प्रति आपकी इज्जत प्रतिदिन और बढ़ जाएगी। जो मेस का खाना आपको ख़राब लगता था, आप देखेंगे कि कंपनी के फूड कोर्ट का खाना, कई दिन तो उससे भी बदतर है। आपके कई ऐसे प्रोफेसर थे, जिन्हें आप अभद्र और तटस्थ समझते थे, आपके बॉस उनसे सौ गुना अधिक खराब होंगे। आपके कई ऐसे सीनियर्स होंगे, जिन्हें देखकर आपको चिढ़ मचती थी, अब ऐसे सहकर्मी होंगे, जिनसे आपको और चिढ़ मचेगी। लेकिन बहुत बार आपको ऐसा भी लगेगा कि दुनिया आपको बड़ी ही खास नजरों से देख रही है। उसका कारण है, आपके नाम के साथ लगा हुआ IIT का बिल्ला! इसी के चलते कुछ लोग अधिक स्नेह जताएँगे तो कुछ आपसे जलेंगे, लेकिन यह सब तो जीवन का हिस्सा रहेगा ही। इससे पहले आप एक साथ कृतज्ञ और अपराधी, दोनों महसूस करने लगते हैं।

बहरहाल, इस कहानी का एक और भी पहलू है। प्रत्येक वर्ष तीस लाख से भी अधिक छात्र भारत के विभिन्न कॉलेजों से स्नातक की उपाधि पाते हैं। उनमें से केवल 10,000 IIT से होते हैं। इसका अर्थ है 29,90,000 IIT के बाहर के छात्र होते हैं। अतः वे 4,90,000 प्रार्थी, जिन्हें आप चार साल पहले छोड़ आए थे, वे अब IIT से निकलने के बाद, अचानक आपके सामने आ जाते हैं। उनके साथ 25 लाख और जो उस समय इंजीनियरिंग में दिलचस्पी नहीं रखते थे, वे भी जुड़ जाते हैं। IIT से इंजीनियर बनकर निकलने का कुछ अलग ही महत्त्व होता है, परंतु उनका क्या, जो IIT से नहीं हैं अथवा इंजीनियर नहीं हैं? इस गुट में ऐसे बहुत प्रवीण लोग भी हैं। उन IIT के छात्रों को, जो अभी तक अपनी ही खोह में जीवन व्यतीत करते रहे हैं, उनके जागने का समय हो गया है।

असली दुनिया में आपका ब्रांड आपको श्रेष्ठता तो देता है, परंतु वह जीत आसानी से नहीं आती। असल में यह आपके ऊपर आशाओं का एक बोझ डाल देता है। आप देखेंगे कि आपकी जीविका के चुनाव से संबंधित कठिन प्रश्न किए जाते हैं। मैंने स्वयं निम्नलिखित प्रश्नों का अनेक बार सामना किया है, जैसे 'यदि आप IIT से हैं तो आप ऐसी-ऐसी जगहों पर क्या कर रहे हैं?' IIT से होने का अर्थ है कि आप सदैव कुछ-न-कुछ खास करेंगे ही; आपको किसी खास स्थान पर होना चाहिए। सामाजिक दुनिया से पृथक् करने के लिए लोग आपसे ऐसे प्रश्न पूछते हैं। स्नातक होने के बाद, जो चीज आपको सबसे पहले करनी चाहिए, वह है, अपनी IIT से होने की पहचान को अलग कर दीजिए। यह आपके परिचय के तीसरे अथवा चौथे वाक्य में आना चाहिए, पहले में नहीं। फिर आपके परिचय का पहला और दूसरा वाक्य क्या होना चाहिए? आपका मुख्य परिचय आपका कार्य और आपका व्यक्तित्व है। आपको दोनों में सर्वश्रेष्ठ होना चाहिए। आप दोनों क्षेत्रों में नए स्तर पाएँगे—अत्यधिक सुयोग्य, व्यावसायिक और प्रेरक व्यक्ति, जो IIT से नहीं होंगे। उनसे सीखिए, अपने अंदर रिक्त स्थान खोजिए और उन्हें इसी वक्त भरना शुरू कर दीजिए। एक सामान्य व्यक्ति महसूस करने की कोशिश कीजिए।

आपको IIT के बारे में जो सँजोकर रखना चाहिए, वह है आपके संस्थान एवं उसके लोगों से संबंध। अपने मित्रों, सीनियर्स, ज्येष्ठ, अपने प्रोफेसर इत्यादि को जाने मत दीजिए। उन्हें अपने पास रखिए। IIT के अपने सभी जाननेवालों के साथ अनौपचारिक बैठकों और इ-मेल और सोशल मीडिया के जरिए जुड़े रहें। बहुत सक्रिय तरीके से सोचना शुरू कीजिए कि आप किन-किन विभिन्न तरीकों से, उस प्रणाली को, जिसने आपको इतना सबकुछ दिया है, क्या दे सकेंगे? विश्वास कीजिए, आप जीवन में इतना कुछ पाएँगे, केवल इसलिए कि आप IIT सिस्टम से हैं और आपकी आत्मा तक इसके लिए ऋणी रहेगी; इसलिए इस बोझ को कम करने के लिए IIT के लिए कुछ करना बहुत जरूरी है। आर्थिक तरीका सबसे आसान है। प्रायः कैंपस जाते रहिए। हो सकता है, इससे आपके भीतर IIT का छात्र जीवित रहे!

□

मेरा IIT : विवेक

IIT के हर छात्र का IIT के बारे में अपना एक खास अलग नजरिया होता है, जिससे वह अपने संस्थान और उसमें अपने सफर को देखता है। मैं भी कुछ अलग नहीं हूँ। मेरी भी एक उम्मीद-नाउम्मीद, मिलने-बिछड़ने एवं कक्षा में सबसे ऊपर और सबसे नीचे होने की यात्रा रही है। मैंने IIT के लिए तैयारी करने पर इतना ज्ञान दिया है; इसलिए यह अन्याय होगा, अगर मैं यह नहीं बताता कि मेरी तैयारी कैसी थी? मैं एक छोटे शहर का हूँ, अत: मेरे यहाँ कोई बड़े-बड़े सामूहिक कोचिंग सेंटर नहीं थे। सच कहूँ तो उस जमाने में यह व्यवसाय सामूहिक नहीं था। कोटा गेहूँ और चावल के लिए जितना मशहूर था, उतना किसी और चीज के लिए नहीं; और मैं अल्पभाषी हूँ, इसलिए उस समय में मेरे केवल दो ही विस्मयकारी और बहुत बुद्धिमान मित्र थे।

यह सब 'नेशनल टैलेंट सर्च एग्जाम' (NTSE) की तैयारी से शुरू हुआ। इस परीक्षा के लिए मुझे बहुत चीजों की पढ़ाई करनी पड़ी, जो असल में IIT की पढ़ाई की पृष्ठभूमि ही तैयार कर रहे थे। मैं उस कोचिंग कक्षा में भरती हो गया, जिनका सुझाव मेरे दोस्तों ने दिया था। मैंने ग्रुप में उनके साथ पढ़ा, जिसका अर्थ था, उनके साथ बहुत सारे विचार-विमर्श, समस्त समस्याओं का सुलझाव और आम ग्रुप। दो साल तक मेरा दायरा खुद तक ही सीमित था। मेरा मनोरंजन केवल संगीत तक सीमित था। मेरा परिवार बहुत समर्थ था और मुझे समय को, जिस प्रकार से मैं बिताना चाहता था, बिताने देता। मुझसे उन्हें जीरो उम्मीदें थीं अथवा यदि उन्हें थीं तो उन्होंने कभी जाहिर नहीं किया। मेरे ऊपर केवल उतना ही भार था, जितना मैंने स्वयं निर्मित किया था। औसतन मैं प्रतिदिन तीन या चार घंटे के दो सत्रों में पढ़ता था—उनमें से एक अपने पढ़ाई के संगियों के साथ और दूसरा अपने आप से।

अगर आपको इससे मदद मिलती है, थोड़ी सी भी, तो यहाँ मेरे जीवन का एक

दिन दिया गया है, जब मैं तैयारी कर रहा था—

6 बजे सवेरे—अपने पलंग से उतरकर अपने निजी कमरे में गया। कुछ मनोरंजक पढ़ना शुरू करके, अधिकांशतः भौतिकी पढ़ी। हो सकता है—प्रश्नों को सुलझाना भी।

8 बजे सवेरे—सवेरे के पढ़ने से तैयार होकर, कुछ व्यायाम का समय। कुछ अच्छा संगीत और डंबल उठाए अथवा अगले घंटे के लिए केवल जी-तोड़ डांस किया।

9 बजे सवेरे—सवेरे के नाश्ते का समय। जब सवेरे का नाश्ता नीचे तैयार हो जाता है, तो मेरे कमरे में घंटी बज जाती।

11 बजे सवेरे—तरोताजा और तैयार होकर, मैं दोपहर के लिए अपने मित्र के घर जाता हूँ। दिन-दोपहर मित्र के घर पहुँच जाता हूँ और सारी दोपहर हम साथ-साथ समस्याओं को हल करते हैं; दर्शनशास्त्र, इतिहास और बीच-बीच में लड़कियों की बातें।

3 बजे—मित्र के साथ उसके घर में दोपहर का भोजन, जिसके बाद घर तक साइकिल चलाकर जाना।

शाम 6 बजे—घर पर थोड़ी देर आराम के बाद अधिकतर समय संगीत सुना अथवा छत पर बैठा, फिर कोचिंग क्लास के लिए चला गया।

रात 9 बजे—रात को खाना खाने के लिए घर वापस आना, परिवार से थोड़ी बातचीत करने के लिए थोड़ी छुट्टी और फिर वापस पढ़ाई के कमरे में पढ़ने के लिए जाना।

रात 10 बजे—रात की पढ़ाई का समय। पढ़ने के लिए कुछ भी नया मत उठाइए। दिन में जो भी पढ़ा है, केवल उसे दोहराइए अथवा उन विषयों की समस्याओं को सुलझाइए, जिनको आप पहले से ही पहचानते हैं।

XX भोर, जब आपको नींद आए, सो जाइए। सोने का कोई 'नियमित समय' नहीं है। केवल जगे रहने का समय निश्चित है।

यह सच है कि यह निम्न 'बड़े' स्वत्व त्यागों के साथ आता है—

1. यह एक दशक पहले की बात है। उस समय चीजें अलग थीं। टेलीविज़न तब इतना दिलचस्प नहीं था और इंटरनेट नहीं था।
2. वह एक छोटा शहर था, जहाँ दूरियाँ छोटी थीं और सामान्यतः बेकार का समय अधिक था।

3. यह तालिका केवल मेरे ऊपर लागू होती थी, मेरे खास ऊर्जा के स्तर के साथ तथा नींद और पौष्टिक अपेक्षाओं के साथ।
4. यह तब था, जब मैं 15 साल छोटा था, अत: आज मैं उसकी आधी मेहनत भी नहीं कर सकता!

मुझे नहीं याद कि मैंने इस दिनचर्या से अधिक दिनों की छुट्टी ली हो! कभी-कभी पढ़ाई की प्रबलता बढ़ जाती थी, परंतु कम नहीं होती थी। स्कूल से भाग जाना सामान्य था, क्योंकि ICSE (इंडियन सर्टिफिकेट फॉर सेकेंडरी एजुकेशन)का पाठ्यक्रम करने की तुलना में बहुत आसान था। मैं बहुत अधिक प्रतियोगी व्यक्ति हूँ; अत: इसलिए मैं और चीजों से ज्यादा, हर एक को हराना चाहता था। JEE मेरी स्वयं की चुनौती थी, परंतु सच कहूँ तो मुझे यह नहीं पता था कि मैं क्या बनना चाहता हूँ अथवा क्या करना चाहता हूँ?

अरे हाँ, मुझे यह जरूर बताना चाहिए; परीक्षा की तैयारी के दिनों में मैं थोड़ा-बहुत अंधविश्वासी हो गया था। ऐसी चीजें, जैसे सवेरे पलंग से उतरते समय दाहिने पैर को पहले जमीन पर रखना, जब किसी पुल के ऊपर से ट्रेन जा रही हो तो उसके नीचे इच्छा प्रकट करना, दो बार छींकना या स्नान के समय, साबुन लगाने से पहले पाँच मग पानी ऐसे ही बहा देना—ये कुछ अच्छे शगुन के निशान थे, जिन पर मेरा उन दिनों अटूट विश्वास था। मुझे आज भी वह गिलहरी याद है, जिसे मैंने JEE की भौतिकी की परीक्षा के समय बाहर एक पेड़ के ऊपर देखा था, यहाँ तक कि मैं इतना अंधविश्वासी था कि मैं असल में सोचता था कि इनका मेरी सफलता में योगदान रहा है।

बदकिस्मती से मेरे IIT के दिनों में भी यह सब जैसे-का-तैसा रहा। इसके कारण मुझे अपनी सफलता के लिए अपने दो बड़े प्रेरक तत्त्वों को भूलना पड़ा—बुद्धिमान दोस्त और एक साफ लक्ष्य। इन दोनों का भी मेरी सफलता में बराबर का योगदान था। मैंने पाया कि मुझमें नाचने का टैलेंट है और मैंने उसका त्योहारों और समारोहों में भरपूर लाभ भी उठाया। मैंने कुछेक 'गहरे' रिश्ते गढ़ने की कोशिश भी की। पाठ्यक्रमोत्तर गतिविधियों और मित्रों के साथ अधिक समय बिताने के कारण मेरी पढ़ाई को कुछ नुकसान भी पहुँचा था। मैं कृतज्ञ हूँ कि IIT से निकलने के दो-एक महीनों के भीतर ही मेरी नौकरी लग गई और आज मेरा अच्छा-खासा कॅरियर है।

जब मैं अपने IIT के दिनों की ओर मुड़कर देखता हूँ, मुझे अपने मित्रों और

डांस का बहुत अभाव अनुभव होता है। मुझे कोई कक्षा अथवा प्रोफेसर याद नहीं आते और जो भी मुझे याद था, वह भी एक दशक में धुँधला पड़ गया है। यह एक ऐसी चीज है, जिसके खिलाफ जाने की मैं आपको सलाह दूँगा। IIT भारतीय शैक्षिक प्रणाली का शिखर है। वहाँ पर बिताया हर क्षण सोने के बराबर मूल्यवान् है और आपको उसका हरसंभव फायदा लेने की आवश्यकता है। याद रखिए, आई.आई.टी. के गेट के बाहर, हजारों छात्र हैं, जो उसके भीतर कदम रखने के लिए अपना सबकुछ न्योछावर करने को तैयार खड़े हैं, इसलिए गेट के भीतर होने के लिए आप खुद को किस्मतवाला समझिए। इसलिए इधर-उधर समय बरबाद करके आपने जो पाया है, उसकी अनदेखी न करें। IIT में चुना जाना और JEE पास करना अपने आप में एक ऐसी उपलब्धि है, जिसे न केवल भारत, बल्कि पूरे विश्व में बेहद सम्मान की नजरों से देखा जाता है।

आज भी कई जाने-माने लेखक आई.आई.टी. से हैं। खैर, अब यहीं पर समाप्त करता हूँ और आपको इस सुनहरे सफर के लिए शुभकामनाएँ देता हूँ।

□

मेरा IIT : पारस

मेरे लिए IIT एक ऐसा नाम था, जिसके विषय में मैंने दसवीं कक्षा तक सुना ही नहीं था, क्योंकि मैं एक छोटे शहर और डॉक्टरों के परिवार से था। अत: मुझे इंजीनियरों, विभिन्न कॉलेजों और प्रवेश परीक्षा के विषय में कोई ज्ञान नहीं था। सौभाग्य से मेरे पिताजी के एक मित्र मेरी दसवीं कक्षा की बोर्ड के परीक्षा के बाद हमारे यहाँ आए और मुझसे मेरे भविष्य की योजना के विषय में पूछा; क्योंकि मैं बिलकुल सीधा-सादा था। मैंने उनसे कहा कि मैं इंजीनियरिंग करना चाहता हूँ। इस पर उन्होंने मुझसे मेरी कॉलेज की पसंद के विषय में पूछा, मैंने कहा—MNIT (मोतीलाल नेहरू नेशनल रीजनल इंजीनियरिंग कॉलेज), क्योंकि मेरे एक भाई वहाँ गए थे और वही एक कॉलेज था, जिसके विषय में मुझे पता था। मेरे पिताजी के मित्र अचंभित हो गए और उन्होंने मुझसे पूछा कि मैंने IIT और कोटा के बारे में सुना है कि नहीं? मेरे एक अंकल का बेटा कोटा में पढ़ता था और इस तरह से मैंने IIT और JEE की तैयारी के विषय में जानकारी हासिल की। इसके बाद कोटा की यात्रा, एक भरती परीक्षा और कोटा में दो साल की कोचिंग। मेरे पास इस प्रकार की कोई पुस्तक नहीं थी, जिससे मुझे JEE की तैयारी के बारे में रत्तीभर भी सहायता मिलती।

एक तरह से मैंने JEE ग्यारहवीं कक्षा में ही पास कर लिया था। मैंने बहुत कठिन परिश्रम किया और अपनी पढ़ाई के विषय में बहुत नियमित रहा, हालाँकि मेरा कोई नियम नहीं था, परंतु यदि मेरा मन होता तो मैं केवल उठकर पढ़ता था, चाहे कोई भी समय हो। यह एक ऐसी चीज थी, जिसे मुझे सही करना पड़ा। JEE की परीक्षा की तैयारी के लिए एक नियम के अंदर रहना, हमेशा-हमेशा अच्छा होता है। मैं दो सालों में कभी भी किसी कक्षा में अनुपस्थित नहीं रहा, पर मैं हमेशा यह निश्चित रखता था कि मैं हमेशा कक्षा के साथ रहता था। बहुत तेज छात्रों

के साथ प्रतियोगिता ने मुझे विनम्र बना दिया और मुझे यह एहसास दिला दिया कि JEE पास करना बहुत आसान नहीं होगा। मेरा यह सौभाग्य था कि मैं कुछ बहुत बुद्धिमान सीनियर्स और समकक्ष लोगों का मित्र था, जिन्होंने मेरे सफर के हर कदम पर मेरी सहायता की। बारहवीं कक्षा में मैं एक बार जरा भटक गया था और सिनेमा देखने में काफी समय बरबाद कर देता था, इत्यादि। लंबी यात्रा होने के कारण अपना फोकस खोना बहुत आसान है, इसलिए अपने आपको सदैव अपने लक्ष्य के विषय में याद दिलाते रहिए और किसी भी अवस्था अथवा समय में ढिलाई न दें। नीचे शेड्यूल का एक खाका दिया गया है, जिसका मैंने दो वर्ष पालन किया था—

घंटों का भाग

Activities	Class XI		Class XII	
	Weekdays	Weekends	Weekdays	Weekends
कक्षा दोहराव	2	NA	2	NA
कक्षा गृह-कार्य	2	NA	2	NA
भौतिकी अभ्यास (10 समस्या)	1	1	1	1
रसायनशास्त्र अभ्यास (10 समस्या)	1	1	1	1
गणित अभ्यास (10 समस्या)	1	1	1	1
पुराने विषयों का दोहराव	NA	6	NA	3
Class XI के विषय	NA	NA	1	3
नींद	7	8	7	8
स्कूल/छुट्टी/खेल-कूद	10	7	9	7

आखिरकार वह दिन आ ही गया, जब मेरा IIT में दाखिला हो गया और उस दिन मैंने उस चमत्कार को अपनी आँखों से देखा, जिसे IIT कहा जाता है। IIT के विषय में मेरा स्वयं का तजुरबा था। मुझे बहुत मजा आया, थोड़ी-बहुत पढ़ाई की, कुछ बहुत अच्छे मित्र बनाए, कुछ लोगों को परेशान किया, कई चीजें करने की चेष्टा की और जितना हो सकता था, उतना सीखने की कोशिश की। मैंने कभी

भी अंकों के विषय में चिंता नहीं की और पहले वर्ष में बिलकुल भी रेग्युलर नहीं रहा। यही कारण था कि रैंक भी मेरी कोई खास नहीं आई। (कम-से-कम पहले कुछ सत्रों तक)। मैंने कैंपस में एक रेडियो शो शुरू किया, न्यूजलैटर का संपादन किया, बहुत सारी यात्राओं पर गया, कई कक्षाओं एवं प्रयोगशालाओं का बहिष्कार किया, एक 'एक्सचेंज प्रोग्राम' में गया। कभी-कभी हर बात की चिंता की और कभी-कभी लंबी तानकर सो रहा।

कहने की आवश्यकता नहीं है कि IIT में रहते हुए, मैंने अपने हिस्से की कई गलतियाँ कीं, परंतु यही तो जवानी है। जिस एक बात का मुझे बहुत खेद है, वह है IIT में उपलब्ध साधनों का पूर्ण इस्तेमाल न करना। मैं और दोस्त बना सकता था और उनसे जीवन के संबंध में बहुत कुछ सीख सकता था। शायद सबसे बड़ा पछतावा यही है कि मैं सलाह के लिए अपने प्रोफेसरों के पास नहीं गया और निकल आने के बाद मैंने उनसे संपर्क नहीं बनाए रखा। साफ-साफ कहूँ तो मुझे लगता है, जो IIT ने मुझे बहुत कुछ देने की कोशिश की, लेकिन मैं ज्ञान के उस सागर की कुछ बूँदों का ही रसास्वादन कर पाया।

लोगों ने मुझसे अकसर पूछा है कि क्या चीज है, जो IIT को खास बनाती है—पाठ्यक्रम, पढ़ाने का तरीका अथवा कुछ और? मेरा मानना है कि वह आत्मविश्वास है, जो वह आपको देता है। आप जब IIT के गेट से बाहर निकलते हैं, आप एक आत्मविश्वासी व्यक्ति होते हैं, जो कोई भी चुनौती लेने से नहीं डरता। देश के सबसे तेज दिमागवाले लोगों के साथ आप काम करते हैं, अपने दिमाग में दुनिया के बारे में कुछ नई धारणाएँ बनाते हैं। आगे जाकर जब जिंदगी आपकी ओर गुगली फेंकती है तो यही वे हथियार हैं, जिनकी बदौलत आप इन गुगलियों को आसानी से खेल जाते हैं। यह आत्मविश्वास ही है, जो IIT आपको देती है।

अगला सवाल यह होता है कि IIT के बाद मैं कहाँ हूँ? तो मैंने अपनी पहली नौकरी एक वर्ष के भीतर छोड़ दी और दिल्ली में चाय कैफे की एक चेन शुरू की। कुछ समय मेरा दिमाग थोड़ा चकराया रहा और मैंने MBA किया। फिर एक और नौकरी ली। अभी भी मैं यह सोचने की कोशिश कर रहा हूँ कि मुझे अपने जीवन में क्या नहीं चाहिए? सूची इतनी तेजी से बढ़ती जा रही है, मुझे लगता है कि मैं शीघ्र ही ढूँढ़ लूँगा कि मुझे क्या चाहिए?

□

एक IIT के छात्र की निजी शब्दावली

IIT में बिताए अपने जीवन काल के झोले से जब हम 'एक IIT के छात्र की निजी शब्दावली' निकालते हैं तो हमें थोड़ा अपराध बोध-सा होता है, लेकिन इसे छुपाना ठीक नहीं होगा, यह भी हमें पता है। यह ऐसी चीज है, जो केवल एक IIT का सच्चा छात्र, जो इस रास्ते से गुजर चुका है, वही इसे जानता है। बहरहाल, हमें लगता है कि जब हम प्रत्येक चीज आपके साथ बाँट रहे हैं, इन्हें छुपाना अन्याय होगा, यह सच्चाई कि ये केवल शब्द हैं। इन शब्दों का सही अर्थ आपको तब ही पता चलेगा, जब आप IIT के गेट के भीतर हों।

उपनाम

IIT की भाषा का सबसे महत्त्वपूर्ण भाग है उपनाम, जिन्हें किसी व्यक्ति अथवा चीज के संबंध में बताना हो। इनमें से अधिकांश स्थायी हैं और इस बात पर निर्भर करते हैं कि किसी ने कौन सा विषय चुना है या आप भारत के किस हिस्से से आ रहे हैं? ये शब्द नेकनीयती से इस्तेमाल किए जाते हैं और इनका इस्तेमाल करना किसी की भावनाओं को आहत करना नहीं होता है। फिर भी, यदि उन्हें यहाँ प्रकाशित करने से कुछ लोग आहत महसूस करते हैं तो हम उनसे क्षमा याचना करते हैं।

1. **अर्बिट :** यह कैंपस में सबसे ज्यादा इस्तेमाल किया जानेवाला शब्द है। यह ऐसे व्यक्ति अथवा ऐसी चीज के लिए इस्तेमाल किया जाता है, जिसका कोई मतलब न होता हो (कम-से-कम उतना मतलब नहीं, जितना IIT कैंपस में उम्मीद की जाती है)। यह 'आरबिट्रेरी' शब्द का सबसे छोटा रूप है। उदाहरण के लिए जब सब लोग इंजीनियरिंग के किसी विषय पर वाद-विवाद कर रहे हों, उस समय कोई बिलकुल निरर्थक अथवा संदर्भ से बाहर की बात

कर देता है अथवा किसी को कैंपस में इधर-उधर भटकते हुए पाया जाता है तो उसे Arbit कहा जाता है। अगर किसी के बारे में यह शब्द एक-दो बार इस्तेमाल किया जाए तो कोई बात नहीं, लेकिन अगर किसी के लिए बार-बार इसे इस्तेमाल किया जाता है तो उस छात्र के साथ यह उपनाम हमेशा के लिए जुड़ जाता है।

2. **अर्बिट खोलू :** 'खोलू' वह व्यक्ति है, जो हर समय कोई-न-कोई फितूरी बात करता रहता है। एक बार जब 'अर्बिट' उपनाम किसी छात्र के साथ लेबल की तरह लग जाता है तो उसके लिए कभी-कभी 'अर्बिट खोलू' भी कहा जाता है।
3. **बाप/माँ :** जब नए छात्र कैंपस में आते हैं तो किसी सीनियर छात्र को, जो अकसर तीसरे साल का छात्र होता है, उसे उस छात्र का संरक्षक बनाया जाता है। कुछ समय के लिए उस छात्र की जिम्मेदारी होती है कि वह नए छात्र का मार्गदर्शन करे। आमतौर पर ये माँ-बाप नए छात्र को डाँट नहीं सकते, न ही उनका मजाक उड़ा सकते हैं और अगर कोई दूसरा नए छात्र को एक सीमा से अधिक परेशान करता है तो यह संरक्षक छात्र उसका बचाव भी करता है।
4. **बच्चे-फच्चे :** कैंपस में आए नए छात्र।
5. **बजर :** सख्त अथवा कठोर। यह किसी विषय अथवा परीक्षा में प्रश्न के लिए इस्तेमाल किया जाता है। कभी-कभी इसे शक्ति के लिए भी इस्तेमाल किया जाता है। उदाहरण के लिए, कोई 'बजर' जिम जानेवाला हो सकता है। यह नोट करनेवाली बात है कि यह केवल प्रयास पर लागू किया जा सकता है, परिणाम पर नहीं। बजर विषय कठिन होते हैं और आपका काफी समय खा जाते हैं, लेकिन इसके बाद भी कोई गारंटी नहीं होती कि उनसे आपको कोई फायदा हो, या ज्ञान में इजाफा हो।
6. **भोकाल :** इस शब्द का इस्तेमाल ऐसे व्यक्ति के लिए किया जाता है, जो बहुत ही बुद्धिमान, चालाक और स्मार्ट हो। यह शब्द किसी विशालकाय वस्तु के लिए भी इस्तेमाल किया जा सकता है।
7. **चापू :** ऐसा व्यक्ति, जो अधिक मेहनत किए बिना अपनी बुद्धिमत्ता और चतुराई से बहुत अच्छा परिणाम लाता हो। इस उपनाम को ऐसी किसी चीज अथवा अवस्था के लिए भी इस्तेमाल किया जा सकता है, जो 'सुव्यवस्थित कार्य और अच्छे परिणाम लाने' को दरशाती है।

8 **चाटू :** इसका अर्थ है, जो एकदम बोरिंग हो। यह शब्द उनके लिए भी इस्तेमाल किया जाता है, जो वाचाल होते हैं, जो काम की बात कम करते हैं, लेकिन बोलते ज्यादा हैं। उनकी बातें सुनने में बहुत नीरस होती हैं। बाकी सब उपनामों की तरह इसे भी अवस्था और चीजों, जैसे पुस्तकों और कक्षाओं तक पर लागू किया जा सकता है।

9. **छग्गी :** ऐसा व्यक्ति, जिसे 6 अंक GPA के आस-पास मिलते हों। इसे 6 CGPA के लिए भी इस्तेमाल किया जाता है। ग्रेड पॉइंट के विषय में यहाँ एक शब्द : IIT में ग्रेड पॉइंट्स को अनेक छोटे-छोटे शब्दों में कहा जाता है, जैसे CPI, CGPA, GPA इत्यादि। कोई भी बहुत अच्छी तरह से नहीं समझता कि कैसे और क्यों ये छात्र अंततः वह ग्रेड पाते हैं? जीवन उनके लिए सबसे सरल है, जिन्हें या तो A मिलता है अथवा F; इसके बीच के बाकी सब के लिए बहुत ही भ्रम की स्थिति रहती है और वे सामान्यतः हर परिणाम को खुशी-खुशी स्वीकार कर लेते हैं। उन्हें लगता है कि चलो 'कम-से-कम' F से तो बेहतर है!

10. **दस्सू :** यह छग्गी की तरह ही उपनामों का हिस्सा है और उस व्यक्ति से संबंधित होता है, जिसका 10 का CGPA होता है। जैसा कि आप अनुमान लगा सकते हैं, IIT में शैक्षणिक सफलता का सार यही 'दस्सू' होता है। 'दस्सू' जन्मजात होते हैं, उन्हें बनाया नहीं जा सकता। चापू, मग्गू, लस्सू और फंडू का एक अद्‍भुत मिश्रण व्यक्ति को 'दस्सू' बना देता है।

11. **डेप खोलू :** 'डेप' का अर्थ है डिपार्टमेंट अर्थात् विभाग और 'खोलू' उस व्यक्ति के लिए इस्तेमाल किया जाता है, जो कुछ खोल देता है। 'डेप खोलू' वह विद्यार्थी है, जो किसी खास IIT में किसी खास वर्ष में, कोई विभाग 'खोल' देता है, अर्थात् उस विभाग में, उस विषय में, सबसे उच्च श्रेणी पानेवाला वह पहला छात्र होता है। यदि IIT कानपुर में 2002 में रसायनशास्त्र विभाग में (अनुमानतः) पाँच छात्र थे और उन पाँच में से वह छात्र, जो उनके मध्य में पढ़ाई में सबसे अच्छा हो अथवा JEE रैंक जिसकी धाँसू रही हो तो वह रसायनशास्त्र के '02 बैच का 'डेप खोलू' बन जाता है।

12. **देस्पो :** इसे समझना बहुत कठिन नहीं है; 'देस्पो' डेस्पेरेट का लघु अंश है। 'देस्पो' वह व्यक्ति है, जो किसी बहुत खास इच्छा की पूर्ति के लिए हद से भी नीचे गिर जाता है। कोई छात्र किसी लड़की के लिए 'देस्पो' बन सकता है,

दूसरा किसी खास विभाग में A हासिल करने के लिए 'देस्पो' हो सकता है। देस्पो इतना जुनूनी होता है कि उसका झक्कपना देखकर कभी-कभी उसके दोस्त और आसपास के लोग भी झुँझला जाते हैं।

13. **ढक्कन :** डेप खोलू का बिलकुल उलटा होता है। 'ढक्कन' वह होता है, जो किसी बैच में सबसे निचले पायदान पर रहता है।

14. **एंथू :** एंथू, एंथुजियाज्म का छोटा अंश है। यह विशेष किस्म का इनसान IIT कैंपस में बहुत इज्जत पाता है। साथियों के दबाव, पढ़ाई के दबाव और दौड़ में आगे बने रहने जैसे तमाम दबावों के बावजूद इस प्रकार का छात्र हर काम के लिए तैयार रहता है। 'एंथू' आमतौर पर वह इनसान होता है, जो हर समय सकारात्मक ऊर्जा से भरा रहता है। ग्रुप असाइनमेंट में वह आपको सबसे आगे मिलेगा, सांस्कृतिक कार्यक्रमों में सबसे आगे होगा, देर रात की महफिलों में भी वह छा जाएगा। कुल मिलाकर वह हर जगह अपनी छाप छोड़ने में कामयाब रहता है।

15. **फट्टू :** फट्टू छात्र वे होते हैं, जो जिंदगी में छोटे-से-छोटा खतरा मोल लेने में भी डरते हैं। लड़की के पीछे छह महीने चक्कर लगाएगा, लेकिन उसकी आँखों में आँखें डालकर बात करने की उसकी हिम्मत नहीं होती, अलग-अलग हॉस्टलों के बीच होनेवाले मुकाबलों में वह सबसे पीछे रहता है और फट्टू को रात देर में बाहर निकलते हुए परेशानी होती है।

16. **फोड़ू :** ये आई.आई.टी. में पढ़नेवाले बंदों की एक अलग ही नस्ल होती है। कोई काम कितना ही मुश्किल क्यों न हो, वक्त कितना ही कम क्यों न हो, ये पट्ठे हर बाधा को पार करते हुए मंजिल तक पहुँच जाते हैं। इनके बारे में कहा जा सकता है कि ये पत्थर को उछालकर आसमान में छेद कर सकते हैं।

17. **फ्रॉड :** जो छात्र गंभीर नहीं होता है, उसे 'फ्रॉड' कहते हैं। 'फ्रॉड' वह इनसान होता है, जो उतनी मेहनत न करे, जितनी आवश्यक है। 'फ्रॉड' छात्र वह है, जो क्लास से गायब रहता है और ज्यादातर समय लोगों को टोपी पहनाता रहता है अथवा उनको उल्लू बनाता है। कभी-कभी तो प्रोफेसरों और विषयों को भी 'फ्रॉड' कहा जाता है, क्योंकि ऐसे प्रोफेसर पीरियड में केवल समय काटते हैं और हासिल कुछ होता नहीं है।

18. **फ्रस्टू :** फ्रस्टू वह होता है, जो बिना बात मजनू की तरह दाढ़ी बढ़ाए घूमता रहता है। कुछ-कुछ सनकी होता है और कई बार उसकी सनक 'ऑब्सेसिव

कम्पलसिव डिसऑर्डर का रूप ले लेती है। उदाहरण के लिए कोई ऐसा व्यक्ति, जो एकांत पसंद करता है, पीने अथवा वाद-विवाद जैसा नकारात्मक बरताव करता है तो केवल इसलिए, क्योंकि वह लज्जित है कि वह पढ़ाई में खराब कर रहा है और उसे सुधारने का कोई दूसरा रास्ता नहीं खोज पा रहा है, उसे शैक्षिक रूप से निराश मान लिया जाता है। ऐसा व्यक्ति, जो अश्लील मैगजीन इकट्ठी करता रहता हो और लैपटॉप पर बहुत अधिक अश्लील चीजें देखता हो तो उसे 'सेक्सुअली फ्रस्ट्रेटिड' कहा जाता है और एक बार जब किसी के बारे में यह बात पता चल जाती है तो उस पर 'फ्रस्टू' का लेबल लगा दिया जाता है। बाकी लोग ऐसे 'फ्रस्टू' से बचकर रहते हैं।

19. **फंडू :** वह छात्र, जिसमें कोई खास टैलेंट होता है, उसे 'फंडू' कहते हैं। उदाहरण के लिए ऐसा कोई व्यक्ति, जो एक महान् कलाकार हो, लेकिन जिसने कहीं किसी कम्पीटिशन में भाग न लिया हो अथवा उसे संबंधित क्षेत्र में सफलता न मिली हो, उसे उसकी निपुणता के लिए 'फंडू' कहा जाता है; चूँकि वह तकनीकी रूप से उस विषय में कोई दक्षता हासिल नहीं कर सका, इसलिए इस अभाव में उसे तकनीकी तौर पर 'चापू' नहीं कहा जा सकता।

20. **घिस्सू :** यह शब्द 'घिसने' से आया है। घिस्सू छोटे-से-छोटे काम में भी बहुत समय बरबाद करता है। वह रट्टा लगाने में लगा रहता है। ऐसे घिस्सू जब आई.आई.टी. में आ जाते हैं तो लगता है कि JEE प्रणाली में कुछ कमियाँ तो हैं, क्योंकि एक घिस्सू इसी प्रकार से परीक्षा में सफल हो जाता, परंतु JEE को मात्र रटकर पार करना बहुत कठिन है।

21. **हप्पा-हप्प/हेपक्स :** जब कोई काम बहुत तेजी से किया जा रहा हो, तब उसमें से जो आवाज निकलती है, उस आवाज से 'हप्पा-हप्प' शब्द पैदा होता है। ऐसे एक व्यक्ति की कल्पना कीजिए, जो बहुत तेजी से मुँह में भरकर खा रहा हो! उसका मुँह और हाथ, दोनों हप्पा-हप्प चलते हैं। लोग हप्पा-हप्प खाते हैं, काम को हप्पा-हप्प सुलझाते हैं। उदाहरण के लिए किसी दिन यदि कोई सामान्य से अधिक अच्छा लगता है तो लोगों को कहना चाहिए कि वह 'होपेक्स' लग रहा है।

22. **कंटाप :** अधिकतर समय यह शब्द किसी आकर्षक छात्रा के लिए इस्तेमाल किया जाता है। इसका अभिप्राय सुंदरता से अधिक कामोत्तेजक होता है। यह शब्द अश्लील होता है और इसको बहुत सावधानी से और व्यक्तिगत रूप से

एकांत में इस्तेमाल किया जाता है।

23. **खोलू :** खोलू वह व्यक्ति होता है, जिसे आम भाषा में आप 'चलता पुरजा' कहते हैं। खोलू वे लोग होते हैं, जो बड़े जुगाड़ू किस्म के होते हैं और उनके पास हर मर्ज की दवा होती है।
24. **लस्सू :** ये बड़े चापलूस किस्म के होते हैं। ये ज्यादातर समय अपने विपरीत सैक्स के प्रोफेसर या छात्र/छात्रा के साथ चिपके नजर आएँगे। उनकी झूठी तारीफें करेंगे। वे उनके पसंदीदा बने रहने की जुगत में रहते हैं और इसी के चलते बेजा फायदा भी उठाते हैं। कई बार तो वे बहुत मेधावी और प्रतिभावान् छात्रों से भी आगे निकल जाते हैं।
25. **मग्गू :** एक मग्गू रटकर याद करता है। अपना अधिकतर समय किताबों से चिपका रहता है। उसे विषय थोड़ा देर से समझ में आता है और हमेशा उसे अपने ग्रेड की चिंता सताती रहती है। इसी चक्कर में वह कैंपस में मस्ती का समय भी बरबाद कर देता है।
26. **सेंटी :** सेंटीमेंटल का छोटा शब्द। यह भावुक व्यक्तियों अथवा ऐसे व्यक्ति, जो अधिकांशतः भावुकता की स्थिति में होते हैं, को दरशाता है। ये भावनाएँ किसी भी प्रकार की हो सकती हैं— विपरीत सेक्स के प्रति प्रेम को लेकर सेंटी, किसी चीज को लेकर अधिक मोह, या कभी-कभार छोटी सी बात पर ही अचानक से इन्हें गुस्सा आ जाता है। ऐसे छात्र अकसर भावुकता में घिरे रहते हैं।
27. **स्टड/बांड/गॉड :** वह एक ऐसा छात्र होता है, जो सबसे अच्छा होता है। देखने में किसी ग्रीक गॉड जैसा, प्रतिभा और क्षमता में बाकी सबसे ऊपर। उसे देखते ही हर कोई उसके बारे में हर लिहाज से अच्छी धारणा बना लेता है और उसके करीब होने की कोशिश करता है।

गतिविधियाँ

कैंपस पर, जो चीजें कोई करता है, वे फिर होनेवाले पैटर्न में होती हैं। जो पैटर्न अधिक बार दोहराए जाते हैं, उन्हें कुछ खास नाम दे दिए जाते हैं। कैंपस पर कुछ अधिक लोकप्रिय गतिविधियाँ नीचे दी गई हैं—

1. **एपिंग :** कैंपस में कुछ ऐसी गतिविधियाँ होती हैं, जिनसे आपका वास्ता बार-बार पड़ता है और ऐसे में उन्हें कुछ खास नाम दे दिए जाते हैं।

   कॉलेजों में उच्च शिक्षा प्राप्त करने के लिए दरख्वास्त लिखने और उसे

भेजने की प्रक्रिया, खासतौर से अमेरिका अथवा किसी और विकसित देश में MS की डिग्री हासिल करने के लिए। यह दूसरे और तीसरे वर्ष के छात्रों के लिए एक बहुत मेहनत का काम है। इसके लिए प्रोफेसरों से बात करना, ऑनलाइन फॉर्म भरना, इ-मेल द्वारा अंतरराष्ट्रीय पैकेज भेजना और यूरो और डॉलर में पैसे हस्तांतरित करवाना। यह सब एपिंग का हिस्सा है।

2. **बकर :** किन्हीं खास मुद्दों पर गुटों में बातचीत करते रहने को 'बकर' कहते हैं। यह बहुत गरमा-गरम बहस भी हो सकती है। उदाहरण के लिए छात्रों में इस बात पर कि कुत्ते अधिक अच्छे पालतू पशु होते हैं अथवा बिल्ली—इस बात पर गरमा-गरम वाद-विवाद हो सकता है। विषय कितना तुच्छ और IIT के रोजमर्रा के जीवन के संदर्भ में कितना असंगत है, यह 'बकर' के अनुसार विवाद का विषय है।

3. **भसड़ :** मोटे तौर पर यह चारों ओर अस्त-व्यस्त तरीके से किसी काम को फैलाने से संबंधित होता है। कुछ लोगों की आदत होती है कि वे दूसरों को आकर्षित करने के लिए और यह दिखाने के लिए कि बहुत काम हो रहा है, भसड़ फैलाते हैं। उदाहरण के लिए, कोई व्यक्ति किसी प्रश्न का उत्तर देते समय कागज के रिम भरकर भसड़ मचा सकता है या नोटिस/पोस्टर टाँगकर चारों ओर अस्त-व्यस्तता और अफरा-तफरी फैला सकता है।

4. **बुल्ला :** यह बकर के मुकाबले बातचीत करने का और भी अधिक आरामदायक तरीका है। यह समय बिताने का बहुत आरामदायक तरीका है और इसमें केवल घनिष्ठ मित्र ही भाग लेते हैं। ज्यादातर लोग अपनी यादें अथवा निजी बातों को साझा करते हैं।

5. **छापना/टीपना :** परीक्षा अथवा नियत कार्य में किसी अन्य से नकल करने को छापना अथवा 'टीपना' कहते हैं। छात्रों के बीच में इसे स्वीकार किया जाता है, परंतु प्रोफेसर इस पर नाक-भौंह सिकोड़ते हैं और बहुत फटकारते हैं।

6. **फाइट :** फाइट करने का अर्थ है, जब आपके ग्रेड एकदम पेंदे में जा लगे हों और आप अच्छे ग्रेड लाने के लिए ईमानदारी और जी-जान से लगे हों। ऐसे फाइटर अकसर 'दस्सू' बनकर उभरते हैं और सबको हैरानी में डाल देते हैं कि यह चमत्कार कैसे हो गया!

7. **इंट्रो :** स्वयं का परिचय देना। अधिकांशतः सीनियर्स को; रैगिंग के समय।

8. **केला :** कई बार क्या होता है कि आपकी तमाम मेहनत, लगन और योग्यता धरी-की-धरी रह जाती है और किस्मत आपकी ऐसी खबर लेती है कि बस पूछो मत। इसी को 'केला' कहा जाता है। आमतौर पर इस शब्द का इस्तेमाल मजाक में किया जाता है। उदाहरण के लिए यदि किसी को हॉस्टल में अपना मनपसंद कमरा न मिला हो तो यह कहा जा सकता है कि 'उसका केला हो गया'।
9. **मचाना/फोड़ना/क्रैक मचाना :** अद्भुत चीजें करना और आश्चर्यजनक नतीजे पाना।
10. **नाइट आउट :** सारी रात जागकर काटना और या तो पढ़ाई करना या बैल या टुल्ला करना। यह समय बिताने का बहुत ही आम तरीका है, क्योंकि कैंपस में समय हमेशा बहुत थोड़ा होता है।
11. **फट्टा :** अपने खुद के तय किए गए नियमों के अनुसार क्रिकेट खेलना, जैसे एक टप्पा-एक हाथ बाहर, किसी निर्धारित रेखा से बाहर मारने का अर्थ है 'आउट', किसी पेड़ को मारने का अर्थ है 5 रन इत्यादि।
12. **पोलटू :** चुनाव इत्यादि से संबंधित राजनीतिक कार्य।
13. **प्रॉक्सी :** किसी अन्य की जगह खड़े होना अथवा उसके रिक्त स्थान को भरना। अधिकांशतः यह हाजिरी के मामले में होता है, जब कोई छात्र, किसी ऐसे छात्र के स्थान पर हाजिरी बोलता अथवा हस्ताक्षर करता है, जो कक्षा से अनुपस्थित हो, जिससे कि उसकी हाजिरी गैर-कानूनी तौर पर रिकॉर्ड हो जाए। अधिकारी इस पर नाक-भौंह सिकोड़ते हैं और अगर कोई प्रॉक्सी बोलते हुए पकड़ लिया जाता है तो बहुत सख्त काररवाई होती है।
14. **सेंटियाप्पा :** सेंटी का बड़ा रूप; यह एक ऐसा वार्त्तालाप होता है, जिसमें भावनाएँ जोर मारती हैं और तर्क पीछे रह जाते हैं।
15. **टोपा :** किसी और के कार्य की नकल करना।
16. **टुल्ला :** सामान्यतः मित्रों के साथ समय बिताने के लिए इधर-उधर घूमना और बातें करना।

लघु रूप

इस आखिरी सूची में कैंपस के लघु शब्द और उपनाम दिए गए हैं, जिन्हें IIT की दीवारों के अंदर के स्थानों और चीजों के लिए इस्तेमाल किया जाता है। मुख्य

रूप से इस्तेमाल किए जानेवाले जो शब्द हैं, वे नीचे दिए गए हैं--

1. **अकेड :** अकेडेमिक्स का अपभ्रंश, जिसे संपूर्ण शैक्षिक क्षेत्र के लिए इस्तेमाल किया जाता है, जिसमें लेक्चर-थिएटर, लाइब्रेरी, कंप्यूटर सेंटर इत्यादि होते हैं।
2. **एडमिन :** एडमिनिस्ट्रेटिव (प्रशासनिक) क्षेत्र और कर्मचारी। यह व्यक्तियों और दफ्तरों का वह समूह है, जहाँ प्रशासनिक कार्य होता है: जैसे पैसा देना, कोर्स का रजिस्ट्रेशन, फॉर्म देना इत्यादि।
3. **सी.सी. :** कंप्यूटर सेंटर : ऐसा स्थान, जहाँ संस्थान के लोग केंद्रीय कंप्यूटिंग साधनों का उपयोग कर सकते हैं। लेपटॉप और स्मार्ट फोन की उपलब्धता और क्लाउड पर अधिकांश चीजें उपलब्ध हो जाने से IIT की CC में जाना कम हो रहा है।
4. **कोनवो :** कोनवोकेशन। वह दिन और समारोह जब पास करके निकलनेवाला बैच औपचारिक तौर पर डिग्री प्राप्त करता है।
5. **डी आर 1 :** IIT का वह छात्र, जिसे किसी भी विभाग में, किसी भी बैच में सबसे अधिक CGPA प्राप्त हुआ है।
6. **डाइरो :** संस्थान का डायरेक्टर (निदेशक)।
7. **DOSA :** डीन ऑफ स्टूडेंट्स अफेयर्स।
8. **फर्रा :** फॉर्मूले कागज के बेहद छोटे टुकड़े पर लिखे जाते हैं, जिन्हें लेक्चर देने के समय जल्दी से रेफरेंस के तौर पर इस्तेमाल किया जाता है। परीक्षा में इसे एक चीट शीट के तौर पर भी इस्तेमाल किया जाता है, ताकि नकल मारी जा सके।
9. **फुद्दू/फुद्दी :** IIT में एक पी-एच.डी. छात्र अथवा छात्रा।
10. **फुक्का :** F ग्रेड।
11. **Gult :** भारत के दक्षिण राज्यों से आया।
12. **जिमखाना :** छात्रों की आधिकारिक प्रतिनिधि संस्था।
13. **हवा/AIR :** आल इंडिया रैंक। इसे 'हवा' भी कहते हैं।
14. **HOD :** हेड ऑफ डिपार्टमेंट।
15. **इक्का/बिक्का/सिक्का-दिक्का :** ग्रेड A, B, C और D के लिए उपनाम।
16. **IRI :** किसी खास IIT के समस्त छात्रों में से केंद्रीय बैच का सबसे ऊँचे

'हवा' अथवा JEE की रैंकवाला नया छात्र।

17. **जुंटा** : छात्रों की जनरल बॉडी।

18. **लोड** : तनाव अथवा दबाव।

19. **LT** : लेक्चर थिएटर, जहाँ क्लास होती हैं।

20. **मटका-मटकी** : MTech के छात्र या छात्रा के लिए उपनाम।

21. **PPO** : प्री-प्लेसमेंट ऑफर—कुछ कंपनियाँ उन छात्रों को यह प्रस्ताव देती हैं, जिन्होंने उनके साथ इंटर्नशिप किया हो।

22. **PPT** : प्री-प्लेसमेंट टॉक। यह एक वार्ता अथवा प्रस्तुतीकरण होता है, जो अधिकांश कंपनियाँ, जो कैंपस में आकर छात्रों को लेने की योजना बना रही होती हैं, आयोजित करती हैं। किसी ऐसी कंपनी, जो अच्छी नौकरियाँ देती हैं, उसकी PPT के दौरान हॉल को पूरा भरा रखना आवश्यक होता है, ताकि कंपनी के उच्चाधिकारी किसी बैच के संबंध में अच्छी राय लेकर जाएँ। जो छात्र उस कंपनी में नौकरी पाने के इच्छुक होते हैं, इन सत्रों में उपस्थित रहते हैं और कंपनी के अधिकारियों के साथ PPT के पहले अथवा बाद में लस्सा करने के इच्छुक होते हैं।

23. **SAC (K)** : स्टूडेंट एक्टिविटी सेंटर। कैंपस का समस्त आधिकारिक पाठ्यक्रमोत्तर कार्यों (एक्स्ट्रा करीकुलर एक्टिविटिज) का सेंटर अर्थात् खबरी केंद्र।

24. **TA** : प्रयोगशाला अथवा कक्षा में एक शिक्षक सहायक।

25. **Tute** : ट्यूटोरिअल्स, जहाँ लेक्चरों पर काम होता है। असाइनमेंट को सुलझाया जाता है, समस्याओं पर वाद-विवाद किया जाता है और पूरक कोर्स सामग्री बाँटी जाती है।

26. **जुक/जुक्की** : किसी परीक्षा अथवा असाइनमेंट में शून्य प्राप्त करना। आप विश्वास करें या न करें, परंतु IIT के कोर्स में यह एक बहुत सामान्य अंक है। देश के सबसे बेहतरीन छात्र, सबसे महत्त्वपूर्ण JEE परीक्षा में सफल होने के बाद जब जीरो अंक पाते हैं तो वे हवा में उड़ना बंद कर देते हैं और पैर जमीन पर टिका लेते हैं।

□□□